白虎关（下）

雪漠 著

中国大百科全书出版社

第　二　十　二　章

白疙瘩云彩大点子雨，黑云彩山尖上绕了。

1

白狗一投案自首，王秃子就出来了。派出所中午放了他，他却在河坝里猫了多半天，到夜深人静，才溜进家门。一进庄门，就没见出来过。也难怪，丢人哩。村里人眼里，最丢人的事，莫过于叫公家逮了去。所以，老先人说："穷死不喊冤，屈死不告官。"

次日，村里就出了几桩怪事：一是母鸡叫鸣。这要怪母鸡们，明明没长个叫鸣的嗓门，偏偏又时不时喔喔。……据说，第一个叫鸣的母鸡，是王秃子家的麻母鸡，其声阴森，如闻鬼哭。王秃子杀鸡用了宰牛刀，只一下，鸡头落地。鸡却不死，扑扇了翅膀，斜刺里飞出，在庄门外洒下一条血路。王秃子在鞋上抹去刀上的血，木木地说："一个母鸡，你叫啥鸣？"谁都诧异。第二天，那叫鸣的母鸡，到处都是。

第二件事是狗嚎哭。某夜，一串哭声从沙窝里游来。开始，人们还以为是哪个女人叫男人揍了，憋不住，才到沙窝里发泄的。后来才发现，那声响，竟出自一条老狗的喉咙。而且，仿佛大合唱似的，村里的狗都哭了，声音呜咽瘆人。白天还不显怪异，一到深夜，狗哭就涨满村子了。闻者悚然，都说，也许，那末日真到了。

按老先人的说法，这母鸡鸣狗嚎哭，主大凶，六〇年有过一回，沙窝里就塞满了饿死鬼。村里人便慌张了，门前都烧了一堆堆贿神的纸钱——求神保佑；院子都用白石灰圈了——恶鬼进不来；庄门上都吊了红布条儿——红布条儿辟邪。从清晨到夜晚，到处轰响着黑皮子老道传的“护身咒”：“天护身，地护身，八大金刚护我身，护了前心护后心，护了鼻子护眼睛，护了脚心护手心，护得两耳不灌风，护得身体如铁棍。今今风清，五付太上老君。”一出庄门，都要拿根桃条儿，前前后后摔打，边打边咕哝：“桃条本是无极根，王母院中长就生……一打家亲并外鬼，二打魍魉不正神……”那些日子，人们的衣服都像开了洞儿，前心后心都在钻风。人的头发也似变硬了，直竖竖地立奓着。有时，看见自己的身影儿，也会头皮发麻，吱哇乱叫。一人吱哇，马上就有百十人应和。

某夜扶乩，狐仙入窍，放出话来，要勾村里的十个魂灵子，以警世人。十人先走，末日后到，那时，便洪水浸天，猛兽遍地，白骨盈野，死无葬身之地了。到那时，日不出，月不明，人会生活在黑暗里；会有十个月浸天的大雨，会有八个月拔树的大风；瘟疫横行，人食同类；不行善的人会死无葬身之地，不积德的人会长毒疮，淌脓血，上不着天，下不着地，求生不能，求死不得，孽障得很。于是，有人买了几十包蜡，好在无日无月时照明；有人推了几十斗炒面，好在猛兽横行时充饥。一入夜，村里的乒乓声就搅天了，循声而去，便看到满头汗水的汉子在练功夫，嘴里哼哼哈哈，脚步趔趔趄趄，伸胳膊伸腿，探脖子探头，都在吼怪声出横气，苦练铁砂掌、金刚腿、铁布衫、金钟罩、断门五虎刀、霹雳乾坤剑，说是要练好功夫，好在猛兽龇牙时防身。有人则腿上绑个铁瓦，身上穿件沙衣，没日没夜，挣断脖筋，在大路上撒欢，说是练成陆地飞行术好逃避灾殃。至于胳膊下夹个簸箕，屁股下骑个板凳，跟着神婆咕哝咒语，苦练飞檐走壁上天术的，几乎占村里十中之一。

2

老顺心里也嘀咕了：这狗，你瘆怪怪哭个啥呢？而且，那阵候，竟传染似的，一只哭，百只应，游过来，荡过去，就满沙湾哭声了，差点盖过了白虎关的喧嚣呢。

这夜，当狗哭再起时，老顺就叫了孟八爷，去寻那哭声起处，看看究竟是哪些狗在哭。因为，那最先哭的狗，都叫主人宰了，变成一锅香喷喷的肉，又变成几堆臭烘烘的粪。就这样，发现一个，处理一个，已有多条狗丧命，但那哭的劲道却丝毫没减，入夜不久，哭声就漫来，淹天，淹地，淹心。

狗哭的间隙里，传来另一种声音，若隐若现，不知是在持护身咒，还是在超度祖宗。自打母鸡鸣狗嚎哭后，关于末日的说法越来越多，村里的孝子贤孙也越来越多。为了叫苦海里受苦受难的先人早日超升，成仙成神后再来保佑子孙，子孙们就从牙缝里挤出钱来，请黑皮子老道作法超度。那法事声，就伴了狗哭，响彻村落，叫人分不清哪是人诵，哪是狗哭。

老顺说："瞧，乌烟瘴气了。"

孟八爷笑道："这气象，真有末日的味道了。照这样子，也用不着那风呀，火呀，水呀，人先自灭了。魂不守舍，心无自主，活着也跟死了一样。"

老顺说："真疯了。那老妖，也要打七呢。说上回叫我搅了，这次要往圆满里打。"

"叫打去。不叫打，人家心不安稳。我不信，念那几个字儿，能躲了末日大火。哪天，我见了黑皮子老道，用打火机烧，叫他躲躲看。"

隐隐地，夜里又渗出狗哭声了。……无月的夜里，狗哭声就拽来风。那风阴森森的，旋出沙窝，旋向村里，最后旋进心了。有月时，狗哭声一起，月亮就倏地小了，仿佛叫狗哭声惊了，缩出老远，显出惨白的颜色来。

"这阵候，真邪乎。"老顺说。

孟八爷却说："邪乎啥？啥也哭呢。那年，天阴下雨，半个月不见一丝儿日头，狐子就排了队，齐齐朝天嚎。人家在求天呢，狐子怕雨，一下，娃儿就出麻疹。还有种说法，说雨会灌进鼠洞，淹死老鼠，狐子怕自己没吃的了，才告天。”

“这狗，有个啥嚎头呢？”老顺望着白孤孤的月亮，望望隐在月里的村子和沙窝。那狗哭，仍游过月夜，在身前身后乱窜。

“啥也哭呢。”孟八爷叹口气，“啥哭也有它的理由。狼哭起来，比狗哭更瘆人呢，也是齐齐儿排了，嘴头朝天，扯长了声嚎。它们在撵瘟神呢。它们也怕瘟神，怕瘟死了羊们，它们没吃的，才哭……这狗哭，想来也一样，总有它哭的理由。”

“啥理由？”老顺问。

“我不是狗，我咋知道啥理由？”

孟八爷不知道狗为啥哭。村里人却知道，都说，那末日想来到了。这理由，比天大呢。

两人沿村间小道任意走着。那哭声，忽在身前，忽在身后，难有个定处，许是回音作怪。

两人在沙窝里寻了许久，倒也没发现嚎哭的狗。孟八爷说："老崽，走，看看王秃子。听说，叫折腾成‘半边人’了。”

老顺想，也好，那王秃子，和自己交情虽不深，但他捡过自己的兔鹰，老顺一要，人家二话没说，就还给了他，也没叫他赔叫鹰拧死的芦花大公鸡。这份情，老顺忘不了。人家落难了，自然该去看看，就说："正好，我也想去呢。”顺路，孟八爷买了两包豆奶粉。

王秃子变了，瘦不说，形容也极是萎靡，见二人来，也不打招呼，自顾磨刀，霍霍的声音，很是瘆人。老顺认出，这刀，是秃子爹用了几十年的杀猪刀，那原来二寸宽的刃儿已不到一寸了，究竟杀了多少猪，谁也算不清。秃子女人倒很亲热，因为她患肝炎，无钱吃药，孟八爷每次进沙窝，就给她带些拐枣柴来，锯成木坨儿，熬茶喝，倒也没恶化。

孟八爷劝王秃子："没啥，顶缸的事，人世上有哩，想开些。”王秃子不应，只霍霍地磨刀。

老顺也劝："那年，队里丢了树，也有人怀疑我。我说，老子行得端，走得正。怕啥？"

王秃子用拇指刮刮刀刃，没搭言。娃儿们心虚地望望爹，望望妈，又望望来客，却不敢出一口大气。

孟八爷说："有事不怕事，没事不找事。过去的，已过去了。人家也不是故意整你。"女人道："咋不是故意整？人穷志短，马瘦毛长。人家明贪明占，没人放一个响屁。我们，揪个豆角儿，就叫人家辱臊了一顿，又是挨打，又是受气。若不是白狗自首，这黑锅，背定了。"

老顺道："也不一定，我就不信是你们偷的。"

女人道："你不信，也没见你说了句啥话。"

这一说，老顺脸上烧烘烘的。当时，他真不信是王秃子偷的，倒是怀疑北柱或是白狗，可也没敢替王秃子说话。后来，听派出所的说，他招了，就信那"招"了，就说："他们说是他招的。"

"不招咋行？"女人提高了声音，走过去，撩起王秃子的衣服，几道扎眼的伤痕扑来。老顺和孟八爷都抽口气，又听得女人说："肋巴，也断了一根。这冤，找谁诉去？"

王秃子冷冷地推开女人，抖抖身子，卷起的衣服就落下了。他又磨刀了。磨刀声磣得老顺的牙根都酸了，像嚼了一嘴沙子。

一时静场。老顺和孟八爷都不知说啥好。

孟八爷干了嗓子，对王秃子说："你可别干糊涂事。"老顺道："就是。石头大了，转着走，忍忍，几十年就过去了。不为自己，也要为娃儿们想哩。"女人叹口气，望望王秃子，却不敢说出啥来。

这气氛，很令人闷憋。王秃子头上老捂顶帽子，不知捂多少年了，颜色早褪了，帽沿儿里的纸板也早成一堆了，可他舍不得扔，老捂着。村里秃顶的，虽不是他一个，但有他在场，谁也别说"秃"呀，"贼亮"呀，"和尚"呀之类的词语，一说，他便阴阴地瞅你。虽无恶言，但那瞅，也叫你心里怯阴阴的。

有时，王秃子也会冒出话来，大多疙里疙瘩，叫人回味无穷，却也没人费神去咀嚼。但一想他那形象，谁的心里都会有阴阴的感觉，都觉得他那顶帽子，不但捂了头，还捂了心。

磨阵刀，又刮刮刃，王秃子又搬过不知从哪儿捡来的破钢丝床，捣鼓起来。老顺擦擦额头的汗。这气氛，他有些受不了。

女人显然也受不了，她望望孟八爷，干瘦的脸上显出乞求的神色。孟八爷望望老顺，一笑，大声说："呔，老崽，你做啥哩？"

这回，秃子发话了：

"杀人！"

3

二人劝了一阵，出得门来，都不约而同地长出一口气。不觉间，他们已将一口气憋了许久。漠风吹来，把心头的闷吹了许多。

孟八爷叹道："这王秃子，瘸腿上拿的棍敲，娃儿多，婆姨病，又没儿子。这次，再叫辱臊一顿，心上能舒畅吗？"老顺问："你估摸，他真杀人不？"孟八爷长吁一口气："这可说不准。那口气顺过来了，就万事大吉。若是回不过心，钻了牛角尖，啥事也干得出。"

老顺说："他听你的话，你多劝劝。"孟八爷说："劝归劝，可也得提防着点。你给大头说说，叫他给王秃子个面子，看望一下，或给些补偿，或说些好话。看那样子，秃子可恨死他了。"老顺说："大头的嘴不牢实，一说，就顺风扬个满天，反倒不好。"孟八爷说："说说好，尽尽心。不管啥事儿，能防的时候，防一防。王秃子那号人，不像炒麦子脾气，一爆，啥事也没了。秃子闷憋了几十年，早成炸药了，一点个雷管儿，就爆炸。"

二人就又去大头家，叫他出来，说了王秃子磨刀的事，叫他瞅个机会，去消消秃子的气。哪知，大头一听，反恼了："你不磨刀，说不准，我还给你个台阶儿下。你一磨刀，老子偏不尿你。谁是你唬大的？是派出所抓的你，又不是我抓的。我又没动你一指头。”又说，“你们也别见怪。这号毛病，惯不得，一惯，日后大小遇个事，谁也朝我舞弄刀子。我也是长毛出血的，不能人一吓唬，就尿一裤裆。”

还说：“你们也别怕，谅他秃子，有那心，也没那胆。疯叫的狗不咬人，咬人的狗不叫。人家要是真动了邪心，也不给你们说。”

孟八爷却忧心忡忡，叮嘱道：“你也别太大意，能给下个话了，给他下个话。说几句话，也没人拔你的牙。不说，也不要把这事张扬出去。”

大头满不在乎地说：“没啥。你放心，借给他个胆子，也没那血性；就算有那血性，也没那力气。一风吹倒的身子，他杀谁呀？走，进去，喝酒。”见二人摇头，就说：“不进就算了，我还忙呢。”就进了门。

很快，大头的声音远远传来：“阿哈，还有人想杀我哩。”

老顺怨孟八爷：“瞧，你的好心，叫他当成恶意了。人家瞅个空子，又要报复秃子了。”

孟八爷长叹一声：“宁给好汉牵马拽镫，不给蠢货主谋定计。算了，你我尽心了，由他去吧。”边叹气，边摇头。

4

二人又在月夜里巡了一转，没见哪个实体的狗哭。回到家，那狗哭隐隐又响了。老顺说：“日怪。这狗，跟老子们捉迷藏了。”孟八爷说：“算了，由它哭去。不信，它能反了天。”老顺说：“就是。别小驴娃放屁自失惊。”

老伴却说：“反正，明日个，我去打七呢。上回叫你搅了，心口子一直痛。老娘一辈子为别人苦，就这七天，我也为自个儿活一回。”老顺说：“有啥屁用？要是修七天能成了佛，这世上早没人了。”猛子说：“就是。月儿妈打了七天，一出关房，脑袋倒肿成猪头了。”妈说：“那是她心不诚。神婆说，一入关房，她就开始捣弄是非，叫护法神惩治了一顿。”

老顺道：“那护法神咋不惩治神婆？……像丫头，不修行时，明理得很，对娘老子也知疼知热的。一修行，反六亲不认了。”猛子说：“就是。见了我，跟见了猪一样。”孟八爷却说：“那兰丫头，也是个苦命人。”

妈说：“不管咋说，我要打一次七。别人都打，我不打咋行？听说，打一次，家里平顺得很。这些天老做噩梦，身上的肉也老跳，总怕出事。憨头一死，心老提着，打一次，心就安了。”

老顺冷笑道：“不见得。一辈子了，你的心哪天安过？以前，动不动跑神婆家，动不动烧纸，动不动磕头上香，说是不这样，心不安。你折腾一辈子了，心安了没？是福不是祸，是祸躲不过。不信破锅里煮大粪似的咕哝七天，就能消灾？那王秃子，不也打了七吗？咋顶了缸，坐了牢？”

老伴叫道：“对呀，他进了关房，才打了两三天，就溜了，才招来的灾。谁听过中途退的？就是死，也要死在关房里，咋能半途而废？听神婆说，那王秃子，还遭恶报呢。”孟八爷笑道：“哪有这样的修行人，巴望着叫人遭恶报？这神婆，心口不一。”老顺道：“就是。那老妖婆，我一见，气就不打一处来。”老伴说：“你这人，用人家时，就亲家亲家叫得流蜜，恨不得舔人家屁股。不用时，就骂人家。上回，给猛子介绍对象时，你咋不骂人家？”

孟八爷问：“猛子那事，成了没？”他朝莹儿住的小屋扬扬下巴。猛子妈说：“算了，那白家，心不善呢。打发她来，说不准来抱娃儿呢。”老顺啐道：“贼屁少放。我咋没看出这来？人家一个寡妇，想站了，叫人家好好站；不叫站了，明说，叫人家走。你嘲兮兮的，胡说啥哩？”猛子妈说：“有本事，等她从盐池回来，你就去说。就说你不叫她站了，叫她另寻个家儿。”孟八爷说：“话不能那样说。这是人家的家，人家是明媒正娶的，你叫人家往哪里走？”

猛子妈长叹一口气，说：“这话，听来容易，可谁替我想过？心老是捏成个酸杏蛋儿，老怕娃儿叫人家抱走。这号事，又不是没发生过。人家抱了去，你有苦，都没处诉呢。”说着，她压低了声音：“我估摸，她是白家打发来的。不然，那老妖早来几次了，早闹成大戏了。可为啥，寂悄悄儿的？你想，人家是啥人，金头马氏母老虎呢，咋连个响屁也不见来放？”

孟八爷笑道：“人家来闹，你骂人家。人家不闹，你也心里嘀咕。猛子，你明日个通知白家，叫他们来闹一下，就说你妈的闹瘾犯了。”老顺道：“你就是这种贱骨头货，三天不挨揍挨骂，就胀唤了。”猛子妈说：“不是我爱闹，而是……人家为啥不闹？前些日子，天天来唱大戏。这些天，怪了，悄声没气的。”孟八爷笑道：“闹不闹是白家的事，你少怀疑莹儿。那丫头，心善着哩，不是你想的那号货。当了几年媳妇，你又不是不了解。”猛子妈说：“人会变哩。咋说，人家血管里，流的是白家的血。打断的骨头往里折呢，人家能不偏娘老子偏外人？”

孟八爷说：“不一定。莹儿若有那号心，上回就不来。”“不来？”猛子妈说，“不来她能抱走娃儿？”孟八爷笑道：“人家的娃儿，还不由人家了？人家若真是那号心，就叫人家抱去。”猛子说：“就是。不信人家抚养得比你差。”

猛子妈说：“这可是憨头的根呢。到人家，就姓人家的姓了。再说，日后，猛子能不能养下儿子，还难说。有了这肚儿不疼的娃儿，心安得很呢。不然，生一个，丫头；生一个，丫头。光那罚款，叫你这辈子休想翻身。”猛子笑道：“我的事，你就不用操心了。我看开得很，有养老送终的也成，没有了，捞出填狼肚子。人家南山里，那么好的丫头，都夭葬喂鹰哩。我一个蠢汉，鹰也许不吃，喂狼总成吧？”妈骂道：“这号话少说，饭能胡吃，话不能胡说。”猛子道：“你以后也少唠叨。活人嘛，想那么远干啥？他们不是说末日到了吗？想多远，末日一到，还不是变成灰？”妈这才笑道：“末日归末日。活一天，就得想一天的事……反正，我一定要打七。”

孟八爷笑了，正想取笑几句，却见她已神秘了脸，一脸鬼祟，压了嗓门，说：“这七天，你们可要留心些。莹儿虽进了沙窝，白家的人可没睡着，别叫他们抱走娃儿。”

孟八爷以为她会泄露啥天机，却不料竟是这几句，不由大笑。老顺骂道：“我还以为你放个啥好屁呢，除了这几句，还有没别的屁放？”猛子晃晃脑袋，也笑了。

猛子妈不在意老顺的态度，解释道：“若不是挂牵娃儿，我早打七了……不过，我叫神婆算过，打七时，她也带不走娃儿，护法神保呢。……话虽这么说，你们还是留意些。”

5

夜里，猛子妈又在书房炕上整理她的包袱。这包袱，是她的保险柜，谁也动不得。还是在她当姑娘时，和老顺订婚时，按规矩，老顺扯了几尺布，缝了边子，拴上红头绳，吊个麻钱儿，就成所谓的包袱了。她用几十年了，红布早褪色了，那麻钱儿，也磨得贼亮，黄苍苍的，又光亮又滑顺。猛子妈最爱捣鼓这包袱，心情好时，捣鼓；心情不好时，也捣鼓。前者是享受，后者是为排解烦恼。闹离婚时，时不时地，她就夹了包袱出门。因为，这家中，只有这包袱，是属于她的。别的，都是婆家的。即使真离了婚，她有权带走的，也是这包袱。此外，她连个柴皮儿也拿不走。

这规矩，千百年了。

包袱里有啥？啥都有。她喜欢啥，就往里面塞啥。里面有婴儿衣物，那是儿子们穿过的，憨头穿了猛子穿，兰兰再穿，灵官再穿，猛子妈还想叫盼盼穿，可莹儿嫌它粗糙；还有袜垫儿，是她当姑娘时做的，大部分当了陪房，送了人，只剩这一对了，因绣得精巧，谁也舍不得穿，妈就藏了，作为自己当过姑娘的一个见证。此外，新旧衣服、布料……塞满包了，便成包袱了。

只有在捣鼓包袱时，猛子妈才是主人，里面的东西想送人就送人，想干啥就干啥。别的，得和老顺商量。那所谓“商量”，也勉强得很，意见相同时，听女人的；意见不同时，听男人的。男人是家主儿，这是凉州的规矩。老顺开导过儿子们：“你叫爹，得用舌尖；叫妈，用嘴皮儿就成。”以此证明，爹比妈更亲，也更有权威。

听说，凉州的祖先多羌族。古书上说，羌族人崇拜权势。老顺虽当不了官，可那想当官的情绪却永远淡不了。原指望，叫儿子们考个学，求个功名，当个官儿，光宗耀祖，可盼了个狗咬尿脬；就只好在家里，满足自己的当官欲了。年轻时，老揍女人。年老了，虽不常揍，但“权势”受到侵犯时，他决不妥协。娃儿们念书时，一开家长会，他就去，因为，他是家长，大小是个“长”呀。

看到女人又捣鼓包袱，老顺就用“家长”特有的语调说：“又捣鼓那破玩意干啥？”这一举动，已属侵权，因为女人就那么一点权力。于是，老伴迎头给了他一下：“我的包袱，我想咋捣鼓，就捣鼓，关你屁事？”老顺只好说：“好，好。你捣鼓，你捣鼓，我看你能捣鼓出金元宝来。”老伴说：“捣鼓出金元宝，也不给你。”

“不要，不要。”说着，老顺瞅一眼包袱，却发现，有个东西很扎眼。那是块布。老伴的包袱里向来是破烂玩意儿，这布，却是新的，看那质地，还挺不错呢，就上去抖开，果然是块沉甸甸的好布，就问：“哪里的？”

老伴一把夺过，折几下，放进包袱，说：“再是哪里的？下回送婚时，还能送呢。”老顺这才记起，这是当初憨头送婚时，给莹儿扯的布，问：“人家给你的？”

老伴道：“啥人家？还不是我们送的？瞧，白家那老祸害的疯狗劲儿，那事儿，怕没辙了。人家迟早得走，迟走不如早走。人走成哩，可东西，一样也不叫她拿。”

老顺这才明白：这布，是老伴“拿”的，怒道：“你咋能这样干事？你这是撵人家哩。你的包袱，人动不得。人家的包袱，你咋能乱挖？”老伴说：“啥还不是我们送的。当初，我们是送媳妇子的，又不是送外人的。人家起外心了，一针一线也不叫她拿。”

老顺啐道：“你咋这样说话？人家半夜三更从娘家跑来，说死也要死在婆家，人家又没说改嫁。”

“人家当然不说，人家有目的哩，人家放烟幕弹哩。人家虽老实，可后头有奸人哩。你能保证人家的心里没坏念头？”

“坏念头？我看你才一肚子坏念头。人家好好儿的，一副过日子的相。你干这号事，亏人家的心哩。”

老伴扯长了声音：“哟，能看了人的皮皮儿，瞅不了人的瓤瓤儿。那毛旦嫂子，也人模人样的，照样偷了娃儿卷了财。”

这一说，老顺才倒抽了一口冷气。毛旦家情形，跟自家一样，老大死了，老二毛旦想招嫂子，嫂子应承得好，却瞅个没人机会，卷了财，带了娃儿跑了。毛旦爹想告，可财是人家的财，娃儿是人家的娃儿，人家拍着胸膛朝天喊，理直气壮呢。毛旦爹悔不过，噎憋了几年，得了癌症，牛吼似的叫了几个月，撒手去了阴间。毛旦"露水曳到半山坡"，破罐子破摔，就成今天的模样了。

老伴说："那婆娘，说的比唱的好，都跟毛旦圆房了，生米成熟饭了，还不照样溜？夫妻同床睡，人心隔肚皮。画虎画皮难画骨，知人知面不知心。不防着点，出了事，就迟了。"

老顺差点被她的这番话打动了。却忽然发现，老伴已偷转话头，把那块布无限上纲了，就问："你防归防，拿人家的布做甚？"老伴说："啥人家的？明明是我家的。"又压低声音说："日后，你也精灵着些。东西叫卷些没啥，那娃儿，可千万别叫带走。"

这一来，老顺的心又叫老伴从布上扯到娃儿身上了。

这娃儿，老顺自然不会叫她带走，不仅仅因他是憨头的根，主要怕猛子婚后养不下娃子。女儿兰兰，为生男娃，费尽心机，也没盼来个吊把儿的。村里有好些人，像北柱、王秃子……哪个不是头想成蒜锤儿大，想生个顶门立户续香火的？有了憨头这娃儿，老顺就不愁了，万一猛子养不下娃子，将娃儿过继了，省事呢。不说别的，一想那超计划生育的罚款，老顺就头皮酥麻。这娃儿，能叫人带走？

老伴悄悄说："我想了，防也不是个办法，防了初一，防不了十五。老虎也有打盹的时候，人家要是瞅个机会弄跑娃儿，说啥也是闲的了。我问过人，都说：'人家是娘，娘带娃儿，天经地义，法律也向着人家呢。'"老顺说："不一定，法院的人也长心哩。老子死了儿子，再把孙子判给人，我拼命哩。"老伴道："你唬谁哩？小胳膊拧不住大腿，人家带法？人家一口唾沫，就能把你淹死。反正，得想个法儿。""啥法儿？""我想，得生个法儿叫她走。那娃儿，留下。就算将来判给她，我拼了老命，不给她，法院也没治。"老顺说："这是人家的家，你撵人家，村里人笑话哩。"老伴道："不明撵。她不是胆子小吗？等她从盐池回来，夜里，叫猛子装个鬼，忽而学捣地鬼，忽而叫，吓几夜，她不走才怪呢。”

老顺恼了，眯了眼，望老伴一阵：“呸！你咋想出这号主意？人家是啥？人家是憨头的女人，是你的儿媳妇。人家死了男人，你再装神弄鬼地吓人家，连人都不是了。”

老伴红了脸，觉得这法儿太损，没敢还口，便讪讪地上了炕。才闭眼，就觉出腿上的肉嘣嘣嘣疯跳了。往常，身上的肉一跳，准没好事。

这下，她心神不宁了，想：这次打七，不会出啥事儿吧？

6

王秃子已把磨刀位置从家里挪外面了。谁都见他磨刀子，他磨了牛刀磨猪刀，最后磨老切刀，时不时地，就叫：“杀人！”可他不叫时，谁都说他会杀人，一叫，反倒没人信了。都说：“许是脑子坏了。”

王秃子用旧钢丝床做了一副盔甲。刀磨好后，他就开始制所谓盔甲。村里人都知道这事，一问，他就叫：“杀人！”闻者就破口笑了：“杀你的老屌吧？”

每天夜里，王秃子都穿了盔甲，在桥头上练习劈刺。他忽进忽退，神虽凌厉，形却踉跄。与其说在练功，不如说在杀想象中的人。老顺劝过几回，王秃子却不语，疯魔一阵，脚下一绊，腾地倒地，就长伸四肢，牛喘不已。

“杀人！杀人！”王秃子喘吁吁吼。

一听那吼声，村里人就笑。谁也不信，王秃子会真杀人。都说，叫狗不咬，咬狗不叫，他要是真杀人，是不会张扬的。

这天，老顺去给打七的老伴送了晚饭，正在金刚亥母洞旁的土地庙里歇息，忽听一阵乱叫声传来：“王秃子杀人了！王秃子杀人了！”他以为是谁在开玩笑，却不料，那乱声渐渐逼近了，竟有一堆人声。老顺变了脸色，放下杯子。凤香已跑出屋外，拉亮门口的灯，见已扑上个怪物，身躯肥大，头大如牛。老顺叫：“王秃子，真是你。”

“闪开！闪开！”那人叫，果然是王秃子的声音。他穿着钢丝床弄成的盔甲，头顶个摩托车头盔，一手舞切刀，一手舞长刀，厉叫："谁挡，老子可杀谁哩。老子只杀大头女人，与别人无干！"说罢，扑入关房。关房里传来一阵骚乱。几人逃出关房。会兰子厉叫着，也扑了出来。

王秃子舞刀追出。

"快！快！"凤香叫，"操家伙！"

老顺顺手捞过一个锨把，刚要前扑。王秃子叫："谁来，老子要谁的命。冤有主，债有头，老子算总账来了。闲人滚开！惹急了，刀子可不认人。"

老顺正犹豫，黑皮子老道一把夺过锨把，扑向王秃子。这时，王秃子已追上会兰子，一刀劈下，砍中会兰子的大腿。会兰子惨叫着倒下。同时，黑皮子老道的木棍也砸到王秃子戴的头盔上，只听一声闷响，王秃子晃了几晃，却没倒下，仍乱砍倒下的会兰子。

又有几人操了家伙，扑过去，棍齐落，击在王秃子身上，却叫那盔甲消去大力。老顺吼："呔，杀人偿命哩！"王秃子叫："老子早不想活了，谁再打老子，刀子不认人。"这叫，已变质了，显得格外瘆人。

会兰子倒在血泊之中，连呼"救命"。老顺急了，捞过一个榔头，知道王秃子头上身上都有护物，就朝他腿上砸去。王秃子跌了一跤，爬起，朝众人狰狞地吼："谁再砸我，我就杀谁！"说罢，一瘸一拐地跑了。

会兰子仍在血里滚着，不知伤没伤到要害，但面部已血肉模糊了。猛子妈抖得厉害，脑子却清楚，说："快，快找大夫。"神婆安排人往架子车里铺了被褥，抬上会兰子，急急去了。

众人还没喘一口气，北柱又扑上山坡，说："快，准备一下，王秃子要杀会兰子。"一人说："早杀过了。"北柱说："大头的两个娃子，已给杀了。幸好，大头没在家，王秃子打听会兰子呢，孟八爷叫我来报信。"

"死了没，那娃儿？"猛子妈问。

北柱说："死了，死了。不是他打听会兰子，人还不知道呢。那大头，单单今夜出去，要是他在，娃儿也不死。"

老顺说："大头要在，怕也没命了。人家穿了盔甲呢，棍子敲在身上，跟搔痒似的。”

“人呢？”北柱问。

“才逃出去。这家伙，还真杀人呀？我还以为他唬人呢。”北柱说。

“我也以为。”都说。

7

大头家书房里一屋血污。炕上的娃儿血肉模糊，看不清面目了。粉皮墙上溅了不少血，炕上的被褥湿了大半。半屋子人，都抽着气。

老顺打个寒噤，觉得在梦里。那电灯，挂着一轮轮光圈，散发着迷幻气息。众人的咋呼声也很虚，脑中仍有个锤儿，轰轰地敲太阳穴。

北柱说：“大头还不知道呢。这孙蛋，不定还在哪儿快活呢。”猛子妈说：“这秃子，娃儿又没惹他，杀娃儿干啥？”一个寒噤打来，把她后面的话打没了。几人嘀咕着：“谁能想到他会杀人。”“就是就是。”“这秃子，平日是没嘴葫芦，一干事，却惊天动地。”“这号人，最可怕。爱说话的，把心里的啥都说了。这号人，闷葫芦，啥都想不开。”

孟八爷问：“王秃子呢？”老顺说：“不知溜哪儿去了。”孟八爷说：“快寻快寻。北柱，去打电话报案。其他男人拿上绳子、棍棒，找王秃子。那家伙，杀一个也是杀，杀两个也是杀，杀红了眼，说不准还想杀平日有气的呢。”老顺说：“就是。南乡那人，一夜杀了十几个人呢。”这一说，谁都害怕了，都怕王秃子趁他们在这儿，去杀自己的娃儿。

“快走，快走，先去我家看看。”一个说。几个人也开始乱嚷。孟八爷就叫备了绳索和棍棒，打了手电，一家家去查看。还好，那王秃子，并没乘虚而入。

老顺提心吊胆地握着榔头把，他和王秃子本来无冤无仇，但方才，他砸过王秃子一榔头，不知对方看清了没。若看清，报复是必然的。他叫老伴赶紧回家，叫猛子防备好，打里锁住庄门。

孟八爷也打发其他几个打七的女人回家，收拾好房门，不怕一万，就怕万一。他安顿道："最好，挨近的几家到一个院子里，人多些，也好有个照应。男人们，都带上棍棒绳索，去找王秃子。"

老顺说："秃子穿了盔甲，别处打不疼，只有小腿和脚面不经打。"孟八爷却说："两人扯了绳索，往倒里裹。一裹倒，一压住，他就没辙了。"

忽听远处传来"救命"，其声厉，直直刺来。孟八爷辨出，是王秃子家方向，就带人扑去。老顺有些头重脚轻，但又怕落后，只好连滚带爬，也还好，能勉强赶上。

转过弯，听那喊声，竟从王秃子家传来。秃子女人直了嗓门喊"救命"，几个丫头哭叫着。砸门声沉闷地传来。一人大叫："开门！骚货，老子杀人了，不是说好的吗？"

孟八爷吁一声，众人驻足，侧耳细听，竟是王秃子。

女人哭叫："你饶了我们娘儿们成不？丫头才活人。你杀人，娃儿又没杀人。"

王秃子吼："难受一阵子，就完事了。老子死了，你们会叫人欺负死的。你不是答应一块儿死吗？"女人哭道："我答应过，可丫头没答应。她们才活人。"王秃子吼道："骚货，开不开？老子可踏了。"那踏门声，暴响几声。女人娃儿骇极而嚎，门却没开。王秃子叫："老子劈门了。"响起切刀剁木声。

孟八爷叫："快，这秃子疯了。"第一个跑去了。众人却不敢前去。孟八爷喊："王秃子，警察来了，你快放下刀子。"一道光柱照去，见那怪物骇然回顾，又踏一脚门，才往屋后的沙窝方向逃去。

老顺道："还好。他要是真趁夜去杀人，不定有多少人着祸呢。"

见王秃子已逃。众人才随孟八爷扑上前去，敲庄门，却只听女人娃儿哭，仍不敢来开门。

孟八爷叹道："人说虎毒不伤子。这秃子，咋连自家老婆娃儿也想杀？"老顺说："你不听那话吗？想来商量好一块儿死，可女人后悔了。咋办？"孟八爷说："得寻秃子，不然，一夜过去，不定又杀几人。"又说："你们也别怕，那秃子，没力气。”月儿爹说：“我也知道他没力气，可心里总是害怕，一想那秃子，跟想到恶鬼似的。”孟八爷说：“怕也得逮住。那家伙，成疯狗了，见谁杀谁，危险得很。”说着，用手电照秃子脚印。那点点印迹，已探入沙窝了。

8

一进沙窝，众人走得很慢，谁都举着棍棒，如临大敌。他们在明处，王秃子在暗处。若是他候在一旁，伺机偷袭，会刀刀见血的。好在那串脚印明确无误地指着他的去向。他即使想潜伏，也不能把脚扛上肩头行动，这使众人放心不少。

估计到凌晨了，下山风很利，吹在手脸上，似寒水在荡。鸡鸣声此起彼伏，它们并不因夜里发生了血案而玩忽职守。老顺感到很饿，行来很是吃力。

越前走，沙丘越高。王秃子摸黑行来，慌不择路，脚印就老在不是路的浮沙上扭，害得老顺们也时时脚陷沙中，牛喘不已。

终于，发现那盔甲了，旁边有一大片践踏印迹。看来，王秃子至此，已筋疲力尽，喘息一阵，脱了半个钢丝床，才能勉强逃。孟八爷叫众人准备好，他估计，秃子逃不太远。

印儿指向狼舌头湾。这是个僻静的大湾，有狼出没，人很少来。前不久闹狼时，这儿夜夜传来狼嚎，这秃子，去那里干啥？

因为打了手电，早暴露了自家行径，谁也不用悄声没气。孟八爷说：“要说，这秃子，是个苦命人。半辈子了，没见他开心笑过。”老顺道：“就是。没个儿子，又养了个病婆娘。那娃儿，也没钱上学。”月儿爹说：“听我家老妖说，上回打七，他中途退了。前回，叫人顶了缸，当犯人抓去。现在，又出这号大事，莫非，真是啥报应？”老顺说：“啥报应？我不信。我砸了亥母牌位，她咋不来报应我？这是秃子没盼头了。”孟八爷接口道：“就是。别人苦了苦，心里还有个金刚亥母。他，啥也没有。苦了一辈子，也苦不出穷坑，没个盼头，又觉得谁也欺负他，活腻了。”“就是，就是。”都应。

老顺是放鹰好手，眼力好，虽也参与谈话，眼珠子却鹰一样滚。他用手电朝那串脚印扫去，见一棵黄毛柴上挂一东西，近前，一看，竟是那破摩托车头盔，就说："行了，别磨牙了，都留个神，别叫人家戳顿刀子。"他想：怪，这秃子，时不时留样东西，路标似的，啥意思？

几道光柱四下里扫，又捉到一样东西，在另一墩柴棵上挂着，像是衣服之类，谁也不敢近前。老顺发现沙上除脚印外，还多了串黑黑的线儿，手一捻，竟是血，还新鲜呢。

听得孟八爷叫："那秃子，在那里呢。"果然，孟八爷手中光柱照出了一团黑东西，血也正朝那儿淋漓了去。

孟八爷安顿两人，扯了绳子，若秃子扑来，先裹倒他；又叫其他人备好棒棍，才叫："秃子，有啥事，抹不过去？咋干这号事？娃儿又没惹你。"

黑影不应。

孟八爷提了棍，打着手电，慢慢过去。老顺怕他有个闪失，边跟了，边用手电扫视。他怕那黑影是秃子搞的假东西，自己则躲在暗处，伺机攻击，却见一柴棵上有段绳子似的东西，近前一瞅，竟是一截肠子，不由骇极，大叫："肠子。"孟八爷也发现了另一个器官。其他人也发现了人体器官，有人开始干呕。

几道光照住了那黑影，竟真是个人，是不是王秃子说不准，但肯定是人。这人裸了上身，前胸血肉模糊，开着大洞，那些器官，就是从这洞里扯出的。因他的脸上，也有无数刀口，跟大头的两个娃子一样，看不清本来面目了。

孟八爷说："是秃子。他那鞋，我认得。"

老顺也认出了鞋。那鞋叫牛舔鼻，用生牛皮自做的，土头笨脑，很是难看，但结实，一双能穿好几年。沙湾穿这鞋的，只有王秃子。

"死了没？"老顺问。孟八爷上前看看，抽口冷气，答："早死僵没气了。"

黑血四下里淋漓喷溅，渗入沙中。一大摊沙，被践踏得一塌糊涂。显然，王秃子在死前，经过一番疯狂的拼杀，只是这对象，变成他自己了。

孟八爷叹道："这秃子，是铁了心要死的。瞧那脏腑，也东一片西一片的，任是神仙，也没法救。”

众人都打寒噤。那寒风，也四下里飕飕，扑向心里。

几道光柱拢了来，齐齐向王秃子照去。见那脸虽血肉模糊，眼却圆睁着，怒瞪黑沉沉的天。

9

两个小时后，警察也来了。还有一大堆村里人和沙娃。日头爷从沙丘上探出脑袋，望着警察，望着村里人，望着王秃子血糊糊的身子。王秃子仍一如既往地阴沉了脸。那几道血口虽狰狞，却隐不了王秃子固有的阴沉。这阴沉，因生命的消失越加重了。

那一截肠子挂在柴棵上，在晨风里摇曳，旗帜似的炫耀着，很扎眼。这一招，想来是王秃子一生里最招摇的事了。

大头没来，拉会兰子去城里了。大夫王麻子也跟去了，边想各类法儿止血，边往城里送，不然，人没送到，血已流光。传来的讯息是，救下救不下，难说。但大头顾不上死的了，就带出话来：那娃儿，叫孟八爷处理掉。也许，他怕见那个场面。

警察在大头家拍了照，取了证，又来狼舌头湾拍照。这案，是秃头上的虱子，不需要动脑筋破。但警察仍装出高深莫测的样子，问了一大堆废话。叫村里人意外的是，他们终于逮住了一个情况：王秃子女人知道她男人要杀人。女人也承认了。若这样，她知情不报，近乎同谋了。但女人说，她给好些人说过王秃子要杀人的话，可谁都不信。她给大头也说过，你猜大头咋说？他竟说：“老子又不是叫人唬大的。”

这话，老顺信，孟八爷信，谁也信。这样，秃子女人就没大的责任了，但警察还是带她进了城。剩下几个娃儿，扯天扯地地嚎。

孟八爷叫毛旦把大头儿子的尸身子用血床单包了，抬到狼舌头湾来。死娃儿，人小鬼大，易作祟，得烧。平常这活，由毛旦干。干这活的地点，多在狼舌头湾。烧尽自然好，烧不尽，就由狼、狐子或是野狗去受用。那秃子，到这儿来死，也许是想填狼们的肚子。那棺材，虽不比木制的，也比叫抛在荒郊野外晒太阳强。

村人睁了瓷白的眼，望望王秃子，望望那两个娃儿，都抽冷气。按孟八爷的吩咐，他们拾来了一大堆柴。双福还打发沙娃送来了一塑料桶柴油。毛旦把娃儿和王秃子放到柴上，把那些散在四处的器官也叉了来，浇上油，一点火，三具尸体就在火里跳舞了。

被杀者和杀人者都叫火罩了，丝毫也分不出谁强谁弱。只是娃儿在火里跳得慌些。床单烧光后，白身子就叫烟熏黑了，开始了疯狂的扭曲，仿佛是不堪其苦，或是不堪其乐。王秃子相对安稳些，后来，见两个娃儿跳得很凶，他不甘心被比下去，竟突地在火中坐起，一脸狰狞，逗得女人们骇叫。

毛旦说："别怕，是腿上的筋揪了。"拿个棍子一推，秃子又睡火中了。

柴渐渐尽了。后来燃的，是那身子。娃儿胖些，身上的油淋漓着。秃子瘦些，没多少脂肪，只剩下那个黑木似的身子。这是富的大头儿子和穷的王秃子的唯一区别。毛旦就把秃子身子，拨到两个娃子身上，叫娃儿那富油去燃那瘦身。这举动，有重大意义，称得上"均贫富"了。

村人欷歔着，却没人落泪。

火渐渐熄了。那沙湾里，只剩一堆黑骨头了，还有几团东西，想是没烧尽的肚肠。从脑袋上，隐约能看出哪是秃子，哪是娃儿。骨头却混了，杀人凶手和被杀者亲热地拥抱了。

老顺想：要是王秃子知道骨头会拥抱，还杀人不？

第二十三章

阴山的牡丹雪压了，芦子草搭不上架了。

1

骆驼一逃走，姑嫂俩如遭雷殛。骆驼带走了馍馍和水。……没馍馍也成。因为沙窝里有沙米们，饿是饿不死的。没水可就要命了。那日日发着声波的日光一下下舔你的肌肤，要不了多久，你的血就稠得流不动了。再晒，你就干透了。你想活，也只能以灵魂的方式存在，肉体是不会听你的话了。莹儿想到了晒绿豆的情形。绿豆里，总有些虫子，它们打个洞儿，钻入豆里。她就把绿豆摊到院里晒，那虫子是最会装死的，一装死，你就会将它当成草籽。莹儿也懒得辨哪是虫子，哪是草籽，因为不管是虫子还是草籽，日头爷只管将它的水分榨干就成了。……这下，她们也要变成虫子了。她想，这是不是她招来的报应呢？晒虫子者，终究也会被虫子一样晒死。她知道，自己的体内，早就缺水分了，出了那么多汗，血的黏度想来很高了。却想，也难怪，驼也叫吓坏了。谁也是命，你怕豺狗子，人家也怕，而且前路有那么多未知的风险，它当然怕了。

两人坐在沙上，任日光烤炽，谁都不想说啥。驼将所有的生机都带走了。照这样子，她们走不了多远的。你每走一步，除了你消耗的水分外，日头爷还要夺走一些。真没治了，祸不单行呀。

骆驼没逃时，虽有渴意，还能忍受，稍微抿一口水，就能缓解了渴。骆驼一逃，周身的渴一下子醒了，每个细胞都喷出干渴来。莹儿甚至听到了细胞因缺水而破碎的声音。那声响，跟赤脚走在麦秆子上很相似。喉咙里像有无数只豺狗子的爪子在疯狂地骚动，充满了毛呵呵扎洼洼的感觉，又像是有一团的蝇卵在白乳胶里蠕动，黏黏的，很恶心。她极力不去想那画面，但还是厌恶自己了。跟豺狗子搏斗时，虽时有凶险，还能看得到对手，时不时也能给它一击。此刻，不知道对手去哪儿了。也许，那发出白光的日头爷算一个，但跟日头爷较劲，是讨不到好处的。再想来，对手也许就是命运，但命运是啥？命运是一团气，将自己包裹在其中，无论前行后退，你都摆脱不了它。跟它较劲，似乎也无着力之处。能看得见摸得着的对手，便是自己的身体了。细想来，自己所有的挣扎，都是为它的。为它寻吃，为它觅衣，如果除去灵魂的原因，将自己折磨得死去活来的相思之苦，又何尝不是肉体惹的麻烦呢？要不是那销魂的吻和肉体的交融，她会有后来的相思之苦吗？瞧，现在，这身体，又在折磨自己了。

莹儿索性躺在沙上，无奈地望天。日光直接照到她脸上了。以前，她很注意保护脸，不使它叫日光直射。要是日光晒多了，黑色素就会聚在一起，脸上就会出斑点。但要是成一个渴死鬼，啥模样还不是一样？或是成干尸，或是叫野兽啃得七零八落。她就说日头爷，由你烤吧，你索性一下子烤干了我，叫我少受些苦。……要是再叫沙埋了干尸，千年之后，人们也会挖出她，说不定，还会放到博物馆里呢。灵官就在凉州博物馆见过一具千年前的女尸，他说很难看。谁也不知道她是否爱过，或有过怎样的人生轨迹。那女尸，也不会告诉世人了。她的身世成了一个巨大的秘密。听说，好些学者想研究她的由来，但都是老虎吃天无从下口。莹儿想，要是千年后自己也被挖出，也会是个巨大的谜，没人知道她曾爱过，曾和一个叫灵官的男孩闹出过一段销魂。她想，这秘密也没人能考证得出的。她感到一阵恶作剧似的快感。她偷偷笑了，想，叫你们考呀证呀，累个贼死，你能考出我心里想啥吗？能考出我曾咋样爱他吗？不能吧，一群废物。她仿佛看到了学者们一头汗水的尴尬相，快意地笑了。

又想，既然别人考证不出啥，那不是等于这世上没存在过那段爱吗？就是，多好的花，要是开在偏僻的山谷，人看不到，不也等于没开花吗？这一想，她急了。她想，无论怎样，就算现在她如何隐瞒，不让人知，待得千年以后，还是应该有人考证出世上存在过那样一段生生死死的爱的。否则，不跟开在无人处的花一样吗？她想，得生个法儿，叫后来的人明白她有过一段怎样的情。

莹儿想呀想呀，实在想不出个好办法。要是眼前有石头，她会用藏刀在上面刻上字。她甚至想好了她该刻哪几个字。她费劲地看了看，没见到石头。眼前只有沙，沙是啥？沙是世上最不可靠的东西，你哪怕将最忠诚的心交给它，风一吹，就会抹了它。莹儿多希望能有块石头呀，可石头也跟命运里的盼头一样，不是你叫它，它就会应声而到的。莹儿想呀想呀，终于想到了一个法子：前年，在金刚亥母洞，出土了好些西夏文物，最多的是丝绸。那真是好丝绸，无论质地和花纹都叫专家们啧啧不已。有些国师，就在那丝绸上写字。她想，丝绸都能穿越千年，从西夏走到现在，她的衣服或许也会这样。要是在潮湿的地区，多好的衣物也会被焐成灰，但在这沙漠的干沙里，衣物肯定能保存好长时间，就算没有千年，也会有个几百年。成了，一样。对一个死人来说，千年或百年，一样，一样呀。

莹儿想用血在衣裳上写上字。她将食指探进口中，用力地咬。她很怕疼，才一咬，就觉得疼旋风般搅了。她忙松了口。她想，自己不过轻轻一咬，就忍受不了，那叫豺狗子们活咬的骆驼该如何难受呀？她的心哆嗦了一下，觉得自己对不起它。她想，要是她像兰兰那样注意吆驼，它也许不会折腿的。但那歉疚很快没了，因为她想做的事，又在起劲地叫她了。既知道那慢咬会瓦解意志，就索性抽出藏刀，伸出食指，在刃上划了一下。

血从刀口处渗出了，渗得很慢，莹儿脱下那件天蓝色褂子，用血在上面写字。哪知，才写了一划，血就没了。血真是稠到极点了。记得以前，她最怕出血，一出血，总是止不住，医生说她血小板减少，叫她吃花生的细皮。

她发现血也老跟她作对。以前，怕出血，可老出，而且一出就止不住。现在，她希望血出多些，好叫她写完自己想写的话，可血偏偏凝了。她用力吮呀吮呀，终于又吸出了一些。她就这样吮吮写写，终于将想写的话写了。因为不常写字，字很难看，但还是能看出内容的：

"莹儿爱灵官。"

她想，不管是千年后还是百年后，只要有人发现她的尸体，就会明白她叫莹儿，还会明白她爱过一个叫灵官的人。这样，她这具干尸就跟博物馆里的干尸不一样了。说不定，一些好事的作家，还会演化出许多动人的故事。故事里的男主人公叫灵官，女主人公就叫莹儿。她仿佛看到了百年后的人正在看那电视剧，都被感动得热泪盈眶。连她自己，也真的热泪盈眶了。她的嗓子虽干得冒烟，眼泪却怪怪地淌了很多。

她无言地哭一阵，抹去泪。不管咋说，她还是很满意自己的做法。

她是个很容易感动自己的人，总在虚构的故事里流着实在的泪。但那渴，却奇怪地躲远了。她想，也许，这就是艺术的作用吧。

忽然，一个念头却一下将她打蒙了：要是野兽撕了她的衣服和身子，那字不就也没了吗？

2

莹儿又陷入绝望之中，她想原来那永恒，并不是你想要就能有的。她老在村旁的河湾里看到叫野兽们撕得七零八落的衣服碎片，还有叫它们啃剩的骨头。她想，自己要是死在这儿，也定然会成那样子。除了豺狗子，还有狼，还有老鼠，还有好些长着尖牙的动物，它们都会撕碎自己向往的永恒。真是的，这世界总有好多尖牙利齿的。没办法，人既然是来受苦的，当然得有好多制造苦的母体。

一想那么美的爱情故事会随着肉体的消失埋入黄沙，她真的痛苦了。她想，这是比死更糟糕的事。

忽然，那“埋入黄沙”几字怪怪地引出了一缕游丝。莹儿捉呀捉呀，终于捉住了它。她想，就是，把自己埋入黄沙，叫野兽找不到自己。

她一下子兴奋了。

真是个好办法。她想。好些出土文物不是也被埋入黄沙或黄土才保存了千年吗？真的。四面望望，她瞅中了一个高大的沙坡。她想，反正是个死了，与其渴死，还不如活埋了自己。活埋时，那痛苦会很短。要是被渴死，得受多少罪呀。

她想，先不急着埋。等实在没希望了，快要死时，再埋。又想，真到快要死时，怕是连挖坑的力气也没了。她想，趁着有力气，我先挖好坑。到了那弥留之际，用足了劲一蹬，沙就会下堕，埋了自己。

她爬起身，走向那沙坡。沙坡很高，莹儿瞅个陡些的地方，用手一下下刨沙。兰兰正闭了眼，不知在想些啥，她只是望了望莹儿，却啥也没问，也许她以为莹儿想挖个睡觉的洼处哩。

莹儿挖呀挖呀，她小心地挖。在沙坡上挖坑虽不很累，但有一定的难度：她得既要挖出坑，又要叫坑周围有环伺的悬沙。而且，更得悬到一定程度：弥留之际的她一脚就能蹬塌下来。这当然有相当的难度，但莹儿还是成功了。她挖呀挖呀，但她渐渐失望了。她发现，沙坑里竟有潮意，就算她将自己埋在里面，要不了多久，潮湿也会毁坏那件有字的衣服。

她一下泄气了。

她很难受。她想，我真是背运透了，想找个干燥些的埋尸身处，也不能如愿。

不知何时，兰兰已到了身后。

忽然，她大叫起来，芦芽!

3

兰兰说，你知道，芦芽是啥吗？当然，芦芽就是芦芽。可你是不是知道，当年赶龙脉的道人，赶呀赶呀，待他们赶到龙脉时，首先就会发现芦芽？芦芽是龙脉的胡须。兰兰的兴奋也多少影响了莹儿。莹儿明白，兰兰是不会无缘无故地兴奋的。听孟八爷说，所谓龙脉其实就是水路。她明白兰兰高兴的原因了，见到了芦芽，就能挖出水来。她想，这当然是值得高兴的事，有比困在沙漠里挖出水更叫人高兴的事吗？

兰兰见莹儿的脸鲜活了些，也没解释啥是龙脉，凉州人谁也知道龙脉就是水路。龙脉当然还有更多的意义，比如有龙脉的地方出贵人等等，兰兰也懒得管这些。她眼里的芦芽是啥，是吃食，是水，是生命。兰兰弯下腰，拽下一截芦芽，用胳膊夹了，蹭去沙，扯成两段，将长的那段给了莹儿，说，你嚼，水汽大得很，那渣子也不要吐，多嚼一阵，咽下去。莹儿咬了一口，一股清凉在嘴里化开了。这感觉，美极了。莹儿没吃过芦芽，一看那样子，原以为是木头渣子，谁料它会有那么多汁儿。印象里，这几乎是她尝过的最美的食物了。

兰兰几口将芦芽塞进嘴里，她跳下沙坑，顺着那芦芽根系，慢慢地刨，边刨，边将芦芽根扔出。她说，你省着些吃，得防着养命呢。那芦芽白白的，胖胖的，水水的，很诱人。莹儿恨不得几口吞了。嗓子眼里也伸出了几只手，都朝芦芽伸了去。莹儿从衣袋里掏出个塑料袋，抽去卫生纸，将芦芽装了。她怕沙漠里的干风很快会将芦芽上的水分榨干。莹儿想，也好，总算又有了一线生路，人说天无绝人之路，真是的。每到山穷水尽时，总会有转机的。

兰兰扔出的芦芽渐渐多了。芦芽和甘草一样，总是一攒一攒的。只要发现一根，顺了那根系，就能扯出好多来。按民间传说，有时，皇家祖坟里的芦芽也能扯到千里之外，要是谁家的祖坟里沾了那龙气，这家就会出皇上的。沙湾就有被皇家斩断的龙脉。在沙湾人眼里，芦芽是吉物，谁家的坟里要是有了芦芽根，那是很值得庆贺的事。

兰兰的喘息从沙坑里传出。那些沙，全靠她一捧一捧地往外扔。塑料袋里的芦芽渐渐多了。莹儿说，你歇歇，我再刨一阵。兰兰抹抹头上的汗，笑道，成哩，不累。你咋想到这法子的？莹儿咋能将她想名垂千古的想法说出呢？她笑了笑，不语。兰兰也不在乎她回答与否。看得出，她很高兴。这真是意外之喜了。莹儿想，要是有把沙锨多好。但她马上又嘲笑自己：人真是贪心不足，有了芦芽，想要锨。有了锨，又想帐篷；有了帐篷，又想小卧车哩。烦恼就是这样来的。成了，在绝境之中，能有芦芽充饥解渴，已是上天最大的恩赐了。

塑料袋里已装满了芦芽。莹儿想找个别的东西，兰兰扔出了头巾。为防日晒，两人都顶着头巾。记得，还有纱巾的，装在那驼架上的包里。……不想了。丢了的东西，就不是自己的。

莹儿正想换换兰兰，忽见沙壁上溜开了沙。她觉得不好，忙叫，兰兰，快出来，沙要塌了。兰兰起身，正要往外跳，沙已塌下了。兰兰自胸以下，全被埋了。那沙，却仍在下泻着。

莹儿吓坏了。她一把拽了兰兰的胳膊，拼命外扯。哪知，她越扯，沙泻得越快，竟涌到兰兰的肩部了。兰兰大张了口，拼命呼吸着。莹儿不敢再拽，兰兰也不敢再挣，沙流了一阵，慢慢停了。

莹儿手足无措了。看这阵势，真是危险万分，要是沙再下泻，立马就会埋了头部。头一埋，脚就踏进阎王殿了，沙会顺了你的耳孔鼻孔嘴进入它能去的任何地方，就算你能被及时挖出来，那进入你体内的沙子仍是命里最大的麻烦。

莹儿叫兰兰别动，她怕她的挣扎会招来更多的沙流，反正人家黄龙有的是沙子。你只要招惹人家，人家就立马亲热地围了来。沙湾人都信黄龙，黄龙管沙，青龙管水。水淹死的多进了龙宫，沙埋了的就成了黄龙的眷属。早年，村里有黄龙庙，每到初一十五，村里人就去祭祀。要是一次不祭祀，黄龙就会发脾气。但时代不同了，一切都走下坡路了。最早的时候，祭黄龙得童男女。后来，变成牛羊了。再后来，庙叫红卫兵砸了。据老人说，自那后，沙就一步步移向村子，埋了好些地。莹儿本是不信神的，此刻，别说神，叫她信狗也会信。她就求黄龙，求她别带走兰兰。兰兰也求金刚亥母。兰兰只在心里求，她表面上很镇静。虽然沙的挤压已使她呼吸困难，但她还是极力保持平静。

她明白，这会儿，所有的慌张都帮不了自己。

兰兰想，那沙，说不定啥时又会下泻，趁着这机会，把该安顿的，给莹儿安顿一下。要是自己真死了，也别带着遗憾。

莹儿想了个法儿，她边求黄龙，边在兰兰北边的沙上挖坑。因为兰兰在沙球的北侧，只要在北边挖个坑，兰兰也许能慢慢挪出身来。莹儿说，你别动，我试着挖。

兰兰惨然一笑，也不去阻止莹儿。她明白，不管有没有效，那都是眼下唯一能施行的法儿了。

兰兰说，莹儿，有些话，我想对你说说。

4

莹儿，这辈子，最叫我难受的，有两个人，一个是你。我明白，我的离婚给你带来了很大的麻烦。我明白。莹儿，我明白它给你带来的伤害。我也是个女人。其实你也知道，这世上，最能贴近女人心的，还是女人。莹儿，我那样闹，没别的，我只是受不了你哥哥的打。这是真的。我不求爱情，不求富贵，更不求理想，我仅仅想像个动物那样活一场。真的，动物一样。我很羡慕猪，虽说它终究得挨一刀，可哪个人不挨刀呢？不说结扎呀动手术呀之类，单是老天给你的最后一刀，谁能躲过呢？所以，我很羡慕猪。你知道，当一个人羡慕猪时，说明他过的是一种啥样的日子？我还羡慕牛，虽然牛很苦，可我的苦哪点比牛弱？你知道，天麻亮时，我就起床了，打扫院子，收拾屋子，做饭，干活，直到天昏昏黑。一年三百六十五天，我都是这样。薅草，挖地，割田……哪一样离过了我？牛再苦，总有个农闲的时候吧？可我，你瞧，谁一见，都说不像个二十来岁的女人。这些，没啥，我能忍。生就个农民，天生就是受苦的。我认命了。

可我真受不了那些打，受不了。疯耳光、蛮拳头、窝心肘锤、踹心脚都是轻的。我最怕的，是那牛鞭。你知道，老牛挨那么一下，都得塌腰哩。人家一抡，就是半个时辰。半个时辰是多少？是一个小时，是六十分钟，是三千六百秒。那一场下来，身子就叫鞭子织成血席子了。然后呢，他又抓了碾面的盐，往伤口上撒，他说是怕感染——感染了，家里又得出钱。那疼呀，比挨鞭子还胜百倍哩。记得，我梦里都躲不过鞭子，老是从梦里吓醒。有一次，就是你给我挑刺的那回。你知道，他要赌输了，我不过说了几句，他就折了好些刺条，扯光了我的衣裳。我知道，他是从贤孝上学来的。你忘了？好些受难的公子就那样挨揍。他为啥不学贤孝中的好人呢？那么多贤，那么多孝，他都不学，他为啥单学恶人呢？

他用刺条抽我后的第二天，你正好来站娘家，你不是挑出了一把刺吗？你没数，我可数过，四百五十一根。那时，我就发誓，下辈子，我扎他四百五十一枪，或是射他四百五十一箭。真的。你别生气。当时，我真是那样想的。

你别哭，真的别哭。你一哭，我就不说了。这些，憋在心里，快都捂臭了。我不敢说，你知道，有些人听了，不但不会同情你，反倒会望你的笑声。记得，村里有个婆婆，一骂儿媳，就说，你再犟嘴，兰兰就是你的后世。我听了，脸上像有条子抽。我咋给人说？我只好牙打落了往肚里吞。有多少苦水我自个儿咽。爹妈虽也知道我挨打，可他们咋知道我挨怎样的打呢？要是妈知道了，心会疼烂的。爹妈够苦了，我不能往他们的伤口上撒盐。你说是不？

不说了。你一哭，我的心也酸了。瞧，我惹你伤心了。好了，不提这话头了。我只是想叫你知道，我闹离婚，实在是受不了那种打。要是我不闹离婚，就只好寻无常了，或是刀路，或是绳路，或是喝药。记得，一次，我在梁上拴了绳子，刚将脑袋探进绳圈，就叫你爹救了。我还想喝断肠的农药，听说喝了药难受。我想，难受也罢，不过一阵阵。这号苦日子，啥时是个头呀？

后来，哥哥死了。我就想，我死不成了。哥一死，爹妈哭成那样。要是我再死了，可真要他们的命了。我只好闹离婚了。你别哭，我不想叫你难受。我只想叫你明白，我离婚，实在是活不去了。要是我挨得了那样的打，我会头仰屎坑，咬了牙硬挺的。不就是一辈子吗？咋是个死。挣扎也死，忍让也死，我想得通的。我终于理解了“文革”中挨打后自杀的那些人。真的，人生来，不是挨打的。多高尚多伟大的人，身子也是肉的。

其实，我是个安分的女人。我也不想飞上跳下。我从来没有理想，不想出人头地。我只想安安稳稳地活着，悄悄地混上一辈子。人嘛，原本就是个混世虫。混就是了。

当然，丫头的死，真揪了我心上的肉。那段日子，我的天也塌了。我能明白爹妈失了儿子的痛。那时，我心里最不能碰的，就是这事。但你知道，痛是会木的。无论咋样的痛，痛一阵，也就木了。我终于从那痛里挣出了。人觉得我闹离婚是因为这事。是的，我明里是这样说的。可我其实还是怕挨打，真是的。你也许没挨过打，那真不是人受的。所以，我最佩服的人，不是佛，不是菩萨，而是那些受刑的烈士。说实话，要是我，无论有多大的信念，挨不了几顿打，就会叛变的。

你别哭。

丫头虽然死了。虽然我也死去活来地闹过，可死的哭不活。没法，死了也就死了，就当她是那么个命。可那种打，我一想，心就发麻。所以，我发过誓，这辈子，我不打人。以前，我也只扇过丫头一巴掌——我最后悔的，就是这。我一想，心上就刀刀儿搅哩。我就发誓不打人。人打我时，我难受。我打人时，人家也难受。人生来，不是给人打的。

好了，你别哭了。我不说了。

你知道就好。好长一段日子里，我最怕醒着，因为醒着就老想事。也怕睡着，因为一睡着，不定啥时候，牛鞭就会呼啸。有时是真的，有时在梦里。好长时间，我分不清是清醒还是梦里，反正啥时候也挨打。要是哪一天，他没有抡牛鞭，只拿疯耳光疯拳头招呼我，我就会觉得很意外，觉得那是对我最大的恩赐了。你知道，手打虽也疼，疼却是钝的。那鞭子，是利利的疼，比刀子割还要疼百倍哩。你记得那头黑白花牛吗，人家一鞭，就将它打瘫了。只一鞭，牛就瘫了，牛眼里淌出黄豆大的泪。可我，得挨多少鞭呀。人家拧了腰，咬了牙，鞭梢就呜呜着飞了来，只一下，我就瘫院里了。

我真是叫打怕了。

你可别笑我。没办法，谁叫我是个软弱的女人呢？只要你理解就好。

你慢些挖，不要急。你小心些，别磨烂了手指头。你捧，对，就那样捧，你别用指尖，那儿皮薄，你用手掌捧。对，就那样。

说了这些话，心里好受多了。

5

第二个叫我难受的，我不说，你也猜到了。对了，就是花球媳妇。虽然我跟花球没啥，真的没啥。真像那花儿里唱的 :“大红果果剥皮皮，人人都说我和你。其实咱俩没关系，好人担了个赖名誉。”这编花儿的，真神了。他咋知道我心里的话呢？真是的。

我没想到，她会寻无常。真的没想到。我跟花球，虽闹了个天摇地动，其实啥也没啥。没结婚时，跟娃娃过家家一样。后来结婚了，就没那份心情了。老是挨打，啥女人感觉也打没了。你知道，那段日子，我身子不干净。……不过，我承认，跟他亲过嘴，他也摸过我。这会儿，我也没个啥避忌的。真的，就那样。我跟你和他不同，你们是真真实实地爱了……你别瞪我。我们啥都没有。真的没有。

那次打七，我们虽昼白夜黑地在一起。是的，这不假。我们在一起待了七八个昼夜，可你知道，那是在打七。那是在金刚亥母的坛城里，我咋能干驴事？再说，我身子还时不时来红。我是不能干那事的。再说，跟我们一起的，除了那放风捣嘴的月儿妈，还有凤香们……你想，我就是真想干那事，我又不是驴，咋能不分声场合地胡来？

她咋那么傻呢？她跟个风风儿，念个经经儿。她以为我真跟花球干了驴事，就干了糊涂事。……要说，也怪花球，女人嘛，嘴碎，说了叫她说几句，你能装了装，不能装了，就出了庄门溜达去。你动啥手？你不动手，人家都成个气葫芦了。你一动手，她就觉得没活头了。你说是不？要是我，我也会拿刀子抹脖子哩。

她不知，她这一弄，没影子的事，也成真事了。这号事，你又不能一个一个地解释。你越说，人家还以为此地无银三百两呢。世上的事就这样。你说，我有啥法呢？

你知道，她刚寻无常那几天，我也想拿刀抹脖子呢。我眼前老晃着她血糊糊的脖子，刀口那儿吹出噗噗的气泡。那血泡儿，老在我眼里噗噗着。我逃不出那梦魇。好几次，我举起了刀子，可我想到了爹妈……真的，我不能叫他们死了儿子后，再死女儿。我要是死，我爹也会像她爹抱了她那样哭得断气。我真不忍心。真的。

当然，我还怕疼，我真的怕疼。我算服了她了，她怎能那么狠心地戳自己呢？

你慢些捧，别急。这会儿松动了好多。对，你就捧胸膛上压的沙子，对，先捧那些。

没想到那女人没死。没死当然好。可你知道，她老是歪个脖子在村里晃，谁见了，都说她可怜。说她可怜的同时，当然就在说我可恶。要是她死了，人们说几年，也就不说了。可她老歪着脖子，你也见过那样子，跟怪物一样扎眼。我真不敢出门，一出门，就见她在南墙湾里晒太阳，见了我，她啥也不说，只拧了脖子，阴阴地瞅我。我怕那眼睛，比怕你哥的牛鞭还厉害。真的，我老觉得那眼睛在脊梁上戳着。有时，觉得天上地下，到处是那眼睛。它们发出蛛丝一样的光，将我裹成了蛛网里的苍蝇。要是有村里人，我就更难受了，他们会望一眼她，再望我。我知道他们心里说啥。

有时想，真没活头了。

真的。在婆家门上，等我的是牛鞭。在娘家门上，是比牛鞭还厉害的歪脖子女人阴阴的瞅。你说，我还有个啥活头？

真的。你别捧了。你索性上了沙坡，蹬下沙，埋了我吧。

不提这事，我还有活下去的念头，一提这些，真不想活了。早死早脱孽。

你说，我的命咋这么苦呢？莫非我的前世，真干了比天还大比沙还多的坏事？

算了，你别捧了。瞧，你的手出血了。我觉得没用。你捧上千百下，不如人家黄龙溜一次。

我只希望，你能替我做件事：要是我这次叫黄龙收了去，你要是活着出去，要是你有气力的话，就帮她一把。她的脖子虽歪了，但听说，兰州的大医院里能治，动个小手术，脖子就能弄直。当然，得看你有没有气力，没那气力，就算了。要是有气力，你就帮帮她。你知道，那歪脖子，是我的耻辱柱。只要它存在一天，村里人就会骂我一天。再说，花球心花，要是女人成那样，也拴不住他的心，他迟早还会出事的。那是个苦命女人，能帮了，帮她一下。

要是你没有气力，你带个话给猛子，叫他替姐姐满这个愿。他会做的。当然，要是你们的事成了，啥话也不用我说了。你们合了力，日子就好过些。要是那事不成——你知道，妈那人，心术儿太多——你就前行，嫁个有钱些的，当然就有了气力。……瞧我，给你心上加码子了，你不会怪我吧？没办法，我想说这话。不说，我心上难受得很。说了，你做不做是你的事。我的心就松活了。

有时一想，这辈子，真没活出个人样来。没办法。我虽也信命，但似乎也不全是命的事。你瞧村里女人，哪个不是苦命人？我想，是不是女人们都是磨盘上的蚂蚁？只要你上了那磨盘，你就得跟了惯性转？我想，定然还有些命以外的事。瞧，“文化大革命”里，受难的有多少？不信他们都是那个命，定然还有些命以外的事。我虽想了好久，但我一直没想透。算了，不想了。其实，爹的那话最好，老天能给，我就能受。是不是？你想呀想呀，想破了脑袋，你该受的，还得受。还不如开头就坦然地接受了下来，你说是不？

6

要是我真叫沙埋了，你也别哭。眼泪也是水，省些水，你就能活久些。你不认识路，别乱跑，你要一直朝东——你也别管盐池了，先保命吧——这沙窝，东西窄，南北长，要是走错了路，你是走不出沙漠的。你就一直朝东走。你千万不要在毒日头下走，那样要不了多久，你就叫蒸成干尸了。你最好在黑里走路，你只要瞅清那北斗七星，叫它悬在你的左上方，就只管前走。手电你省着用。枪也别扔了，火药别弄进去水，万一叫雨淋了，你晒干就成。枪其实很好放，你抓上一把火药——不要太多，你省着些用——溜进枪管里，你用那捅子捅个十来下就成，别捅得太瓷。要是捅得过实，会炸膛的。再装些铁砂——铁砂不多了，你也可以挑些大些的石砂，别太大，跟铁砂差不多大就成。再装半把火药，再捅瓷实些，这是挡那铁砂的。你就从铁夹里，取个火炮子，安在撞针上。有时，也会有命到了尽头的兔子碰到你的枪口上。要是碰上黄羊，你别打了。钢珠子在骆驼上挂的袋里，这号碎铁砂打黄羊只会浪费火药。要是你靠近些，也打能伤它，就算它伤得很重，你也撵不上它。你千万别费你的力气。你要节省体力。那伤了的黄羊，就算它跑上半个时辰，你要是撵，也会累死你的。你就只打兔子吧。要是你运气好的话，差不多一枪一个。记住，别离得太远，最好的距离，是十来米以内。

你别捧了。瞧，捧的，还没它流下的多。

打了兔子后，你要先喝它的血。你别嫌它恶心。你得先活命，有命才有一切。你忍了那血腥味，虽然它很浓，但它是最好的营养和水分。你只要弄上几个兔子，不要迷路，就能走出沙漠，到蒙古人的地盘。你找个人家，要些吃食和水——别一次吃太多——他们会帮你的。

你要记住的是，你只能在夜里走路。早上也成。千万别在焦光晌午赶路。日头爷高时，你就找个阴洼，挖个坑，你别挖太深，你只挖到有潮气的地方就成了。碰上芦芽了，你少挖一些，别像我这样太贪。你小心，坑不要挖得太陡，别叫塌下的沙活埋了。见到潮气后，你就伏下身子，深深地吸那潮气。你一口一口很深地吸气，你心里想着把潮气和地下的精气都吸到你心里。无论你多渴，这样吸一个小时，你就舒服了。你觉得舒服了时，也别出来，你就一直趴在坑里，整天那样趴着。这样，日头爷晒不着你，你又能吸到潮气，就能熬过毒日头的炽烤。等到夜黑了，露水下来时，你再走路。碰上沙米了，你顺路采些。你不要怕它扎手，为了活命，你当然得挨些疼。你别小看那些雀儿眼大的沙米。在你的头伸进湿坑后，你就像吃瓜子那样边剥边吃。它虽然小，但再小的食物也是食物。

你记住，无论如何，你都不要害怕。害怕是啥？害怕是杀你的刀子。你一害怕，它就会越来越厉害。那害怕，开始只有一点点，慢慢的，只要你心里有了害怕的种子，它就会生根发芽开花结果。最后，害怕就变成满天的大雾，会罩住你；会变成满天的大水，会淹了你。你就会听天由命了，你就懒得走路，懒得挣扎，你就会想，算了，可能我就这么个命吧。这样，你就死定了。因为你的心先死了。你的心一死，你也就死了。

你记住，无论活命还是干啥，你只要朝一个方向，走呀，走呀，不停地走，你肯定能走到那个你想到的地方。你只要认准方向，碰到兔子了，能打了，打一个。可千万别撵它，因为它会将你引到另一条路上，会消耗你的体力。你更不要想黄羊们。你要明白，没有火药和钢珠，你那“想”的心，只能算贪婪。你更不要叫美丽的海市蜃楼迷了心志。你永远记住，沙漠跟生活一样，是严酷的，别指望会出现奇迹。你所做的，就是朝着你选定的方向，走，走，不停地走。你坚信，你肯定能走到那儿。肯定。

这时，你最大的敌人就不是沙漠，而变成了你自己。你成了你最大的敌人。你会劝你，算了，认命吧！你会说，你走不出去了。你会将那可能已到咫尺的目标错移到遥不可及的天边。你会生出一些跟你的走不一样的想法。你可能会叫那想法搅乱了心志。你别望我，我这话，是我的上师告诉我的。知道不？就是传我金刚亥母法的那个活佛。

我想，这世上，没比这更殊胜的教诲了。

对了。我也该跟自己较量一下。你别急着捧我胸前的沙。你先把我的手取出来。瞧我，我只叫你别丧失信心。我自己，却差点认命了。我也试试吧。虽然我的试可能会招来更多的沙，可我想，就当我已叫沙埋了。最坏的结局，不就是叫它埋得更深些吧？

对，就这样，先试着弄出我的胳膊。

7

莹儿的手已叫沙磨出了血，但她仍在捧沙。她想，就是磨秃手掌，也要救出兰兰。兰兰的话，叫她心酸而震惊。人真是最奇怪的动物，耳鬓厮磨了多年，今天才算真正了解兰兰了。她想，一切都不说了，救出她的命再说。她想，要是兰兰叫沙埋了，她也就活埋了自己陪兰兰。她不愿将兰兰一个人丢在沙漠里。

莹儿的努力很有效，她已在兰兰身子北面刨开了一个深槽。虽仍时时有沙流入，但兰兰的胸部已出来了。这就好。等再挖一阵，只要将挤压兰兰上半身的沙刨掉，两人一齐用力，就会抽出兰兰的腿。

兰兰从沙中抽出胳膊。她泼水那样将身前的沙子往外泼。她动手的幅度很小，因为身后的沙子仍缓慢地下泻。好在那些潮湿的沙子能相对地稳了身形，才挡住了壁立的沙。也幸好是阴洼，这沙瓷实，要是像阳洼那么浮酥，兰兰早没命了。

莹儿头晕目眩了。因为使力，她出了好多汗。这一来，身体更缺水了，视力也模糊了，嗓子里像卧着刺猬。但她很高兴，毕竟，她看到了救出兰兰的希望。虽说这所谓的救出，仍离活着走出沙漠有很远的距离，但她们也算闯过了一个命运的铁门槛。一生里，谁都会遇上铁门槛的，你闯过一次，就成熟一次。就像唐僧取经那样，你只有经过九九八十一难，才可能得到正果。

莹儿的指尖先出血了，进沙窝前，才剪了指甲，沙就直接在指肚儿上磨。开始刨时，她是不顾命的，哪怕将十个指头全磨没了，也没啥。她就刨呀刨呀，没刨多久，指头就出血了。兰兰就叫她改成了捧，慢是慢了些，槽子却越来越深了。

莹儿觉得她不是在救兰兰，而是在救自己。她自己不是也陷入了跟沙坑差不多的绝境吗？不也正在进行自救吗？许多时候，救别人也就是救自己。

日头爷开始偏西，在这个地方，她们陷了一个多时辰了。饥渴蛛网般罩住了她们。莹儿觉得自己快要晕死了。跟豺狗子一夜的对峙几乎耗光了她们的所有精力，体力早就透支了。莹儿只想睡过去。她的手虽在刨沙，意识却快要休眠了。她多想睡一觉呀。她不知道，好些渴死的人就是这样睡过去的。趁着她熟睡的当儿，日头爷会榨光她身上所有的水分。那些渴死鬼就是在晕晕乎乎后的休眠状态里踏上黄泉路的。

兰兰说成了成了。莹儿住了机械地捧沙的手。兰兰叫她后移一下身子。看得出，桎梏兰兰胸腹的沙少了，要不是怕阴洼里还可能下泻沙流，兰兰自个儿就能挣出来。兰兰叫莹儿后退一下，她扯了莹儿的手。她必须一下子跃出沙坑，因为她那一挣，肯定会惹动沙墙一样的坑壁。她必须在蓄势待发的沙子们轰然塌落前跃出沙坑。不然，那崩泻的沙流会再次埋了她，前功尽弃不说，要是流得更多一些，沙一涌住头顶，一切就结束了。

两人求一阵各自想求的神，兰兰求金刚亥母，莹儿求黄龙。然后，兰兰叫莹儿踩稳了，她喊：一二三。两人一起用力。这一扯，沙果然下泻了，势头很猛，好在兰兰在那一跃之下将双腿拔出了沙坑。两人都使出了吃奶的力，二力一合，就一齐滚到沙洼里了。沙流轰然下泻着，一眨眼，就淹没了兰兰方才立足的地方。

目瞪口呆了好一阵，两人才抱了对方，放声大哭。

她们肆无忌惮地哭着。沙洼回应着，那哭声回过来荡过去，把天地都填满了。

8

姑嫂俩吃了塑料袋里的一半芦芽根。这是用生命和汗水换来的，是她们吃过的最好食物。等啥时候，你先在沙窝里晒上一天，到口焦舌燥时，再试着嚼那芦芽。我相信，你尝到的，定然是天堂的感觉。你只管轻轻一咬，芦芽特有的甘甜和清香就会沁入你的灵魂。那点儿汁水，带给你的，定然是叫你灵魂哆嗦的颤抖。要是你是佛门弟子，你就会觉得那是来自佛国的甘露，你只需在舌尖上滴上一滴，人生所有的苦都叫它消解了。

本来，所有意识都叫兰兰的安危牵了，饥饿呀，干渴呀，都进不了莹儿的心。这会儿，芦芽一入胃，感觉们都醒了。胃疯狂地蠕动起来。有只手在揉捏胃囊，质感很强。她又怨那逃驼了。她向村里人借它时，看中的，是它脾气好。没想到，这脾气好的蔫驼，品格却不好，在最需要跟人同舟共济时，却溜之大吉了。真是该死。

她想，该死的没死，不该死的却死了。

又想，也难怪，经了那场豺狗子的围攻，任是谁，也会叫吓破胆的。她不是也这样吗？当时，还顾不上害怕，此刻，害怕才渐渐醒来，跟饥饿缠在一起。她似乎不相信自己曾经历过惊心动魄的厮杀。一切都像在做梦。……近来，她老像在做梦。此刻，饥渴虽像砂轮机那样打磨她的每一根神经，虚幻感却浆住了自己的意识。

日头爷仍在喷火。没有风。兰兰说，走，先在阴洼里挖个坑，待到天黑再说。莹儿对挖坑心有余悸，但明白再待在毒日光下，会中暑的。体内的那点儿水分是禁不起日头爷舔的，就跟兰兰选个洼处。这次，她们有了经验，挖坑时，尽量挖大些，不使太深。待那潮湿的沙出现时，两人爬进了沙坑。虽然睡在湿沙上可能着病，但谁也不想这事。莹儿觉得那奇异的困和梦幻感浓浓地裹向自己，就身不由己地睡着了。

醒来时，日头爷已悬在西沙山上了。西天上有很红的云。明天仍会很热。莹儿当然希望下场雨，除了饥渴外，身上也是又黏又脏。要是脱光衣服叫暴雨冲一下，肯定比吃芦芽根更美。

兰兰仍在睡着。枪和火药袋放在沙坑外，一见它们，莹儿就有了安全感。她懒得考虑更多的事，虽知道处境仍很危险，但她懒得想。她明白，这时候，所有的想意思不大。没食物，她想不来食物；没水，她想不来水。不如不想它，省得想出许多烦恼，反倒将信心想没了。她想，只能走一步看一步了，能活着出去，当然好；出不去了，也没办法。她们就这么一点儿气力，跟老天爷或是命运较量，她们都不够个儿。但她还是能做自己该做的，那就是不要丧失自己的尊严。除了救出兰兰时她喜极而泣外，她很少流泪。以前，她爱哭，动不动就林妹妹似的抹泪。现在，她觉得哭是没用的，也就不哭了。这似乎是进步了。真的。她想，生活是不相信眼泪的。生活就是生活。生活是逼向绿洲的沙丘，是淹没天真的洪水，是你不得不正视的存在。没办法，你不想成熟，在生活面前，也由不了你。

忽然，不远处的柴棵下动了，很像豺狗子。她的心狠狠地“咚”了一下。她很想叫兰兰。但又怕自己花了眼。她慢慢探出手，取下枪。握住枪的那一刻，她才吁了口气。柴棵下的动点却消失了。她笑自己神经过敏，一朝被蜂螫，十年怕嗡嗡。她仔细地环顾四周，并没发现啥豺狗子。正舒气时，却见柴棵下又动了。她又紧张了。记得枪里是装了弹药的，莹儿取出火炮儿，压在撞针上。她想，要是一个豺狗子，也没啥可怕的。却发现那动了的，是个沙旋儿。再细瞅，原来是只土黄色的兔子。

莹儿很高兴。她想，这真是老天送来的好吃食。她慢慢转过枪口，对准柴棵。听兰兰说过，铁砂出了枪口，几丈外就车轱辘粗了。她觉得自己有把握打中兔子。她听兰兰说过瞄中的要领：三点成一线。刚要扣扳机时，心却跳得很凶。毕竟，她是第一次打枪。

她想，算了，还是叫醒兰兰，叫她打吧。但一个念头越来越强烈：她想叫兰兰一睁眼，就能惊喜地看到兔子。这想法，渐渐压了第一次打枪的恐惧。她发现，她每一呼吸，那黄点就在准星旁跳来晃去。她屏了息，使了很大的劲去扳枪机。她的心很猛地狂跳着。等到她用了所有的力却扣不动扳机时，才发现自己使劲扣的，竟是扳机外面的铁圈。她不由得笑了。她想，算了，还是叫兰兰打吧。

兰兰趴在沙坑里的姿势很不雅，脸上沾了好些沙子。莹儿推了几次，也没推断她的鼾声。莹儿想，她真是累坏了，就有些不忍心叫醒她了。她想，我真没用，连个枪也不敢打。这一怨，反怨出一股底气来。她屏了息，瞄了那仍在动的黄点，一扣扳机。她觉得枪托狠劲地砸了肩膀一下，耳膜一下蒙了。没看到喷出的火，但她相信是枪响了。

兰兰一骨碌爬起来。她问，咋？豺狗子来了吗？莹儿叫，我打中兔子了。她扔下枪，爬出沙坑，朝那柴棵下扑去。没等她到跟前，柴棵下弹出一个黄点，一跃一跃的，上了远处的沙山。

兰兰追了上来，哭笑不得，说，你呀，距离这么远，你以为这是快枪呀？

莹儿沮丧地坐在沙上，她很失望。她倒是真将距离忘了。她很后悔。她想，还不如叫兰兰打呢。要是打下一只兔子，烧了吃，真美死了。可叫自己一枪打没了。

兰兰虽也惋惜，却说，别后悔了，人家咋会乖乖等着你举枪来打它。算了，别怨自己了，那跑了的，就不是你的。

莹儿后悔了一阵，又想，就是，怨也没用，跑的已跑了。不管咋说，她总算敢放枪了。她发现，这也不是多难的事儿。

莹儿说，你仔细瞧瞧，我装一次枪。她按兰兰教的要领装了枪，又叫她教自己瞄准，并问询了一些射击距离等事项。

9

黄昏时分，沙窝里凉了。两人吃了剩下的芦芽根。手头虽有拣到的几个馍馍，但她们连碰一下的欲望也没有。要是没水的帮助，她们是无法将那被漠风吹干的馍咽下肚的。

兰兰决定走夜路，她想朝东走。虽说盐池在北面。但这会儿，先到有人处再说。先保了命，再想个法儿到盐池。听说那儿活多。因为折了自家的骆驼，兰兰觉得无脸见爹娘。她想，哪怕是空身子到了盐池，也要生法子挣钱，至少能挣够两个骆驼钱再进家门。这一说，两人都一脸的沮丧。进沙窝时，还指望能闯条路呢。谁料，人算不如天算，钱没挣上个毛，倒折了两峰骆驼。莹儿很是恼苦，按时下的价格，低些算，也足有五六千元的损失，是白福的多半个媳妇钱了。兰兰叹息一阵，见莹儿一脸灰色，就劝道，别想了，死的已死了，那逃了的，说不定会回家的。就算折，也仅仅折了一峰驼。莹儿明白，兰兰说的虽有道理，但也仅仅是可能而已。那逃了的驼，虽是老驼识途，有可能回家，但也有可能再遇上豺狗子，或是狼，或是牧人。无论遇上谁，都会将那拴了缰绳的驼逮了，据为己有。

兰兰说，要是那驼真回家的话，爹妈一见，就会替她们担心了。莹儿眼前便显出一幅画面来：婆婆在大哭，扑天抢地的。老顺阴了脸，蹲在炕沿上吧嗒烟锅子。村里人在劝。这是丈夫死时出现过的镜头。又想，要是自己死了，人家也说不准没丈夫死了那么伤心的。这一想，一缕委屈抽上心来。

兰兰说不想了，好些东西，想是没用的，还是赶路要紧。我们白天趴湿沙坑，夜里赶路，要是再遇到豺狗子，就当命尽了。要是活着到了盐池，总有法子的。莹儿说也好。

莹儿觉得很乏，她很想睡一觉，或是缓几天再走，但也只是想想而已。要是骆驼们在，吃食和水也在，啥话都好说。现在，你不走，就只能困死在沙窝里。

日头爷没入西山后，两人动了身。兰兰背了枪，莹儿备了手电。入肚的那点儿芦芽根早化了，肚里像有了好多小鸟，一起发出咕咕的声音。这显然是芦芽惹出的麻烦。饥渴之网，仍在浓重地裹挟着她们。尤其是渴，汹涌成大浪了。兰兰的嘴唇紫里带蓝，肿得老高，上面有层厚厚的痂，这是她老用舌头舔嘴唇的缘故。记得爹安顿过，进了沙窝不能舔嘴唇，多渴也不能舔，因为自家的唾沫里有毒，舔几次，嘴唇就肿了。莹儿就很注意自己的形象，她也叫兰兰别舔。可兰兰不听，瞧那嘴唇，足足肿了半寸高。此外，两颊也塌陷了，眼睛也大而无神，瓷化了似的。莹儿从兰兰脸上看到了自己，明白自家的尊容也好不了多少。嘴唇虽没肿，但定然也黑了，上面定然也有了层褐皮。她摸摸自家的脸，觉得也干瘪了好多。这当然是缺水太多的缘故。

水呀，一想这个字，心里都清凉了，但随后，又会搜来一股汹涌的渴。

莹儿揉揉腰，吃力地望去。星星还没出来，西山上还有洇渗而去的红。山黑黝黝的，变成了很美的剪影。开始有了风，虽仍是暖风，但清沥了些。要是水足饭饱，来这儿游玩，当然美极了。但面对挣命的莹儿们，一切都虚设了。莹儿木然地望一眼西山，费劲地动动喉结。她想，要是那冤家见到这景致，不定会咋样发诗兴呢。怪的是，此刻想到他，心也木木的，没以前那样的感觉了。她想，他说得对，爱情是一种感觉，不就仅仅是缺水吗？那感觉就淡多了。

两人的脚步挪动很慢。那腿脚，也没以前活泛了。莹儿竟听到两腿在移动时发出了干燥的声响。她相信那真的是关节在响，也真的觉出了摩擦的痛感。但记得妈老说："不怕慢，就怕站。"就想，走一步，总会近一步。她想兰兰也定然这样想。兰兰的身子晃得很厉害，那身子，也不听她的话了。那不太高的沙坡，她们竟上了好长时间。望着不远处更高的沙岭，莹儿真有些怕了。

上了沙坡，兰兰一屁股坐在沙上。莹儿也一仰身躺了。天暗了，风也凉了，空气有了一点潮意。这正是走夜路的好时光，但莹儿明白，她们的心虽强，但身子不听话了。多强的身子，就算它像汽车，也得靠汽油的滋养呀。莹儿明白，那白昼伏湿沙晚上赶夜路的想法在理论上虽然可行，但它需要强壮的身子、充足的食物和水。那点儿芦芽仅能为她们的身体提供一点儿养分，仅仅能保证在短期内不至于死亡而已。要翻越那高大的沙山，穿越那浩瀚的沙漠，显然是不可能的事。

莹儿萎在兰兰身旁。沙丘上的风凉了许多。兰兰说，得走啊。莹儿说得走。兰兰说，不能困死在这儿。莹儿说就是。兰兰说，走啊。莹儿说走。两人都说走，却谁也没动。莹儿长叹一声，将头枕在兰兰的肚子上。

莹儿真想睡去，身子似抽光了骨髓和精血。兰兰说，爬也得爬，朝东的大沙只有八十里宽，想来已走过大半了，穿过去就有牧人。莹儿说爬也得爬。两人又起了身。她们互相搀扶了，沿了沙脊东行。

开始因为很渴，莹儿没觉出腿疼。行了一阵，脚掌和小腿肚又刀割般疼了。除了偶尔打沙米，她很少进沙漠，没走沙窝的功夫。兰兰也一样。好在兰兰是婆家的重劳力，因常干活，体力比莹儿好一些。但由于肩上背了枪，体力消耗也很大。枪虽只有十斤左右，但路一远，就成了吞体力的老虎。别说枪，莹儿拿的手电筒，也似乎重逾百斤了。

夜很黑，黑了也没啥。北斗星很亮，有了它，就不会遭遇鬼打墙。那星跟枪一样，是能叫她们心安的东西。只是渴越来越浓，别说思维，连目光也叫渴浆了。眼珠的转动明显有了涩意，它们发出沙沙的声音。脚步移动时的关节声响也越来越清晰，在暗夜里发出咔嚓咔嚓的声音。这是从没有过的事。

腿虽疼，但往东走一步，就离希望趋近一步。某个恍惚里，莹儿觉得自己正走近灵官。她甚至发现灵官在远处的暗夜里向她招手。她觉得自己一下有了力量。真是奇怪。虽是个虚妄的幻觉，带来的力量，却是实实在在的。她极力清晰了那恍惚。她想，命运在这一瞬间给她这一暗示，绝不是偶然的。她想，说不定那冤家真在东面的牧区放牧呢。这是很有可能的事。记得以前，他老说自己最喜欢骑马。她眼前真出现了灵官骑马的画面。她没见过灵官骑马，所以画面里的他很像在驼背上颠簸。……成哩，你骑啥也成，只要你在那儿，你骑啥也成，哪怕你骑羊哩。这一来，莹儿真有了好多气力。见兰兰走得很吃力，她有心说出自己的方儿，却想到花球不可能到牧区。而且，从兰兰的口气上听出，花球在她心里，分量没以前重了。这方儿，怕治不了兰兰的疲惫。

怪就是怪，自那不经意的恍惚之后，莹儿走路快多了。虽然腿很疼，虽然渴已在每个毛孔里啸叫了，但因她为走夜路设定了个“意义”，一切都好受多了。

莹儿感到很好笑。

10

但“意义”产生的力量终究有限。午夜后不久，莹儿就实在走不动了。每到上坡时，她须借兰兰的帮凑之力才能爬上去，她早已恍恍惚惚了。兰兰也将原来扛在肩上的枪当成了拐棍，她枪托拄沙，倒也能借些力。她想把枪让给莹儿，莹儿却连捞枪的力量也没了。后来，两人便相依了前行，兰兰借枪托的力，莹儿借兰兰的力，才又支撑了一段沙路。等翻上一个缓坡后，两人都瘫倒了，干渴和饥饿已摧垮了她们的所有意志。

莹儿喘息道，死就死吧，我也算尽力了。她的嗓子已发不出声音，兰兰还是明白了她的话。兰兰没说啥，她也明白，死已逼近了自己。那势头，跟载了死人出庄门的棺材一样，不可阻挡了。就算没有次日的烈日，这逼近的干渴也会要了自己的命。她们已好长时间没喝水了，维系生命的，只有那点芦芽根的水分。记得，刚挖出芦芽时，她是多么高兴呀。她眼里的芦芽，真是救命星呀。原以为，她们能凭借它走出困境。没想到，费了大力冒着生命危险挖来的芦芽，相较于汹涌卷来的饥渴，仅仅是杯水车薪。她实在不敢想象，当明天的毒太阳悬到头顶后，等待她们的，会是什么样的命运？

莹儿觉得就要死了。命已成了风中的烛苗儿，忽悠忽悠的，老像要熄灭。心脏的扑通声有气无力，老像要停下来。人说性命在呼吸之间，现在算真正体验到了。那风中蚕丝般的呼吸一断，沙窝里就多了个孤鬼。听黑皮子老道说，死在外面的人是破头野鬼，阎王是不收的，它只能守在暴露的枯骨旁号哭，直到骨头入土，灵魂才能安详。村里对死的传说很多，一下都涌上心头了。她想，要是自己死了，会转个啥呢？反正，她不想再转人了，她觉得做人很累。她想转个小鸟，最好是百灵鸟，整天在林间唱歌。要么，转个狐子也成。莹儿跟兰兰一样，也喜欢那溢几分仙气的灵丝丝的动物。……那可真是个灵物呀，风一样来，风一样去，其存在的证据，仅仅是点点梅花般的足迹。莹儿最愿意转成能拜月的狐儿，她拜呀，拜呀，终于修成仙体，她就去迷那个书呆子。那时，灵官就老了，但老了的灵官仍是灵官，她是不嫌的。要是他需要，她就吐出好不容易修来的仙丹，叫他吃了，叫他返老还童。那时，是没人管他们的，她来无影去无踪，妈也不会逼她嫁人，也不会逼她换亲，更不会有徐麻子们恶心她。需要了，她还可以生下一堆小狐仙，都叫灵官，只在前头加个顺序，比如大灵官、二灵官、三灵官、四灵官等等。一想到那一窝尖嘴猴腮的灵官们，莹儿不由得笑了。是呀，那一窝灵官，真是很滑稽的。它们会在沙窝里嬉戏，会唱，会闹，会拜月，会风一样来去。轻捷的步子溅起如烟的沙尘，沙丘上印满了梅花。人间最好的画家也画不出那样的梅花。那份潇洒，是天成地造了的呀。

渴又提醒她生命的将逝，她觉得自己见不到日出了。死倒没啥，以前想到死，觉得那是天大的事，现在，死成了瞌睡一样的东西了。只要把该做的事做好，真“睡”过去，也没啥大不了。她想到了盼盼。真怪，这段时间里，她一直没想到盼盼。这说明，对婆婆，她是放心的。就算没她这个妈，娃儿也不会受委屈。莹儿坚信这一点。她觉得自己不配当妈，对娃儿，她没有对冤家的那种刻骨铭心的挂牵。没办法。她眼里的好些东西，都在冤家的阴影下，比如，它们是“灵官”的家、“灵官”的娃儿、“灵官”的家乡、“灵官”的父母等等。没治。她知道这不公平，但没治。她不是有意这样，仿佛是“本来”这样的。

因为脑子恍惚得很厉害，娃儿也就恍惚了。呼吸越来越细，心跳也更加有气无力了。又想，死就死吧，鹿活千岁，终有一死。只是她不想当渴死鬼。村里老有渴死鬼来毛搔人，被毛搔者老是喊渴，喝三盆水也解不了饥渴。这时，人们就请来神汉，神汉就拿刀在额头砍几下，砍出满脸的狰狞和血污后，再抡个麻鞭打鬼。据说，饥渴而死者，因为潜意识里种下的印象太深，成鬼之后，也摆脱不了灵魂深处的饥渴。它们会长夜哭嚎，找寻水，即使偶有所得，也会化为火炭和脓血——那饥渴，终究是解不了的。莹儿不想成那样的鬼。她只想质本洁来还洁去，只想有个干净的身心。虽然日头爷在嘴上罩了层黑痂，她的心却很白。真的。她想，老天，还是叫我投生为狐子吧。

她费劲地转动眼珠，看看夜空。眼珠跟多年没上过油的车轴一样干涩。星星都在哗哗地叫，似在吵架。它们也发出腿关节摩擦时的声响，有点像在悬空的铁锅里炒大豆。没想到星星也会喧哗。真是怪事。

夜里行久了，黑显得淡了，沙丘也恍然显出了形状，模糊出神秘来。莹儿觉得，那神秘，也跟自己的血一样稠了。死亡前的乏困再次裹向她。血液的黏度已成了绞索，失却了养分的心脏不堪重负，它再也推不动拌面汤一样浓稠的血浆了。肯定是这样。她想只要她困过去，醒来时，就会成一缕轻烟了。她的灵魂，就会风一样在大漠上空飘忽。

记得，妈老讲无常鬼的故事。妈说，无常鬼是阎王派来勾魂的。憨头落气时，老是落不下最后一口气，妈说是因为灵官待在他身边，无常鬼近不了身，就勾不了魂。妈说童身娃儿煞气大，在无常鬼眼里，他是无法靠近的火。后来，灵官刚一离开，憨头就断气了。妈的话里溢满了鬼气，叫人脊背上阴风飕飕。莹儿想，那无常鬼是不是已候在旁边，等着勾她的命了？她听到兰兰发出了鼾声。莹儿有些害怕。真怪，她不怕死了，反倒怕鬼。虽说她知道自己一死，也就成鬼了，但她仍然怕鬼。她不敢转过身去看身后。她怕自己冷不丁地看到无常鬼。她看过戏台上的无常鬼，惨白的脸，瘦高的身子，戴个尖尖帽。要是她看到那模样，不用渴来取她的命，只那惊吓，立马就能勾去她的魂灵子。

因为害怕，已裹住莹儿的困意反倒淡了。她竟真的听到身后传来了脚步声。……真是脚步声。这荒无人烟的地方，发出那声响的，不是鬼，又会是啥？心一下狂跳了。心真怪，它方才还将停未停呢，这会儿，倒变成捣地鬼了。……那身后的脚步，莫非也是捣地鬼弄的？村里的旧磨坊里就有个捣地鬼，一入夜，那鬼就腾腾腾地捣地，从半夜一直捣到鸡叫。莹儿甚至忘了渴。她的头皮倏然麻了。……捣地声渐渐到了身后。她甚至听到了呼吸声。那呼吸又粗又重，仿佛是鬼扛着巨大的铁索和钩子。莹儿差点叫了，但又怕叫声反倒会吓死自己。

呼哧声到了身后。莹儿觉得那鬼伸出了爪子。它肯定会捏脖子的。很小的时候，妈就告诉她鬼会捏人。……妈老说：“头疼了，脑热了，肚子疼了屎憋了，心口子疼了鬼捏了。”……几缕热气真的吹进了脖颈里。她的心一横，想，怕啥呢？不就是个死吗？她想，就是死，我也得看看鬼究竟是个啥样儿。她悄悄摸了手电，猛地转过身。

一个巨大的黑影，正奇形怪状地立在前方。

她猛地打亮手电，大叫起来。

第 二 十 四 章

鸟儿出笼上天哩，兔儿出网进山哩。

1

月儿又回到了家乡。她爹在白虎关开了个歌舞厅，需要人手，叫她回来，她就回来了。

在人们的眼里，月儿是不该回来的，都说她是天生的城里人。但她还是回来了。月儿仍是那个月儿，只是瘦了些，白了些，眼里多了疲惫。对她，人们寄托了太多的期待，没想到，她竟回来了。……但很快，村里人便释然了：每年，有好多“月儿”出去了，又有好多“月儿”回来了。她们的出去和回来，跟燕子归巢一样，已成为最寻常的事。她们出去，村子似不曾少了啥；她们归来，村子也似乎没多了啥。虽说她们也带来了点点滴滴的讯息，但那讯息，仅仅是讯息而已。村里人终于明白，出去又回来的月儿，仅仅是个打工妹。一个打工妹，变不了好多既成的规矩。

但在那个落寞的黄昏里，月儿却伤心地发现，村子变了。

那窝在沙旮旯皱折处的村子旁，突出了几栋怪模怪样的楼。说它怪模怪样，是因为她对那钢筋水泥的组合物没有好感。出去后经历的磨难，倒了月儿对城市的胃口。她就愈加怀念那蜷缩在沙旮旯里的小村。一想到它，一晕温水似的东西就会在心里荡。……那是“家乡”呀。在她的心中，“家乡”是个熨斗，能熨去灵魂的伤痕呢。……但现在，那冰冷的庞然大物，也追到家乡了。

追到家乡的，还有那搅天的喧嚣：机器在隆隆，尘土在飞扬，人声在噪闹，几排类似街道的建筑横躺在大沙河两岸。……还有那些打扮得很艳的女孩，月儿曾在城里见过她们。她们本是清纯的农家女子，后来成了城市的点缀。她们用自己的青春，点缀着城市。进城时，她们还是处女。出城时，她们已伤痕累累。……现在，她们也追到了家乡。在白虎关的舞厅里，你只花十块钱，就可以搂她们跳上一曲，想摸啥就摸啥。每夜，沙娃们疯蚂蚁似的往里涌。

记得当初，她是那么急切地想逃离家乡。但逃离之后，却发现自己没有了根。她向往的城市势利而冰冷。受了几次伤后，她就想逃回家乡，就想躲在偏僻而宁静的角落里，小鹿般舔舐伤口。那时，一想到家乡，心中总是荡漾着一晕温热，就觉得那是心灵的家园，更是她生命的净土。但是，自踏入家乡的那一刻，她就明白：她已经没有了家园。

印象中的村间小道，已拓宽了许多。它以前本是架子车走的，现在，老有庞然大物在道上呼啸。白虎关更成了大癣，向四下里舔去。

村子越加局促了。

除了一茬茬冒出的楼房，沙娃们也在河床里起了槽子，垒上墙子，担上桦条，再到沙漠里砍些柴棵，胡乱铺了，丢上铺盖，就当家了。

人一多，事儿就多了。听说某夜，男主人去浇水，一个沙娃溜进屋子，女主人睡意朦胧，当是自家男人，正忙活，男人进屋，一锨就拍瘫了沙娃。据说，胯骨粉碎性骨折。这下，提醒了村里男人。以前，也有人将闲屋租给沙娃住的。这以后，虽也贪那每月几十元的租金，但一想要戴绿帽子，会辱没祖先叫人戳脊梁骨，就索性举起扫帚，将沙娃们尽数扫出了院门。

听说，才几个月，掌柜里就冒出了三大金客。关于他们，凉州人有个顺口溜：赵三的老屌，孔大的巷，双福的官司打不完。意思是赵三爱嫖小姐；孔大发明了打斜巷技术，淘金多了，占地也多了；双福开始有了许多官司，主要的大事有两件：一是他的工厂招了几千工人，每人集资几万，却老放长假；二是他老给卖玉米的农民打白条，据说数额上了亿。于是，老见农民来白虎关闹，老操双福的妈，老叫保安们揍得哭骂不已，老有大盖帽找双福。

2

月儿回来的第三天，白狗被保回来了，是大头保的。关于这一“保”，说法不一：一说是白狗钢牙铁口地攀扯大头贪污，加上王秃子那顿乱刀，大头屁股早松了，他怕白狗也朝他舞弄刀子。……再说，乡里乡亲的，低头不见抬头见。红了脖子黑了脸，也不是个事儿，就去保；另一说是孟八爷叫大头去保。说是孟八爷一听白狗做贼，先气炸了：“兔儿还不吃窝边草哩，你个贼砍头的，咋成这副孬样？”后听说白狗是替天行道，才噢了一声，抱着烟锅儿吧嗒了许久，扯了白狗爹去大头家，答应给他赔偿损失，还打了欠条。大头这才带着白狗爹到派出所，好话说了三骡车，交了罚款，才保回了白狗。

白狗挨了许多打，身上青一块紫一块的。这还是明的。暗的是“胃锤”。白狗说，把他吃上的都打出来了，可又没一点儿伤。“唉哟！那可真不是人受的。啥时候，你试试。”可他咬紧牙关不招，只说是一人干的，是为了打抱不平，谁叫大头贪污来着？“反正，老子豁出去了，大不了一死。老子羔子皮换他张老羊皮。叫大头知道，沙湾也有长毛出血的。叫他以后做昧心事时，先掂掂脑袋有几斤重。”

夜里，白狗和猛子偷偷挖出埋在沙窝里的黄豆，卖了，叫白狗爹还给大头，抽了欠条。粗粗一算，这番“替天行道”，不但没动了大头的一根毛，反倒贴了一千块罚款。白狗赚的，只是几顿打而已。

对白狗的义气，猛子很感动。他说：“白狗，你是条汉子，我泼了命，交定你了。”白狗说：“闲屁少放。你要是真信我，我们合伙开个窝子，干不干？人穷志短，马瘦毛长，这年月，腰里没银子，咋也硬不起来。”

猛子动心了。

那被活埋的后怕，只啸卷了月余，便渐渐息了。开初，一听那机声，猛子的脚就发软。听不了几次，心就包了层茧。强忍了一些日子，猛子才去了大沙河。他发现，淘金规模竟壮大了几倍，还多了几个怪模怪样的东西，一打听，原来是金管站的帐篷。那金管站，说是市里新设的机构。又听说，来过个国家勘测队，一测，说是此处虽有金子，但贮藏量不很大，不值得国家投资建矿。这倒好，要是国家统采，别人就只好喝风屙屁了。

开初，猛子们的被埋和几十个沙娃的惨死，吓破了村里人的胆。除毛旦外，都不敢再当沙娃。但谁都不是钱的仇人。那毛旦，虽数月间在绳梯上穿梭，却毫发无损；又听说：某某沙娃捡了金子，一夜暴富；某某沙娃，在撒尿时冲出金蛋一个……渐渐，村里男人又当起了沙娃。沙娃虽苦，但比起在建筑工地上当牛做马苦上一年，却连个钱毛也可能见不上的风险，当沙娃毕竟有眼见的实惠。本村的沙娃就渐渐多了。有本事有门路的，也弄些钱来，买个窝子。十个掌柜之中，也有三两个掘金发了财。有了这个榜样，凉州的"想钱疯"们，眼里就放出红光，一窝蜂拥入白虎关，有的一夜变富，有的血本无归。对后者，大多视而不见，心却叫前者熏醉了。除了淘金者，商店饭馆们也在白虎关安了家。

关于金子的神话也越来越多。据说，双福的窝子里掘出了一个金胳膊，金管站闻风赶了去，却是个苍蝇撵屁。这号"据说"有很多。每一个"据说"，都是搔猛子心的鸡毛。

除冒出了那钢筋水泥的林子外，还冒出了好些发廊。先是来了个女老板，抱着试探的心态开个发廊。哪知，才开业，沙娃就蜂拥而来。交上十块钱，就可以叫画一样的人按捏一番，间隙里，还能捏捏奶子，揪揪脸蛋，甚至啃咬几下。女娃倒也不怪，半推半就，或嗔或笑。

第一个发廊火爆后，一堆发廊就一夜间冒出了。大沙河沙多石广，拉点水泥，拉点砖，几日就能盖间房子。猛子没来河湾才几日，红砖小屋就遍布两岸，比海市蜃楼还叫人莫名其妙。人说毛头姑娘十八变，但她们再善变，也变不过白虎关。

猛子吃惊地望那些突现的建筑，仿佛做梦一样。见那砖屋门口，有许多女孩。平素里，只有在电视里才有这么多俊女子，可现在，随眼一撵，就会有俊脸冲着你笑。猛子的嗓门倏地干了。他眼里，这发廊里，定然有些不明不白的勾当的。想来价码很贵，一问，才十块钱，摸一摸衣袋，四面望一下，进了发廊。

发廊里有好多画，将墙壁的简陋遮了，显出一墙粲然来。猛子仍有做梦的感觉，见里面有几张俊脸齐望他，脑袋就嗡嗡个不停，便胡乱指了一个。那女子笑一声，指指凳子。他遵嘱坐了，正疑惑呢，一股热流直泻头顶，才明白对方要给他洗头。长这么大，还没女人给他洗过头呢，觉得头上揉搓的那只手很柔。一个软软的东西摇晃着蹭耳朵。待辨出那是啥时，一股潮热扑上心来。

躺在里屋的一张窄床上，任女娃捏出满心的舒服。品一阵睁眼，见一双黑眸正望自己，觉得很眼熟，又不能立马辨出是谁。猛子正要问，那女子已笑出声来。原来是他相过亲的菊儿。猛子吃惊了："你，你咋来这儿？"

菊儿嘟嘟嘴，"你不也来吗？你能来，我咋就不能来？"虽然猛子没和菊儿定亲，但因有过那次相面，猛子觉得她干这营生，太有些对不住自己了。

"你不怕人笑话？"

"笑话啥？"菊儿淡淡地说，"穷得连裤子都穿不上时，谁还在乎笑话呢？再说，我这是凭劳动挣钱，又没偷又没抢，有啥不好意思。"

猛子听到"偷"字，就想，"莫不是她在说我偷过沙吧？"望一眼，却又释然了。菊儿正望他呢，手却不停，将那舒服，从手下荡向遍身。

"你开的？""给人打工。""工资多少？""三七分成，她七我三。"

"咋样？"

菊儿提高了声音："挣不发也饿不死，可比爹卖臭力强。爹有时苦一天，才挣十块。我按摩半小时，也十块……总不能再叫爹卖老骨头吧？"

这倒是，猛子想。他想到那长着核桃老脸的老头，长吁一口气，想：这菊儿，还有孝心呢。可一想她可能受的非议，就不由叹气。

“将来咋办？”他问。

“将来再说。我不知道啥叫将来。我只想叫爹妈别当牛了，叫弟弟能上个好学。还没想过将来，不过，若是没人要我，当老姑娘，我也认了。”

猛子笑了：“哪能呢？”望着菊儿俊俏的小脸，却总是可惜。

菊儿叹道：“不这样，做个规矩女子，又能咋样？寻个人家，嫁个土头汉子，养儿引孙，倒猪喂狗，从丫头变成婆娘，再变成老婆子，最后进土坑。这是看得见的命。嫁个善的，还好些。嫁个恶的，叫人家驴一样捶，捶没了青春，捶老了命，又能做啥？”

猛子笑道：“也倒是。你喜欢这工作？”

“不知道。”菊儿叹道，“反正，比待在家里开心些。那儿，只是静静地老了去。这儿，还有人欣赏你的美呢，还有人认可你的劳动，还能为别人带来享受，还能自己养活自己。至于将来，我没想过。其实，啥是将来？谁的将来，也不过一个死字。”

顿一顿，她又说：“将来，死就死，先开心活几年再说。”

正说着，一个女孩领来一个沙娃。才进门，沙娃就搂了女子亲嘴。猛子想，这菊儿，也定然叫沙娃们亲过，心一下子暗了。

按摩完，猛子掏出那叠皱皱的纸币，他很想塞给菊儿。却又明白，就是全塞给她，也不过多出几块钱，就仔细挑几张挺括些的，给了菊儿。

出得门来，一回头，见菊儿正望着他笑。他很想望出菊儿的泪，可没有。菊儿只是在笑，竟还有几分灿烂呢。

3

河床里大变样了。除了那洇水般扩散而去的井架、帐篷、地窝子外，还多了许多沙石山。沙娃们像蚂蚁搬家一样，将沙石从井底搬到沙石山上。双福的窝子已开始用卷扬机，这一来，进度快了几倍。以前，沙娃拼了老命才背出几锨沙石。现在，机器吼几声，就从井口冒上个湿淋淋装满沙石的筐来。

但大部分沙娃仍在背沙。他们的掌柜多为当地人，保守，怕投资太多，将来抽身不便，便凑合着开掘。却不知，待得他们掘开一个窝子，双福的卷扬机就能吼出十个窝子。双福边用仪器探测，边开掘，砂金一罐子一罐子地从他的清金槽里清出。

有门路贷款的村里人都弄了窝子当掌柜，没门路的人，或当沙娃，或打模糊。打模糊的人多了起来，那些人没有组织，胡乱堆沙，堵塞河道，抽出的水下流的通道时时被堵。一次，竟然灌入正在开掘的井中，幸好沙娃们溜得快，才没被淹死。于是，掌柜们要求金管站严禁打模糊，但村里人仍跟他们打游击，你进我退，你住我干。

……瞧，白狗端个金盆子，正站在河水中。一个金管站的脱了鞋袜，才试探着入水，就痉挛似的唏哩。另一个叫："你上来，我们不为难你。"白狗道："哄鬼去吧。坦白从宽，牢底坐穿。抗拒从严，回家过年。你们那套，我不信了。"警察举个枪，作势欲射。白狗拍拍胸膛，说："朝这儿打。一群溜尻子货。这河床，叫富汉捣腾成这样。老子没钱，才打个模糊，你们当啥疯狗。"一警察恼了，扔了鞋袜，才下水，疯石头就飞了过来，砸起水柱。另一个说："算了算了，你不见，那是亡命徒。"白狗说："你们才是亡命徒，见钱不要命。"警察们骂骂咧咧走了。

猛子玩笑道："警察叔叔，你们也怕了呀？"一人回头道："也不是怕。叫疯狗咬了，不值得。"白狗吼一声："你才是疯狗。"

见警察走远，白狗走出水来，他打着哆嗦唏哩道："冻进骨髓里去了。人家要是再守，我就熬不住了。"放下金盆子，见盆里金光闪闪，虽是麸皮金，但那点点斑斑，仍是炫目炫心。猛子噢哟一声。白狗道："就这，还是人家双福涮过的。金子是个溜尻子，谁有钱，就往谁那儿跑。"

"人家有仪器。"

"没仪器时，人家也照样红。"

白狗说："照这速度，不出一年，白虎关就会给翻个底儿。我正在生法子贷款，贷上也弄个窝子。明摆着，远远近近的人，都变成饿殍疯虱子了，都来这儿咂血。你三拖两拖，就连个腥气也闻不着了。听说不？市上眼红了，要统管呢。一统管，大头就连个边也沾不上了。趁大头说话还顶用，弄个窝子，好歹赌一次。成了，发个家；赔了，大不了捞条棍。”

猛子心动了。他想劝劝爹，好歹也赌一次。他不指望贷款，穷人指望那玩意儿，等于天上掉馅饼。他指望能说服爹，卖了羊，卖了树，卖了余粮试试看，成与不成，认命。

白狗说："开个窝子，没个几万不成。我想，一个人怕支撑不了。要不，你，我，花球，我哥四个都想法儿。成了，均分。不成，大家承担。”

猛子说："你去劝劝我爹。他那脑子是榆木疙瘩，八斧头也劈不开。你稍稍弄开个缝隙，我再锲几个锲子。”说罢，两人收了金盆子，回了家。哪知，才提及，就叫老顺浇了头狗血。他的理由很充分："你不瞧，十个人中，发了财的，才不过三个。先前好好的日子不过，一胡折腾，连裤子也穿不成了。”

两人灰头土脸地出来。白狗说："你呀，放着现成的财神不找。双福那婆娘，拔根汗毛，比咱腰粗。算她一份子，弄出钱来，给她分红。”猛子就去找双福女人，费了半斤唾沫，女人才答应给借五千，但说好是借的，窝子的红与废与她无关。猛子说："成哩，弄出金子，给你打个金胡萝卜，省得你半夜里睡不着；若弄不出，老子把我赔给你。”

不几日，白狗、花球、北柱也各弄了五千块，合伙到大头那儿买了个窝子。

4

开窝子时，要祭土地爷。这是规矩，你要在人家的身上开洞，先得招待人家。要不然，人家身子一抖，你有多深的道行，也免不了被埋的命运。

祭神的方式是宰牲，听黑皮子老道说，土地爷嗜血，得用血祭。猛子把一个羯羊羔子扯向开窝子处。羊显然知道它的命运，四蹄着地，用足了劲，向反方向用力。但羔羊毕竟是羔羊，咋用力，也挣不脱命的。猛子嘿一声，双臂较劲，将羊提向空中。羊咩咩叫着，四蹄乱动。片刻间，已被猛子压在膝下。他接过花球递过的刀子，抹几下，羊脖处喷出猩红的血来。

“土地爷呀，保佑平安！”猛子叫。

“平安了。”众人应。

“财神爷呀，保佑多出金子！”

“多出金子。”众人应。

村里人围了来，有的拿绸被面，有的拿毛毯，挂到井架上。井架很潦草，几个檩子相搭而成。因资金不够，没钱置那卷扬机啥的，只买些棕绳，做个绳梯，买个抽水机水泵备用，其余的钱以备花销。好在入股的四人，都是青壮年，可以边当掌柜，边当沙娃。北柱在双福的窝子上干了多日，已知道一些程序，由他指点，一切居然似模似样了。

由猛子挖第一锹。他的被埋经历，成了“大难不死，必有后福”的证据。村里人都这么说。

挖第一锨时，猛子觉得胸间充满了一股气，仿佛能吞天吐地似的。一生里，这似乎是自己干的第一件大事。干好了，以此做基石，或许就能改变命运。干砸了……不，不会干砸的。他将那锨沙土用力扔了出去。因用力过大，土飞出老远，漠风却不知趣地吹了来，将那扬起的沙卷下来，弄了他一脸沙子。猛子心头掠过不祥的念头，想："这兆头，不好吧？"

白狗扯了那尚在蠕动的羔羊剥皮。他剔开一腿，边捣边扯，几下就将羊剥成了精肚娘们，交给凤香，剁成拳头大的块儿，来招待前来挂红的人。

北柱花球接着下挖。

猛子看到了爹。老顺先是远远地瞧，渐渐地移了来，抖出一团红色，挂上井架。猛子心头热了。爹虽然反对他冒风险，但还是以当地特有的方式表达了祝福。除村里人外，四人的亲戚也都来挂红。这开井，跟盖房一样，是人生的大事，挂的红越多越吉利。

因四人都是好劳力，他们只招了八个沙娃，分成两班，轮流下井。这窝子，开始挖时容易，不多时，地面就出现了一个黑黑的大洞。白狗把煮熟的肉往洞里扔几块，以祭祀土地神灵，其余的就盛入盘中，端到空地上，招待来挂红的人。人多肉少，每人啃不了几块，好在酒多，吆五喝六一阵，人的脸上也挂了红。

日头爷渐渐高了，搅天的喧嚣泻向大沙河。猛望去，人密密麻麻，跟疯蚂蚁一样，闹嚷嚷的。那声响更是惊人，机器声、人声、铁器啃石声、猜拳声、叫好声、骂声……汇成一股旋风，直往脑里扑。

老顺喝了几盅，红了脸，大了舌头，趔趄着过来。猛子知道爹要跟他说话。每次喝醉，他都这样，就扔了锨，走过去。果然，爹含糊的话泼来了："娃子，别怪老子。老子就那点家当，养几条命呢。老子不比你，老子是打六〇年过来的。那时节，大沙河的尸体码了一层又一层。仓里没些粮食，心慌呢。"猛子说："知道知道。""知道啥？那羊也卖不得，留着下羔子哩。""知道知道。""知道个屁。那树……"老顺话没说完，猛子便大声说："小心，放屁别打烂裤裆。"众人大笑。老顺晃晃脑袋，也笑了。

猛子长吁一口气，望望天。天很蓝，也很大，插个翅膀，便能飞出无穷的景致。猛子将这井口当成了长翅膀的机会。他有好些设想，都是大事，可没钱。一没钱，多大的事儿也是屁。

洞深了。白狗吆喝着搭绳梯，他和花球干第一班。第一班浅一些，省力。猛子和北柱收拾地窝子。他们在井旁挖个深槽，垒上石头，上面担几根木头，用架子车拉来几车麦草，扔到槽中，胡乱铺开，丢上铺盖，便能住人了。纤尘仍在弥漫。猛子仰脸躺在铺上。他很兴奋，体内激荡着无穷的力。外面的声音虽在大响，他却听到了自己响彻天空的心跳，咚！咚！强劲有力。

花球带着富强子一齐背沙。富强子才出校门，身子单薄，才几趟，就一身汗水了。他最爱笑，人虽叫汗浇透，笑却越加灿烂。他别无嗜好，只对凉州民歌情有独钟，幼时，就和贾瞎仙厮混，大本的贤孝虽没学会，小曲儿却学了不少。闲时，他总要哼儿哼儿唱。他的理想很简单：先当沙娃，挣些钱，当路费，去凉州各地搜集民歌，将来出一本书。他说："这茬儿人一死，民歌就没了，我也算是抢救文化吧。"猛子们给他的工钱是，一天二十元。

看到一身汗水牛喘不已的富强子，猛子有些不忍心，就说："来，我替你背几回。”富强子笑道：“算咧，还是我来吧。挣你的钱，是不能惜力的。再说，人是怪物，越缓，就越乏成一堆泥了。熬上几天，就好了。”猛子笑道：“也倒是。”

大沙河想来流了千年的水，表层是沙，下去尽是鹅卵石。磣牙的声响从井里喷出。猛子最怕这声响，一听，牙就酸。不过，再下几米，又会是一层沙，沙下面是土，再下面是沙石。十几米之后，是一层薄薄的沙，金子就在这沙中。再往下挖，便青石板一样硬了，说不清是石头还是胶泥，金子就被那硬层挡住，不再下行了。

打到二三米深时，猛子就开始架木笼。若无木笼，随便坠下个石头，头上就是个窟窿。虽带了安全帽，但若是石头大，连那帽也会砸扁的。木笼用檩条和椽子相搭而成，井字形状，中间编上柳条或柴棵。这些东西，都取之于沙漠。或是瞅个黑夜，吆了骆驼车，到远处的南山上，偷伐几个时辰，就能使上一阵。

5

猛子和富强子吆了骆驼车，去沙窝里拉桦条。路过歌舞厅，见月儿和几个女孩正在门口晒太阳。猛子假装没看见，想快快地过去。月儿却叫：“哟，眼睛红了，认不得人了？才开个窝子，眉毛就上天了。你不是答应带我去沙窝吗？咋？又吃石灰了？尽说白话。”猛子笑道：“我去拉桦条们。你想去？成哩，走到半路，可别哭。”月儿笑着跳上车来。

月儿一上车，沙娃们就噢噢乱叫。一人喊：“猛子，娶亲吗？”猛子想：“胡说啥？人家是黄花闺女。”一人道：“哟，这年头，黄花黑花，也没个标准。”又一人说：“就是。连处女膜都能补，就是个黑花，也能补成个黄花。”猛子望望月儿，见她正眯了眼望云，就吁口气，猛抽一鞭，骆驼曳一条灰龙过去了。沙娃声追了来，但叫车厢的哐噹声搅了，听不清内容。

骆驼车拐进了沙漠。前些时，市里修水渠，在沙漠里修了条路，先铺麦草，再压土石，虽时不时叫沙埋了，但依稀能看出路的迹象。驱车行了去，倒也不下陷。时见沙娃吆车而来，车上装满桦条。

骆驼车吱吜了一个时辰，进了洼。洼深，雨多时，四面的水就拢了来。偶或，慌不择路的山水也会啸叫着出轨道，到洼里来休憩。日久天长，桦条、红柳、梭梭、黄老刺们便安家了。早些年，村里人盖房子时，也会砍些桦条，压在房顶上。不多久，桦条上就生了蠕蠕小虫，滚下麸皮似的木屑。后来，乡上林业所将林阔划入自家的职权范围，派了个歪脖子老汉看守。老见他喝得醺醺大醉。谁若想弄点桦条，成哩，只一瓶劣酒，就能叫他喊你爹爹。

太阳悬在沙洼上空，喷起热来。月儿的鼻梁上有了汗，一粒一粒的，晶莹出异样的韵味。猛子的心怪怪地柔了，但也懒得联想。他眼里的月儿，是终究要上天的仙子。你想是白想，反倒烦恼了心。心这玩意儿，你不惹它，倒也不觉它多厉害。你要是惹了它，它就成了猛兽，会一下下撕扯你，叫你六神无主。所以，许多时候，猛子是懒得惹它的。

富强子抡圆了砍刀，将桦条们砍翻了一地。月儿收拢了，抱到车上。她的腰身很鲜活，猛子心里泛上跳突突的潮热来。但他明白，女人这玩意儿，是快乐和麻烦的混合物。往往在你感到快乐的同时，麻烦也就来了。比如跟双福女人，前后加起来，也不过几个时辰的快乐，可麻烦却一晕一晕，联翩而来。心也趁机捣蛋，东一矛子西一枪，折腾不了几下，就伤痕累累了。

猛子咽口唾沫，上前，将桦条们拢齐整，就能多装些。因了沙娃们的砍伐，洼里的柴棵稀少了。猛子知道，照这样子，要不了几天，林阔就没了。他老听孟八爷唠叨环保，也明白些道理，但啥道理，仅仅是霜花儿，叫生存的毒日头一照，就化成气了。

忽听骂声传来。猛子一扭头，见那歪脖子老汉已抡个桦条扑来了。富强子早有准备，从布包里掏出一瓶酒递上。这是沙娃惯用的法儿，原以为会立竿见影。哪知，老汉那桦条，正是为它准备的，呜呜声一掠，细细的瓶颈便不见了。富强子正呆怔呢，呜呜声又掠向小腿。

“叫你偷！叫你偷！”老头边抡桦条边声讨，说些对母亲大不敬的话。

看这阵势，猛子知道好话不起作用了，定是老汉挨了林业所的骂，肚里憋了大气。若自己贸然上前，也定会招来桦条炒肉，就取出绳索，绾个扣，抛了过去。这法儿，本是对付野马的。猛子手一抖，老汉便滚进沙洼了。他的身虽叫绳子桎梏了，口却越加放肆，将娘糟蹋得惨不忍睹。

月儿开始还吓白了脸，等老汉成了滚肉，就不由得捧腹大笑。富强子卷起裤子，见几道青印，正在腿上狰狞，就胡乱揉了几下，啐老汉一口；却不复仇，忙往车上装桦条。

老汉翻起身来，四"蹄"乱动。猛子怕他抖落了索套，就将绳子一圈一圈地旋了去。老汉身子虽成了粽子，嗓门却越加阔敞，多种内容的声响喷涌而出，填满沙洼。

"快装！"猛子边扯绳子边吼。他怕林业所的人闻讯赶来，人赃俱获。富强子和月儿慌乱了手脚，虽将桦条装上了车，但毫不齐整，车还没走呢，就一车颤巍了。

"解了绳子，快！"富强子叫。

猛子抖了几下，从老汉身上取下绳子。他想，这老汉吃了些苦头，该乖爽些了。哪知，老汉却边骂边吼，扑了上来。猛子这才发现，这货色不好惹，忙把绳子抛给富强子，身子一闪，使个绊子，老汉便一头撞向沙坡。

"快！"猛子骑在老汉身上。他骑虎难下了：放了老汉，他肯定会拼命，但也不能老骑着人家。老汉边啐边骂，连老顺的祖宗三代也扯了进来。

"给他个老汉看瓜。"富强子笑道。

这倒是个法儿。猛子割断一截绳子，反捆了老汉双手，又解下老汉裤带，手一按，将那愤怒的脑袋塞进他自家的裤裆里，用裤带扎了。这下，老汉成了圆球，在沙洼里乱滚。因了裤裆的遮挡，骂声也含糊了许多，只闻愤怒之声，难辨其内容了。

三人吆车逃出老远，仍听到那沉闷的吼声。月儿抱着肚子，在车上哎哟哎哟地笑着打滚。

因怕老汉叫日头爷舔成干尸，猛子一到井上，就打发人去救老汉。老汉拽一路骂声，追到白虎关，扯了猛子，要往窝子里跳。白狗们说了几车好话，赔了他五十块钱，又喝了四斤酒。最后，也给了猛子一个“老汉看瓜”。

望着头被塞入裤裆在铺上乱滚的猛子，老汉说：“还没见过这号坏种呢。”话音未落，却破口而笑。

6

连着吃了十几天苦，窝子直溜溜钻向地心。乍一看，和双福的差不多了，猛子有了当掌柜的感觉。白狗们也很牛气，时不时提扎啤酒，吆五喝六，喝成红头公鸡。

月儿也常到窝子上来。月儿老望猛子，盈盈地笑着，若有所思。某夜，猛子送月儿回家，到了暗处，月儿很害怕，就捉了猛子的手。猛子便搂过月儿，亲起嘴来。他还想深入一步。月儿说，不成的，我要留给我的丈夫。猛子喘息道，那我当你的男人算了。月儿笑了，戳戳猛子额头，说你癞蛤蟆想吃天鹅肉。回来后，猛子很后悔自己的冒失，以为月儿生气了。可到了次日，月儿还是那样望他，眼里忽悠着一种亮亮的东西。

猛子发现，他越来越喜欢月儿了。不觉间，莹儿在他心里退出了老远。没办法，虽然他知道莹儿当媳妇好，可他还是想娶月儿。在他的感觉里，莹儿总是冷冰冰的。月儿却是一团火。月儿即使在静静地望他时，眼里也有种能叫他燃烧的东西。白虎关虽有那么多漂亮女孩，猛子却只想月儿。细想来，他很早就暗恋月儿了，只是没敢表露。村里人都以为月儿会嫁城里人。不料想，飞出去的月儿又飞回来了。

回来后的月儿变了，她不再像以前那样谈理想了，也似乎有了心事，老见她发呆。她待猛子比以前亲热，而且是主动的，有种追求他的迹象。猛子觉得很奇怪。他甚至认为，这是他开了窝子的原因。某夜，趁着酒兴，他对月儿说，一挖出金子，就叫神婆向她爹提亲。月儿抿嘴笑道，你以为，我是图你的金子呀？

双福在旁边也开了窝子。卷扬机的突突声霸气十足，一下就把猛子们比得泄了气。按说，从哪个角度看，他们都该买卷扬机的，省时，省力，可得花一疙瘩票子。猛子就只好把闷气往肚里咽。白狗们虽然也不畅意，猜起拳来，却牛吼一样，那气势，一点也不比机器声弱。好在双福不常上井，没到清底时，他是懒得上井的。哪儿到了底，哪儿窝子红，哪儿才有他的身影。

井壁上已有水淅沥了。这水，是地道的溜尻子货捣蛋鬼。越旱越需要水，它连个毛也不见；不要它时，它偏偏搜缝儿挤了来，这儿也淅沥，那儿也淅沥，不多时，井下就汪洋了一底。这时，就得合上电闸，轰隆几声，把水提上地表。

猛子小心地扎着木笼。自上回拉桦条后，他不敢再进沙洼。因那招“老汉看瓜”，使老汉的儿子们大失面子，他们扬言要修理他。猛子虽不是听到屁响就掉了魂的人，但君子不立危墙之下，就到南山上胡乱砍些柳条。柳条虽不如桦条结实，但也能挡挡沙石。各家再凑些檩条椽子，看上去，木笼比别家的蠢笨了许多。

越接近底，猛子心里嘀咕得越凶。近日里，好些人赔了血本。虽也有挣发的，但赔的占多数。指不定何年何月，这儿定然也开过金矿，证据是老有人挖到熟窝子。所谓“熟窝子”，就是别人淘过后又填埋了的。碰到这号窝子，别说发财，连力气钱也挣不回来。还有的窝子，看那形貌，也不是熟窝子，但清底时，却只能淘出几个麸皮金。白虎关的金子怪，并不均匀四布，而是一窝一窝的。运红的人能碰到蒜瓣金，金疙瘩就像栽蒜瓣似的，一堆一堆的。平常运的人，至多能淘出砂金。败运的人，连个金毛也见不着。都说，这金子，是个溜沟子货。运败金变铁，时来铁成金，就看你有没有那个运。

财神爷，保佑我呀。猛子暗暗祷告。

第　二　十　五　章

失群的咕噜雁盘虚空，没有个心疼的回声。

1

在那个可怕的大漠之夜里，莹儿发现，那光柱照亮的怪物，竟然是骆驼。

莹儿一把推醒兰兰，她叫：骆驼——，骆驼。兰兰一骨碌爬了起来。骆驼仍在呼哧。这真是天大的喜事。都以为骆驼跑了，没想到，它自个儿又回来了。兰兰跌撞到骆驼跟前，解开绳子，取下塑料拉子。还好，还有多半拉子水。莹儿叫，水——，水。此刻，没比这词儿更清凉的了。兰兰拧开塑料盖儿，递给莹儿说，你别多喝，少喝一点。多了，胃会炸的。莹儿美美地喝了一口，她一下一下很少地咽着。她以为，顺入咽喉的，应是清凉。没想到，那感觉跟火炭一样。她想，食道也许裂口了。等费力地咽了两口后，她反倒更渴了。

兰兰夺下水拉子，不叫她再喝。村里就有渴极后饮水过猛至死的人。胃想来已拳头大小了。

兰兰抿进一小口水后，要过手电，照那驼身。她发现好些东西没了，面袋被挂烂了，面都撒没了。羊皮水囊也开了个口子，水当然也没了。幸好塑料拉子还完好，才为她们留了点救命的液体。包馍馍的纱巾还在，兜着两个干馍馍。记得那时有十几个馍呢，想来多颠进沙窝了。

好在褥子还捆在驮架上，帆布包儿也完好，里面的钢珠还在，还有一包火药，一盘细绳。莹儿当然希望羊皮水囊没坏，她就能好好喝一顿。但明白这号妄想只会增加烦恼，也就不想了。

驼的缰绳被踏断了，只剩三尺长的一截了。兰兰取出细绳，折成几股子，接在缰绳上。两人都惊喜驼的失而复得。记得老顺说过，驼的嗅觉极好，迎风能辨出十里外的某种气味，只要它愿意，它当然能追上自己的。看那样子，至少在吃食上它没吃亏，没怎么塌膘。

驼逃走后的思想变化成了一个谜：关于它逃的理由，谁也能说个子午卯酉，不外乎怕豺狗子、怕炎热等；关于它为啥回来，也能说个大致差不离，不过是不忍心扔下两个女子，等等。只是，谁也不知道它有过怎样的灵魂搏斗，其惨烈程度，也许不弱于跟豺狗子的厮杀吧？

握住了骆驼缰绳，两人才安心了。莹儿有些过意不去：人家好容易逃出了人的手掌，经过了思想斗争，又回到人的身边，人首先给它的礼物，竟然是缰绳。这意味着，人还是不信任它。莹儿想，它定然很伤心吧？用手电照照驼眼，见从那眸子里透出的，仍是善良和温顺；既不为它曾经的逃走惭愧，也不为它的倏然而至欣然，仍是它一贯的那种淡然。

就着水，嚼了几嘴馍，胃反倒更饿了。饿归饿，谁也不敢多吃了。谁也不想变成胀死鬼。饿死鬼不好当，胀死鬼也不好受的。

驼的到来有了主心骨，身子里的乏趁机袭来，兰兰叫骆驼卧了。她们靠着驼身，眯了一阵。虽然眯的时间不长，但这是她们最安稳的一次睡眠。

醒来时，天已大亮。两人又嚼了几嘴馍，身子有了些力气。兰兰说，既然有了骆驼，她们就不向东走了，仍往北走吧。因为盐池在北面，只要方向对头，不会走不到的。到了东面，也还得往北走，耽搁的时间就长了。……她当然想不到，这主意，会将她们抛入漫无边际的大漠。死亡之剑，又开始悬上头顶。

东边已有日边儿，微微泛点儿红。沙洼的阴暗和东天的白亮形成了鲜明的对比，很像层次感很强的木刻画。沙浪一涌一涌，跌宕而去，至远处，就涌成了沙山。近处的纹路很像水波，细腻得叫人不忍去践踏。

漠风很清冷，莹儿打个哆嗦。她有那天蓝色褂子，挡了好些风。兰兰却一脸青色。她的脸上尽是鸡皮疙瘩。因为劳累，她们没解驮架上的褥子，入睡不久，就叫大漠清晨独有的寒凉冻醒了。也好，趁着凉快，早些赶路吧。莹儿想，这沙窝里真是邪乎，早上是冷冻柜，中午却成了晒驴湾。

两人又嵌入了驼峰。驼背厚实而温暖，她们有了落水后又爬上小舟的感觉。骆驼真好，有了它，心就有了依怙。

驼背蠕蠕拱动着，缓慢而自信。沙岭摇晃着。那挤出地缝的日头也摇晃着，显得很沉重，仿佛也驮着好多东西。日光涂在莹儿脸上，抹上些许温暖。她觉得又活过来了。不管几个时辰后的日头会如何发威，只要有了骆驼，心就落到实处了。没治，谁叫她是女人呢？连夜的走路使她的脚掌和腿有种刀割般的疼。她浑身上下，无处不疼。没有骆驼的话，她是一步也不想走了。那瘦弱的身子里蕴藏的力量，是不可能把她承载到沙海彼岸的。骆驼却能。这是个庞大而沉着的动物，它总是哲人般沉思着。哪怕它不说一句话，它身上溢出的力也能注入莹儿的灵魂深处。

从初进沙漠时骆驼的抡头甩耳上得知，它们也怕进沙漠。记得以前，每次进沙漠，老顺总要拿鞭子在驼背上炸出好多驼毛——有时，鞭还会裹向它最不禁打的鼻梁——才能叫驼乖乖地听人的话。它们当然知道，一进沙漠，背上是不会闲着的，或是人，或是货。负重是它的宿命，就像守候是莹儿的宿命一样。这世上，没有哪个动物是愿意受苦的。所以，莹儿对胯下这逃走后又再度归来的驼产生了相当的敬意。她想，你要是不回来，这会儿，或卧在沙洼里反刍，或嚼沙米，或吞嫩草，是何等逍遥。现在，你得驮着两个跟你同样苦命的女人，再次走向生命的未知。

我咋能不敬你呢？骆驼。她想。

兰兰辨认着路。她虽熟悉去盐池的路，但豺狗子搅碎了她的“熟”。面对渐涌渐高的沙浪，她觉得又被命运抛入了陌生。她老有这感觉，时不时地，她就会身不由己地面对巨大的陌生。从当姑娘到今天，她一次次面对那陌生，处理那陌生，忍受那陌生，眼前却仍是不知尽头的陌生。世界更是日渐陌生着，总叫她无所适从。

莹儿问，你辨清了没？兰兰说，我也恍惚了。这会儿，蝎虎子挨鞭子，死挨吧。……先走吧，只要方向对，走着走着，也许会瞅出眉目的。莹儿想，只好这样了。

走了一阵，日头爷渐渐高了。热又开始袭来。拉子里的那些水，得省着用，谁也不知道水源在哪儿。就这点养命水了，两人虽然渴得慌，却舍不得用水。只有在渴影响眼珠的转动时，她们才抿上一小口水。兰兰说，会用水的人，一次不能喝太多，水入体多了，会变成尿的。要让每一口水，都成为生命的养分，这需要克制。

走了一个多时辰，两人下了驼，因为骆驼实在太累了。它喷着白沫子，拉风匣似的喘气不止。兰兰说，叫骆驼歇歇吧。选个有沙秸的地方，两人卸下驮架。兰兰吃惊地发现，驼背早腐烂了。一股臭味扑面而来。显然，那是驮架磨烂的。驼一跑起来，驮架会上下晃荡，很容易磨坏脊背。那烂处很是可怕。想到两人竟压在人家的伤口上行了这么远的路，莹儿很是过意不去。

兰兰从帆布包里取出盐，化些盐水，给驼洗了一阵伤口。她说，你呀，那时咋不叫？要是早知道你受了伤，我们咋舍得骑你？驼叫了一声，叫一声，仿佛说，没啥没啥，这算啥呀？

日头爷高了，热光又泼下了。兰兰说，我们还是用那法子，热了趴进湿沙坑，天黑了再走路。这点儿水，省着用，到盐池问题不大。莹儿明白她在安慰自己。要是没豺狗子搅搔，按旧路当然能顺利到盐池。现在，东里北里乱走了一气，就不好说了。但她啥话也没说，人到了绝境，气只可鼓，不可泄，便说，就是，天无绝人之路，有了骆驼，啥话都好说。

兰兰惊喜地在驮架上的小袋里发现了多半瓶清油。原是做饭用的，怕叫锅们碰碎瓶子，另装了，这才没跟锅碗们一起被扔下去。这清油虽不好喝，却能给身体提供养分。人家毕竟是植物脂肪，产生的热量要比馍馍大。兰兰说，这油先别动，因为馍馍干，吃时非得用水，不然咽不下去。那些水和馍馍先凑合几顿，这油到万不得已时再喝。

一见那清油，莹儿也觉得心里清凉了些。

两人找个有柴棵的阴洼，挖了两个坑，都挖到见了潮气。大些的那个叫骆驼用。骆驼体内虽有水袋，也禁不起烈日长久地暴晒，叫它也卧入湿坑，就能少些蒸发并吸些潮气。有了上回的经验，挖坑时她们远离了陡坡。兰兰用藏刀砍些沙秸，抱进坑里，骆驼边吃边躲那毒日头。

虽仍是又饥又渴，但比驼逃走后的那时好受多了。那时，因“弹尽粮绝”，饥渴就成了爪子，疯狂地撕扯她们。现在，有了食物和水，饥渴虽也折磨人，却相对能忍受了。那些妙物虽不多，但毕竟也是一份期待呀。

兰兰时不时用塑料拉子的盖子化些盐水，给驼清洗伤口。她化盐时，就叫莹儿将水拉子放在腿间桎梏了。每到这时，莹儿便如临大敌，老觉得塑料拉子会猛然挣脱桎梏，将这些救命液体洒进沙里。空气里也仿佛伸出了许多只手，来抢她手中的拉子。为了不叫它们抢去，她的手臂都酸了。这一来，闹得她越来越紧张，待得兰兰洗完伤口，她也累出了一身的酸困。

洗完伤口，兰兰将剩下的盐水倒进手心，伸给骆驼。骆驼就伸出舌头，将那汪清凉舔了。骆驼最爱吃盐，这清凉虽抵不了大用，但也算是对骆驼的犒劳吧。细算来，倒是骆驼喝的水，比人还多一些。这也好，谁也怕骆驼的伤口感染，都希望它早些结痂。驮人虽也重要，但更重要的，是一有了骆驼，心就落到了实处。

2

姑嫂二人昼伏夜行，又行了两夜。按行程，早该见着盐池了，不料，却进入了一片戈壁。一见那戈壁，兰兰暗叫坏事了。记得那时，她去盐池，并没见着这戈壁，说明她们走岔了。那点儿馍已吃光了，水也只剩下一点了。清油虽没动，但就这点儿清油，熬不了多久的。驼的伤口虽已结痂，两人却不忍心再骑它。累极了，就一人牵骆驼，一人扯了骆驼尾巴，就能借些力。

腿早不像是自己的了。后来，她们就轮换着骑骆驼，一人骑一个时辰。

驼峰已塌了下来，说明骆驼的生命贮备也不多了。途中有草的地方不多，虽然兰兰尽量选有草处昼伏，叫骆驼补充些营养，但驼峰仍然塌了。记得爹说，驼峰虽能贮存营养，但那是供万不得已时消耗的。要尽量叫骆驼水足草饱，尤其是水，最少不得。记得以前去盐池的道上，有几处地方，是专门为骆驼补充水草的。因迷了路，骆驼显然在吃食上吃了亏。兰兰就卸下驮架，从鞍子里抽出垫草，叫骆驼吃。然后，将褥子当了垫子。但那点儿草，对于饥饿的骆驼，仍是杯水车薪。

骆驼喜欢吃夜草，但夜里也正是赶路的好时候。白天虽也能吃草，但每到她们昼伏时，沙洼也成了蒸笼，骆驼吃上一阵，就经不了晒，卧入坑里。再说，也不是每次的昼伏，都能伏在有沙秸处。……驼峰不塌也由不了它。

好在那伤口倒长得快。这也是天性吧。因为老驮东西，驼背老被磨烂。久了，就结成了很硬很厚的老茧。盐一洗，伤口很快就结痂了。这样，只要骆驼有体力，就能驮她们。

进沙窝时，爹安顿过：要是骆驼乏了，走不动时，你们就揉碎馍馍，喂给骆驼。这会儿，连人吃的馍都没了，哪有驼吃的？为了叫驼有些气力，夜行时，只要碰到草，就由了骆驼吃一阵。但同样因为身体缺水，对那比沙漠更干燥的沙秸，骆驼也失去了兴趣。人不是也一样吗？等你叫日头爷烤上三天，见了炒面，你吞一口试试。

不找麻岗时，会时不时碰到麻岗。那儿有嫩草，无论人和驼，嚼一点，当然没坏处。可你想麻岗时，它却连个影子也不见。某天中午，莹儿终于发现了一处麻岗，那儿有水有牲口，可兰兰说那不是麻岗，是魔鬼城。果然，不一会儿，那些美好的景致就变成蒸气了。要是去撵它，会跟苍蝇撵屁一样。

进了戈壁，倒时不时能碰些草，骆驼吃得很欢。兰兰相信，这样吃上一个月，骆驼的峰子当然会再度耸起，但她们此行，不是为了牧驼，而是要找盐池。兰兰拧眉想呀算呀，终于认定，她们错过了盐池。她说，肯定是的。那盐池，其实是沙漠里的一块绿洲，并不太大，你只要在远方错上一里半里，就可能跟它交臂而过。

咋办?

兰兰说，只好往回走了，等进了沙漠，再往西走。要是运气好的话，不定就能跟盐池碰个响头的。

再进了沙漠，两人将驼拴在柴棵上，上了一座看起来最高的沙山。上沙山虽然费力，但站得高，看得远，说不定你一上去，就会看到那白晃晃的盐池的。两人拖着比灌了铅更重的腿，几步一缓地上了沙山。她们用了至少两个小时，两人都累瘫了。喘了好一阵气，她们才四面搜寻。原以为这沙山最高，一登上，就会一览众山小的。不料，一上来，才发现，一山更比一山高。真没治。她们只能望见一浪浪啸卷而去的沙山。别说走，只瞭一眼，就魂飞魄散了。

莹儿叫，我的妈呀。她一屁股坐在沙上，半天不想说一句话。

兰兰也沉了脸无语。两人欲哭无泪，脑中一片空白。哪怕能看到天边有一片白——那是盐池独有的颜色——她们也会爬向那儿，可是天边仍是沙山。这算她们爬到天边，那儿有没有盐池，仍是说不清的事。

兰兰说，下吧。

莹儿说，我实在不想动了。索性，就死在沙山上算了，变成一堆骨头。

兰兰说，走吧，该走的路走过了，再说。

望着山下黄点似的骆驼，莹儿想，早知这样，上沙山干啥？既费了好多体力，也弄得心灰意冷了。

既然走不动了，莹儿也懒得再沿缓坡下走，她索性走到陡坡处，一蹲，坐在沙上，滑了下去。不料，那一滑，竟像长了翅膀，耳旁风呼呼着，身心一下子轻快了。到了一个缓洼，她听得兰兰喊，你小心裤子，要是再溜，你屁股上肯定会磨出个大洞。

虽也心疼裤子，但那感觉实在太妙。莹儿想，这会儿，命都不知在哪儿悬着呢，管啥裤子？就跳下沙坡。沙流如水，载了她，感觉爽极了。许久了，还没这么轻松呢。她兴奋地叫着。沉寂的沙洼顿时鲜活了。兰兰也被感染了，她也不管啥裤子不裤子了，也坐在沙上溜下。两人都兴奋地叫着，把几天来的沉闷叫没了。

滑了一阵，莹儿怕屁股着沙处真叫沙磨破了。这是可能的。要是真磨出了洞，就算她们到了盐池，也会羞于见人。她便又翻过身，仰着头，在沙坡上游起泳来。她每一划沙，身子就嗖地下一截。沙流进了衣领，弄得身子痒痒地怪舒服。兰兰也开始游泳。沙洼里回响着她们欢乐的叫声。这不期而至的快乐，洗尽了她们的忧虑。

到了沙山下，两人边呸呸地吐溅入口中的沙，边笑成一团。多年了，她们总是活在别人的视线里，从来没这样疯过。不成想，在这算得上绝境的地方，她们竟一下子拣回了丢失了很久的女儿性。

为庆祝她们的好心情，两人各喝了一口清油。

3

方才那阵欢乐，将所有的精力都耗尽了。疯了一阵后，忧虑又进心了：不知道自己究竟能走多远？能否到达盐池？这号问题，问得越多，心就越灰，就索性不去想它。看看毒日头的劲道减了些，就骑上骆驼，向西走去。走虽不一定能找到盐池，但不走肯定会困死在沙海里。两下相比，还是走吧。有时，瞎驴也能碰个草垛，不定啥时候，她们或是碰到去盐池的人，或是碰到牧人。无论碰见啥人，鼻子底下长嘴哩，你只要开口问，人家肯定会答复你。要是碰到好人，或许还给你些食水呢。

黄昏时分，她们见到了一架驼骨，它立在一个沙旋儿旁。骆驼吃了一惊，倏地一抡脑袋，差点将两人甩下驼背。兰兰很高兴。这是她们在附近看到的跟人最亲近的东西。最扎眼的是头骨，两个黑洞洞的大眼望着来人，它一定茫然许久了。驼骨比较完整，牙齿和肋条也没散架。看得出，骆驼在死前和死后都没遭到野兽的撕扯。看到同类的尸骨，骆驼抡头甩耳了好一阵，时不时就打个响鼻，突突几声。按老顺的说法，那是骆驼看到了鬼。鬼最怕唾沫。莫非，死驼的灵魂还守在骨架旁？听说，有种守尸鬼，骨头几时不入土，它

沙流如水……
这不期而至的快乐
竟一下拣回
丢失了很久的
女儿性。

也就一直守着。莹儿不信这大天白日，会有个鬼守着骨架，但还是心里发毛了。

兰兰说，瞧，这是驮盐去的。她指着驼骨旁的碎布屑说，这定然是蒙古人驮盐时累死的驼。莹儿看不出驮盐的迹象，但还是很高兴。毕竟，能发现些啥总是好一些。一路上，除了沙漠、戈壁和沙生植物，很少见到跟人有关的东西。这驼骨至少说明，这儿来过人。

但又想，说不定，这骨架，是野骆驼的呢。怕折了兰兰的兴头，莹儿没说出这话。人在绝境里，是需要盼头的。哪怕它是虚幻的，也比绝望好些。

莹儿想，即使这驼真是去盐池的路上死的，也说明盐池离这儿还远，要是近的话，驼会挣扎着到目的地的。要是再推测驼的死因，她越加心灰了。至少，近处可能没水源，也没嫩草，不然，驼咋会死？瞧那样子，若不是渴死的，便是病死的。死前，它肯定听天由命了。它像坐化的老僧一样坦然。它静静地卧在沙洼里，在命运举了刀抡来时，一副引颈受戮的模样。莹儿长长地叹口气。她想到了自己的命运。

兰兰叫驼卧了，两人又骑了驼。骆驼前俯后仰，晃摇好一阵，才起来了。莹儿回头望望驼骨，说，再见吧，谁叫你也是个苦命呢。想到自己也可能会在前方某处，变成一副骨架，就不由得一阵伤感。

再往前走，虽没明显的路，但遇到的骨头多了，或是骨架，或是腿骨啥的斜插在沙里，很扎眼。莹儿想，看这样子，这儿不是驼道，便是牧场，不然咋会有这么多骨头呢？她轻松了些。

兰兰一直想打个野兔，但怪的是，除莹儿惊了的那次，她们没见到啥活物。兰兰叹道，哪怕遇个黄老鼠也成。小时候，兰兰烧吃过黄老鼠，比鸡肉还香。饿极时，兰兰甚至希望再见到豺狗子，虽然一想那瘆虫，仍会心惊肉跳。但要是遇到单个的豺狗子，一枪崩了，也无疑是嘴好肉。对豺狗子的肉，村里人说法很多，有人说像狗肉，很香；有人却说像狐子肉，是木头渣子；也有人说那肉酸，跟老鸹肉一样。但不管哪种肉，总是肉。只要是肉，就能养命。可没治，你不想见人家时，人家死皮赖脸地死缠；你想见时，它偏偏连根毛也不送过来。

那瓶口
竟然伸向骆驼的嘴……
它当然很快乐.
没有比清油进入干裂成山药皮的
食管更快乐的事了。

清油真是好东西，喝一口，热量顶顿饭哩。姑嫂俩就把一口清油当一顿饭。那油不经喝，两人所谓的一口，虽只是一小口，但几顿后，油还是剩少半瓶了。没治。兰兰说定然有饿死鬼跟了，偷她们的油喝。这号事，村里也常发生。比如，要是遇了饿死鬼，你就算杀了一只肥羯羊，也吃不了几顿——遭了饿死鬼的羊肉是很不经吃的。当然，还有种说法，说要是谁的吃食不经吃，说明他是个穷命。爹就老这样检验客人：家里来了人，要是割来的肉经吃，说明来者命富；要是不见咋吃，肉就没了，说明来者命穷。照爹的理论，兰兰和莹儿都是穷命，连食水也守不住，剩下的也不经吃。莹儿本不信命，但一次次遇事，总发现某种力量左右了自己，就有些信命了。

……终于，发现驼道的迹象了：一具骨架旁，竟有个驮架。这证据，当然很充分了。那驮架上的木头快风化了。旁边，还有不定何年何月屙下的骆驼粪。兰兰兴致很高，不管咋说，总算到正路上了。莹儿当然也高兴，但也有些疑虑，为啥这段路上竟有那么多骨架？既说明了这儿走过好多驮户，也说明经过长途跋涉的驼们，一到这儿，就接近生命极限了。莹儿明白，她们面临的，是跟这沿途的白骨一样可怕的命运。这条路是否真的通向盐池？究竟还有多远？她们的体力能否熬到见到水源？一切的一切，都是未知数。兰兰定然也明白这，她只是不愿意点破而已。

最叫她担心的，却是骆驼。她们有清油提供热量，驼峰却塌成皮囊了。它还能支持多远？毕竟驮两个大活人，少些算，也有二百斤。好几次，它驮着她们起身时，总要摇晃好一阵。上坡时，也老是颤巍巍的，像要摔倒。后来，上坡时，她们就只好下了驼背，拽了驼尾借些力。看来，驼的体能也接近了极限。不然，见到那驼骨时，它咋会受那么大的刺激呢？

4

缓了一阵，两人各喝口清油和水，准备走夜路。驼骨们虽使夜里浸满了阴森，但也在提醒她们路的正确。莹儿想，只要上了路就好，就怕像没头苍蝇般瞎撞。兰兰说，不怕慢，就怕站，只要方向对，走一步，就近一步。

她们喊几声：跷！跷！这是叫骆驼卧的命令。

骆驼迟疑了一下，缓慢地卧了。兰兰叹息道，骆驼太累了。两人上了驼，兰兰抖了几次缰绳，喝了几声：嘚！嘚！骆驼晃着身子，想爬起来。它晃了几次，一次好容易撑起了前腿，却又卧下了。它叫了几声，又徒劳地挣扎几次。兰兰说，你先骑，我下来。她下了驼，边喊口令，边扯了驼尾上抬。骆驼长长地叹息一声，卧在那儿，不动了。

莹儿明白它力不从心了，也下了驼。她发现，驼大张着鼻孔，正缓慢而吃力地呼哧着。周围的沙丘上虽有干沙秸，骆驼却不望。莹儿明白，它太渴了，喉咙早成干皮了，它已咽不下那比日头爷还燥的沙秸了。莹儿很感激骆驼，要不是它，她们还不定趴在哪个洼里呢。她想，说啥也不能骑它了，它也不是铁打的身子呀。

兰兰又吆喝几声。驼却只是哀叫，仿佛说，你们走吧，我真的不行了。莹儿听灵官说，骆驼只要有一点儿力气，就会拼了老命，去干自己该干的事。它们是不惜力的。先前的驼队里，走着走着，就有倒毙者。她想，是不是驼骨刺激了它呢？有可能。就像那患了绝症的老人，忽然发现同伴死了。那死，会像鞭子一样抽垮它的意志。莹儿拍拍它的头，说，你怕啥呀？它们是它们，你是你。驼叫了一声，仿佛说，我不是怕，我是实在走不动了。

驼的峰子软成了皮袋，肋条也露了出来。驼吃力地呼吸着，时不时伸出舌头。驼舌上有很厚的苔，颜色或黄或黑。驼的倏然瘫软，虽然与缺养分有关，肯定还有精神原因。莹儿不知道如何才能解除它精神上的疾患。没办法，她既不能瞬息间学会驼语，也不能钻进它的脑子。她想，不管咋说，我们不能扔下它，不仅因为驼值两三千块钱，还因为它已成为她们中的一员。

她忽然明白，为啥这地方有那么多的驼骨。那驼骨，明明在提醒驼们：我们死了，你也该死了。这真是可怕的暗示。记得，憨头患了绝症后，他还一度抱有幻想。那时，他的生命之火一直在微弱地燃烧，总是欲熄未熄。等他终于明白了真相后，马上就死了。想来，驼也是这样。驼以为，好多驼都死在这儿，它也一定走不出绝境的。有些驼的体力虽能支持，但那暗示，却一下子摧垮了它们最后的一点儿信念。莹儿想，自己可千万不能学那些死去的驼呀。她想，只要心不死，人是死不了的。

她想，如何救这失去了最后一点信心的驼呢？既然无法钻进它的心中，总得想个别的法子。她想呀想呀，觉得除了给它灌些清油外，也实在没个别的法子。她一说，兰兰拧着眉头解释道，那可是最后一点了，路可能还远呢。莹儿说，我们总不能丢下它，人家已逃了出去，又来找我们……兰兰说成，大不了，我们死在一起。莹儿说，就是，活了，一起活。真要死的话，我们和骆驼一起死。

兰兰取出油瓶，一晃，油就在瓶壁上旋了，旋出很美的纹路。莹儿觉得心叫无形的东西挤压了一下，想来兰兰也这样。这些油，两人还能喝个两三口，虽不多，但这是唯一的食物了。

骆驼贪婪地望那液体，以前她们喝时，它就这样。它当然知道那是美味。以前，清油下来时，主人也会赏些稠油给它。那东西，可不是沙秸。沙秸虽能充饥，但干成麻鞋底的舌头和枯燥成砂纸的食道是无法接受它的。这液体却不然，它滑滑的，带着一抹清凉的神韵。它只能贪婪地望它，望着那两个女人下咽时喉部的蠕动。它甚至能听到那稠亮的甘露滑入食道时发出的咕咕声。干得冒烟的细胞们欢快地叫着，像渴极奔井的羊那样发出咩咩的声音。驼明白自己只能看一看。能看当然不错了，看惯了干燥的沙漠，再看一眼瓶壁上倏然一旋的清凉和润滑，真是痛苦又刺激的事。

它当然想不到那个好看的——虽然她的嘴上也布满了干燥的黑皮——女人会将瓶口伸向它。它以为她在逗自己呢。村里人老这样逗它。人说天窗里吊苜蓿，给老驴种相思病。人们也常给骆驼种诸如此类的相思病。村里娃儿就老举些嫩草引诱它，等得你张口去叼时，他们却倏地拿开了草，发出恶作剧的笑。人都是这样。以前，面对这号捉弄，它总是高傲地闭上眼。但你要知道，此刻，那晕清凉是多大的诱惑呀！哪怕你望它一眼，也是享受呢。虽然这享受也是痛苦，就像一个叫欲火烧烤的光棍汉面对黄色录像一样，他肯

走
虽不能找到盐池
但不走
肯定会困死在沙漠里
两下相比
还是 走吧……

定是又痛苦又刺激的。他虽然赤红了脸呼哧，但那双滴溜溜的眼，仍不会放过每一个叫他痛苦又刺激的镜头的。

骆驼也一样。

那瓶口，竟然伸向它的嘴。它当然感到意外。它当然也知道其中的妙物对两个女人意味着啥。它望望那女人的眼，想捕捉住捉弄它的意蕴。没想到，它看到的，是一双充满了关切的眼。记得，小时候，它一脚踩入鼠洞弄折了腿后，母亲就那样看它。它当然忘不了那眼。你别小看它的记忆，它能记得十多年前某人对它的捉弄，也忘不了八年前某人给过它一把青草。它是最有记性的动物之一。在这一点上，它甚至超过了马。跟马一样，它是公认的能通人性，而且更加厚道。

驼真的被感动了。它毫不怀疑那眼中发出的信息。它明白她是真的想将那清凉给它。它虽然不知道那是仅有的，但早就从两人的举止中明白了它的珍贵——人家都几个时辰喝一小口呢。喝时，她们都闭了眼品味许久，她们当然想叫那味儿印入自己的灵魂深处。当然。

驼想说，你们喝吧！你们喝吧！它的客气是跟主人学的，主人就这样。他明明想喝酒，但别人邀他时，他却说这句话。主人当然是虚情假意的，驼却认真。驼心里的话虽也明白清晰，但人类总是听不懂。没办法。驼也知道改变人心是世上最难的工程，所以它总是沉默。它真的不忍心喝下那么好的东西。它只要一盆浑水就成，哪怕有虫子，哪怕有草渣，哪怕有蝌蚪，它都能闭了眼饮上一气。她们可不成，她们就那么一点了。驼于是坚决地摇了摇头。

驼当然想不到人家会将瓶口塞进它嘴里，也想不到那滑滑的液体竟会在舌上漫延开来。它听到舌上的味蕾们疯狂地叫着，叫声跟炎阳下的知了那样喧嚣。一股奇异的味道立马渗入了它的灵魂深处。它死也忘不了这味道。这甚至不能算味道了。它成了快乐的旋风，美味的海啸……还有好些比喻，驼死活想不出来了。它觉得舌上的小蕾真是贪婪，它们疯狂地大张了口，跟养熟了的鱼儿乞食时一样。虽然那液体是滑滑的黏黏的，它们还是咂光了好多。驼觉得舌头润泽了许多。它想，这下，又能吃些草了。吃了草，就能接着驮这两个美丽的女人了。它虽然不晓得人类关于美的标准，但它能从另一性别的人的眼里发现她们真的很美。它忘不了途中那两个老牧人的年轻眼神。他们不一定真的扒她们的衣服，那眼睛却明明这样做了。

瓶中的液体仍在流着，滑滑的妙物越来越多，味蕾们吞不及它们了。那清凉又滑向了喉管。喉管欢快地蠕动着，跟它进入母驼产道的阳物一样。因为干燥缺水，那蠕动时的声音像没蜕尽皮的蛇在游动。对，就是叫响尾蛇的那种。驼想，那喉管，想来裂了好多口子，很像干涸的河床里横七竖八的干口。这一点，是从它吞咽干草时的被剐感觉里推测出的。那地方，本该是滑滑的，有层黏膜呢。现在倒好，成干河床了。它觉得这干渴真是可恶，比村里的豁鼻梁恶驼更坏。豁鼻梁就够坏了，发情时，老是追美丽的母驼。追到后就咬它们的后腿，母驼们挣呀挣呀。它们是真挣的，但腿既然已到人家的嘴里，你的挣就等于咬你自己。……小母驼终于就给豁鼻梁扯倒在地，然后就不堪回首了。无数的小母驼就那样在豁鼻梁的身下蠕动着哀鸣。更有些可恶的母驼，叫豁鼻梁强暴一两次后，反倒老跟它黏糊在一起。每次一想这，它就感到强烈的厌恶。但那干渴，却比豁鼻梁更坏，证据是当干渴袭来时，连豁鼻梁都躲出了心。显然，它对干渴的厌恶，完全超过了对豁鼻梁的厌恶。

驼感到食管在疯狂地扭动着，它当然很快乐。没有比清油进入干裂成山药皮的食管更快乐的事了。它甚至听到了食管快乐的呻吟。那呻吟，很像它第一次深入生驼体内时身不由己地发出的那种。公驼跟男人一样。男人喜欢没叫人用过的处女，公驼也一样。公驼将那些未经驼事的母驼叫生驼。清油比生驼还好。食管也定然这样认为，不然它是不会那样蠕动和呻吟的。你肯定没听过食管的呻吟，那真是天籁。驼虽不知道“大音希声”这个成语，但还是听懂了食管那无声地啸卷着的大乐。你想，身外是干燥炎热的天空，连空气都在燃烧，身内的那一线清凉和润滑当然会有沁入灵魂深处的穿透力的。驼很感激那女人，她竟将这么好的东西让给它。驼想，要是我是男人的话，我一定会追求她的。但驼也仅仅是想想而已。它的天性告诉它，做梦是个不好的习惯。

清凉又滑向胃部。胃也惊喜地蠕动起来。胃蠕动时真像个怪物，它本该是暗红的，但现在早黑了。不但黑了，而且硬了，跟晒得半干的牛皮一样。不但硬了，而且还收缩了。那模样，跟八十多岁的老妪的脸差不多，跟沙枣树皮差不多，跟挂在屋檐下晒了三天的猪尿脬差不多，跟放在卤水和酱油里煮了五个时辰的胎衣差不多——这么多“差不多”一齐蠕动，当然是怪物了。它发出咔嚓咔嚓的声响，很像三百个老鼠在一起磨牙。胃里顿时弥漫了好多尘埃般的碎屑。它们本来潜伏在胃的皱褶处，因为胃液的不辞而别，它们趁机飘了起来，舒活舒活筋骨，活动活动精神。它们也惊喜地发现了顺食管下行的清油。因为胃里还没开窗户呢——这本是豺狗子们的本事——胃室显得有些暗，尘埃们当然看不到那半透明的东西正姗姗而来。因为沿途的细胞都在趁火打劫，妙物走得很慢，但那味道，还是当了先锋，扑进了它们的鼻子。你可别小看胃，那不是寻常的皮囊，而是一个世界。当然，当它被你弄成腊肉时，那世界就死了，只剩下一块叫你啧啧称赞的僵死。大脑不也一样吗？活着时，它有千般计较，有万种风情，好多缠绵的爱情故事就从其中演绎出来，等它一死，一入你的口，你只会觉得它是绵绵的一团腥，当然也有点香，但你是死活也品不出它曾有过的那么多故事的。胃也是那样。

怪物般的胃的蠕动声很可怕。你可以用世上所有的语汇来形容它，但都显得很苍白。你要是在沙漠渴上三天后，当你气息奄奄魂儿快要飞上半天时，要是看到一晕清凉的湖水时，你也会发出那种声音。但它不是声带发出的，而是出自灵魂。它啸卷如天旋风，充斥于九天之外，化为一堆堆乱抢乱舞的手，但很难用音符来再现。驼不喜欢那些乱舞的手，它们是一群强盗。它们想将那点儿润滑据为已有，它们叫冲呀杀呀叼呀抢呀。它们发出杂沓的脚步声。驼很为它们羞愧。它心虚地望望举瓶的女人。它很想解释，却想不出该说些啥。

那些疯狂的大手抢光了进入胃里的稠滑的液体。那形势，像海绵吸水，像春雨灌碱滩，像蝌蚪入鲸口，总之是无声无息又点滴不留。它们意犹未尽地期待更多的来者。驼也一样。但那瓶嘴磕牙声还是响了。为了使瓶壁上的清油完全滑入驼口，女人摇摇瓶口。驼觉得牙一阵震动。

女人将空瓶扔向沙洼。驼很想告诉女人，别扔瓶子，它还能盛水的。要是遇上牧人或是驮户们，就可以向他们要一瓶水。它叫了一声。女人当然听不懂那话。驼又想，她是不是嫌我弄脏了瓶口呢？

驼便忧伤地望望沙洼，想：随她吧。人家扔的，是人家的东西，关你啥事？

却见另一个女人捡回了瓶子，用衣襟擦擦瓶嘴，放入挂在它背上的袋里。

5

两人一驼又走向暮色。骆驼虽能起身了，但还不能驮人。这真是雪上加霜的事。骑骆驼虽累，尾骨虽也老叫驼脊骨弄破，总是火烧火燎地疼，腰也老是酸叽叽地难受，但体力的消耗总比步行小。她们喝的那口清油，虽解不了饥渴，但支撑身体的热量，想来还是够的。现在，她们不得不爬那高到天上的沙山。两人毕竟不习惯行沙路，身子也没有塌膘，也就是说身上的脂肪还没变成适合走沙路的肌肉。莹儿感到小腿肚子刀割一样。每行走一步，脚都会下陷，而每次下陷，那刀割的感觉都在加剧。脚掌也一样，每走一步，都撕疼一次。撕疼的次数一多，她就浑身瘫软了。

虽也安慰自己：走一步，离目标就会近一步。但每一瞭眼，都是黑黝黝的大沙山。星星虽照例地低，但星星是星星，她们是她们。对星星，她已失去兴趣，早没了初进沙窝时的那份诗意。她终于明白，诗意是个奢侈的词。只有在水足饭饱没生存威胁时，才可能有诗意。自进了沙窝后，她甚至没想过唱花儿。她于是明白了为啥那么多的女子并不像她那样喜欢花儿，她们面临的，也许是跟她现在一样的境况。当生存成为活生生的重压时，诗意的产生就成了奢侈。诗意是一份心情。它虽然需要苦难，但要是苦难像大山一样砸压下来时，诗意就没了生存的时空。

还是走吧。

拖了刀割般的小腿，望着苍茫暮色里模糊的前路，莹儿胶着了心思，冻结了诗意，木然了心情，守护着希望。她拽着驼尾，但她只是在上坡时才借些力。走在平处时，她尽量快些挪那灌了铅的双腿，不使自己成了驼的累赘。

兰兰右手拽了骆驼笼头，表面看她在吆驼，其实也在借力。笼头是进沙窝时爹特意加的。本来，骆驼用不着笼头，因为桎梏它的，是系了缰绳的鼻栓子，但要是拽了缰绳借力，会给骆驼造成痛苦的。骆驼的鼻子最不禁疼。对付不听话的驼时，最有效的办法有两种，一是抖松了缰，一下下猛拽，忽松忽紧的缰会猛拽鼻栓子，驼眼里立马会腾起泪光——你要是想尝尝这滋味，不妨朝鼻头猛扇一巴掌试试；二是用裹头鞭子猛抽骆驼鼻子，只消几下，多调皮的驼也会变成乖孩子。笼头则是由几个皮条绾成，套在骆驼头上，兰兰拽时，着力点是驼头，就算你用力拽，驼也是不疼的，就能借些力来。

莹儿拽了驼尾，在沙上行走。她只要稍稍借点力，行来就会轻松些。两人虽都在借驼力，但相较于骑，已给骆驼节省了体力。

虽然行走时的腿疼跟刀割一样，莹儿还是时不时闭了眼。她困极了。要不是时有沙绊她一下，她会睡熟的。没办法。那困，是窖里的酒，越窖，酒味儿就越浓。某个瞬间，她甚至觉得自己已睡在床上，就松开了手，睡在沙上了。幸好，兰兰在牵驼拐过沙湾时回首望了一下。兰兰说，幸好没风，要不然，就再也找不到你了。风不但会吹去沙上的所有印迹，还会发出怪怪的声音，它既能卷走兰兰喊莹儿的声音，还会营造出其他声音来引诱莹儿。莹儿会以为那声音是兰兰发出的，就会一直跟了那声音，走到一个兰兰再也找不到的地方。好多困死在沙漠里的人就是这样死的。

为防止莹儿再次睡着。兰兰取根绳子，一头拴在莹儿腰上，一头系在驮架上。兰兰稍将绳子放长些，要是莹儿拽着驼尾时，绳子是松的。一旦她松了驼尾，绳子就一下子扯紧了，用另一手拽着绳子的兰兰就会停下，叫醒可能再次倒在沙上的莹儿。当然，这样做的前提是兰兰必须吆好骆驼，否则的话，驼一惊，绳子就会扯倒莹儿。其情形，跟摔下马背脚却没脱出马镫的骑手一样，可能会被摔得稀烂。为了预防类似的危险，兰兰将拴在驮架上的绳子那头绾成了抽蹄扣，万一有了意外，她一抽，绳子就脱了驮架。

姑嫂俩就这样半眯半醒地在沙山间颠簸。进沙窝时尚有驼铃，但在逃豺狗子时丢了，路上就只有沙沙声了。时不时还能听到驼打个响鼻，很像炸雷，也能惊醒时不时就迷糊的莹儿。

手电里的电不多了，虽然她们节省着用，但坐吃都能山空的。只有在探路时，兰兰才舍得打亮手电。有时，光柱就照出一具狰狞的骨架。要是在以前，她们都会吱哇乱叫，但现在，早就习惯了它们。要是许久不见它们，兰兰心里还会嘀咕，害怕又走错了路。那些骨架，也不全是骆驼的，有时，还能看到很像狗的，但她们分不清那是狗还是狐子。按说，流动的沙会埋了骨架们，可怪的是偏偏没有，也许是北面的沙山挡住了大风的缘故。但这也只是猜想而已，大自然里的好些东西是说不清的，明明该这样的，却偏偏那样了，就像敦煌的月牙泉，本该是叫沙淹了或是叫沙吞了，可不，它偏偏存在了千百年。

约到半夜时分，两人实在走不动了，就缓了一阵。才停下，莹儿便堕入梦乡。兰兰怕自己睡着，不敢坐下。她明白要是夜里不多赶些路，白天会叫晒成干尸的。但实在太渴了，塑料拉子里也只剩下一点儿水了，至多有三五口。这真是要命的事。所以，渴虽变成火焰在烤喉咙烤心，却不敢打水的主意。兰兰想，这点儿水，就用来救命吧，要是一人叫太阳晒得昏死过去，另一人就用它来救对方的命。别小看那点儿水，有时，几滴水也能推迟已经降临的死亡。

困意很强大，像黑夜和死亡一样不可抗拒，兰兰就倚着骆驼眯了眯。她没叫骆驼卧，因为只要它一卧，自己也会身不由己地堕进梦里……不，不是梦里，她已没气力做梦了。她就倚着骆驼立在那儿。她想，无论骆驼是走还是卧，只要它一动，自己就会醒来。

随后，她闭了眼。她觉得向一团巨大的黑里堕去。

6

莹儿醒来时，兰兰还在熟睡。驼早卧了。兰兰的上身就靠在驼身上。驼也睡着了。驼睡得很小心。它本来可以躺了，长伸四腿地睡。骆驼平时就是那样睡的，所以，有经验的驮户不会睡在骆驼旁，怕驼翻身时压坏自己。这驼很懂事，便以跪姿进入了梦乡。显然，它也不想压坏或是惊醒兰兰。

天已大亮，啥都明白于天下。不远处，有个人头骨，正龇了牙望莹儿。莹儿也懒得理它。她很想叫兰兰多睡一会，但想了想，还是觉得趁清晨赶路为好。她推了几下，才推醒了兰兰。兰兰吃惊地睁大了眼，仿佛不相信天亮了。她说，瞧我，咋睡了个死？莹儿说，有时候，身子是不听话的。

困消了些，饥渴又袭来了。当渴很猛时，饿就退回次要位置了。本打算留那点儿水救命时用，但渴的力量太大了，大得兰兰也改变了主意。她用塑料盖子盛了些水，给了莹儿，自己也喝了一盖儿。两人都伸出舌头润润嘴唇。当然没用的，嘴唇早成干山芋皮了，你咋润也是干山芋皮。兰兰的嘴唇更是肿得老高，很奇怪人这么渴，嘴唇竟有心思和气力肿那么高。

她们又吆驼上了路。身体这玩意儿是最不该惯的，你要是老动着，倒没啥，虽也有疼，身子也会习惯了疼。要是你一缓，那乏呀疼呀，就给缓醒了。莹儿觉得身上的疼醒了，比夜里猛烈多了。身子很疼时，按说就该忽略了渴，可不是这样，渴和疼像两股旋风裹向了她。困倒是少了些，能相对清醒地走路了。很难说这是幸还是不幸，因为很困时，那疼呀渴呀就叫困淹了。此刻，困虽稀释了，渴和疼却探头了。它们是分明有獠牙的，你每走一步，它们都会撕扯你。莹儿甚至不去管路途的事了，只抵抗那疼和渴，就用去了她所有的注意力。

再往前走，沙山缓了些，变成沙丘了。植物仍是少见，偶尔也会遇上一些，但多是干沙秸，驼对它们望都不望。路上有了驼粪，兰兰揉碎几个，都显出久远的成色来。一个沙旋儿处生了几丛刺条，上面挂了好些驼毛，但刺条早旱死了，说明地下水已很难养活那些沙生植物。

此刻，莹儿眼里的盐池，已不仅仅是盐池了。好些事就是这样，你只要在心中存了某种东西，你多方寻求而不得，它就会在你心中一天天重大起来，比如那冤家，比如这盐池。莹儿想，此刻，盐池在她们心中，几乎等于圣地了。

她还没见过哪个修行人这样寻求心中的净土呢。莹儿想，也正因了她们心灵中“盐池”的重要，这番生命苦旅才有了意义。

为了分散对那恼人的渴和疼的注意，莹儿有意想些事。她先是想那冤家。她想，他走出沙湾走向大世界时，是否也经受过生死的历练呢？她的眼显现出了灵官的脸。他也流着汗，嘴唇也像兰兰那样肿得老高。她的这一想象是从兰兰身上嫁接过来的，他们长得有点像。她想，他也一定有过疼痛，有过饥渴，有过绝望……一切她经过的，他想来也经过。这一想，心里有种暖暖的感觉了。她觉得，她不是一人在受苦，而是“他们”在一起受苦。这就好。她想，将来，等见到那冤家时，就给他讲这段生命经历。那时，他躺在村外的沙丘上，她依在他的怀里，漠风清幽幽吹来，撩起她的头发，几缕发丝顺风扬起，拂在他的脸上。她幸福地闭了眼，慢悠悠地讲这漫长惊险的沙漠之旅。他当然会吃惊的，但他的吃惊不是一惊一乍，他不会。他只会望着她，眼里有欣赏，有爱怜，更有能把她吸入灵魂深处的力量。他虽没有惊乍的模样，心里肯定会涌起很大的波浪。他当然想不到两个弱女子会跟那么凶的豺狗子周旋，会忍受干渴、疼痛、绝望和寂寞。

她想，冤家呀，我这一切，其实是为了你呀。

她想，他一定会深情地望着她。她甚至能看到他的眼眸了。她相信，这一生死之旅一定会成为她爱情的见证。

想一阵灵官，莹儿又开始想盐池。她当然想不出盐池的模样。也正因为想不出，才有了那份神秘。在无休无止的磨难和寻觅中，盐池已成为图腾。她当然希望这盐池之行，能改变她的命运，至少能改变她的生活。记得以前，每到家境局促时，老顺就会吆驼进盐池。他总能带来些希望。但真的盐池是啥样儿呢？越往前走，她就越有了担心。她想，要是经了这么多苦后，找到的盐池令她大失所望的话，她会伤心的。她的生活里，有过一个个盼头。在不同的年龄阶段，盼头也不同。但终于，盼头都成了空中的肥皂泡，浮游时倒也五光十色，一旦破灭，总会留下难耐的失落和空虚。她不希望盐池也这样。她觉得心已很疲惫了，再也禁不起折腾了。

但那疼和渴的力量总是很大，每每将她拽出遐想。焦黄也时时扑入眼眸，日头爷又开始发威了。那沙丘却仍是无止境地荡向远方，看不到尽头。天知道那盐池蜷在哪个沙的皱褶处呢？她真不敢望远处了。每一远望，她总会心惊而绝望。

两人缓一阵，喝下了最后一口水。她们有两天没小便了。那饮入的水，并没被排出体外。饮最后一口水时，谁都无语，都明白这意味着啥。

走吧。兰兰说。

她们跟骆驼走入了正午。莹儿当然想像以前那样昼伏夜出，但手电已不起作用，她们不能保证夜行时不会走错路。再说，真到了弹尽粮绝时，就算是伏在深挖的洞里，身体仍会消耗能量的。兰兰说，也许快到了。她还说了许多"也许"：也许会碰到人，也许会发现水源，也许会碰到吃食……那么多"也许"，都是希望。只要有一个"也许"，就会解了困厄。

但正午还是在她们遇上"也许"前逼近了。

日头爷当然不会因她们的缺水而停止喷火，身体也不会因那些未来的"也许"而不丧失水分。水分的丧失先是从大脑开始的，她们都出现了迷瞪和幻觉。幻觉倒不怕，迷瞪则张着大口，老往腹内吞她们。兰兰老是提醒，不能睡呀，不能睡呀。莹儿也知道，要是一睡着，就再也醒不来了。俩人互相鼓励着提醒着，但眼皮还是被啸卷的干渴弄得直往一块儿粘。

最先摔倒的是骆驼。它半睁着眼，大张着鼻孔，发出沉重的呼哧，仿佛体内有个巨大的风匣在缓慢地拉动。莹儿想，已经不错了。那点儿清油产生的能量，已叫它拖着她们翻了好几道大山。莹儿最怕它倒下，要是它此刻倒下来，她们是无力救它的。她想，盐池快到了——她以为"当然"快到了——你可不能倒下呀。兰兰木然地望望骆驼，长长地叹口气。

骆驼颤抖一阵，慢慢地躺下了。它伸长了脖子和四肢，呼吸越拉越长。它要是死去，她们又得赔一笔钱，但她们都不再想钱了。莹儿关注的，是它的生命。那份关注，跟她当初关注弥留之际的丈夫一样。只是，迷糊已胶着了她的思维，明知驼快要死了，接下来死的，就会是她们。但心里倒也没多少伤感，除了隐隐有些不甘心外，也顾不上想别的事了。

莹儿坐了下来。她不想坐下来，是腿自己坐下来的。没办法。骆驼要是不倒，她还觉得有些依靠。骆驼一倒，凭她自个儿，是翻不过前面的沙丘的——翻过了又能咋样？前面仍是沙丘——她也懒得想死呀活呀了。她只想闭了眼，美美睡一觉。明知这一睡，就从这一世睡到另一世了，但也懒得想它。人家大脑想睡，你有啥办法？

兰兰咬了牙，望一眼骆驼，又望一眼莹儿。她的脸干瘦干瘦的，有许多汗道儿，鼻洼里有好些黑灰和垢迹。莹儿从兰兰脸上看出了自己的狼狈，但也懒得多想了。

兰兰说，你忍着些。我去找些水。

莹儿想说，这儿哪有水？但也明白：找比不找好。找虽然不一定找到，但不找肯定只有等死了。

兰兰也不等她回答，提了那个瓶子，一步一挪地走向北面的沙洼。她走得很慢。骨关节也发出咔嚓咔嚓的声音。恍惚里，兰兰便成移动的骷髅了。莹儿想，她这一去，也许就回不来了。

兰兰慢慢地转过沙丘，留下一片空白。那印象，像一滴水渗入了沙中。

莹儿想说，你咋丢下我一个人？她有些伤感。她想说，要死，我们也该死在一起呀。

骆驼仍眯了眼呼哧，肚腩的凹处忽而鼓起，忽而塌下。莹儿想，那里面，会不会有个豺狗子正在吞肠子？那可怕的小东西，也许趁她们熟睡时，早沿着肛门钻进驼腹了。怪的是，莹儿并不害怕。她想，你吞就吞吧，先吞了骆驼的，再来吞我的。

没有了声音。记得以前，正午时分，日头会发出巨大的啸叫，如万千个知了齐鸣。现在，日头爷寂了。沙洼里听不到任何声音。骆驼的呼哧声也渐渐息了。它的肚腩虽一鼓一荡，声音却没了。她也觉不出自己的心跳了。一种巨大的静寂融化了自己。她怀疑自己是不是死了。她抬头望天，天蓝成魔绸了，云是一条一条丝状的模样。它们是在赛跑呢，还是在赛呆？不管它了。

她又觉得兰兰骗了她，她根本不是去找水，而是抛了肉体，去另一个世界了。那世界当然好。她真不仗义。要走，姊妹俩一起走多好。但也懒得再怨她，因为迷瞪正织着大网呢，那大网已撒到空中，只等往自家头上抛了。它已抛过多次，一次像蛛网，一次像渔网，一次次更韧更浓更密了。她明白，这一次，那网定会将魂灵子网住的。以前，她是懒得管魂灵子的。跟灵官相恋时，她感受到的多是肉体的参与。只有在分离后，魂灵子才凸现了出来。但没了肉体的参与，魂灵子就只有相思之苦了。你这个迷瞪之网，将它网了去也好。

骆驼躺倒了。它长伸四腿，侧倒在沙丘上，跟它平日睡觉时一样。这说明它已经无力跪了。它的血想来很稠了，自家的当然也一样。日头爷伸一下舌头，总要舔走些潮气的。人家要舔，你就得叫人家舔，谁叫人家是日头爷呢。虽没云彩挡那白光，莹儿却觉不出热来。渴也叫迷瞪淹了。接下来，就该淹魂灵子了。莹儿想，你想淹，就淹吧。

她仍想在迷瞪淹了魂灵子以前想想灵官，但你知道，迷瞪很霸道，它既然能淹了好多东西，当然也能淹了她想见的画面。记得灵官很俊，但咋个俊样，却迷瞪了。她发现脑子老跟她较劲，她不想想他时，那画面时时扑入脑中，搅出她一身一心的火来。她想想他时，却连个影儿也没了。

一只黑乌鸦出现在不远处的沙丘上，嘎嘎地叫。莹儿明白她快要死了。听说乌鸦最爱吃死人肉，嗅觉又好，总能闻到活人身上的死人味，也总在人死时叫，人便以为它带来了晦气。灵官却说乌鸦是神鸟，是佛教大护法玛哈嘎拉的喽啰。莹儿想你既然说它是神鸟，那我就喂它算了。她不愿喂豺狗子，却愿喂乌鸦，当然跟那说法有关。她只希望，神鸟别在她的魂灵子还存留时就来吃她。听说乌鸦吃人，最先吃眼珠子。这是她不能忍受的。你咋能先吃眼珠子呢？她想，到最后落气前，她一定先伏下身，哪怕用黄沙埋了脸部。她是不能容忍那黑鸟向她美丽的眼珠伸嘴的。

又来了几只乌鸦，都齐齐地叫，然后齐齐地望她。听到那怪叫，骆驼也睁开了眼，它当然也明白那叫声意味着啥。它望望莹儿，莹儿也望望它，双方都交换着心照不宣的无奈。眼珠顿时更涩了。头里也发出轰轰的声音。

莹儿想，途中白骨上的肉想来就是乌鸦吃了的。在沙窝里，你很难找到比人肉更好的食物了，不说别的，那份滑腻，绝不是寻常的动物有的。它们当然盼望有人渴死在它们的地盘上。那我就满你们的愿吧。她又想，乌鸦们是不是吃了兰兰的眼珠后又来找她的？她真的看到了倒在沙窝里一脸血污的兰兰。你瞧，脑子就这样，老跟她较劲。她想看的，它不显一点儿图像。她不想看的，偏要血淋淋往里扑。

莹儿费力地晃晃脑袋。

恍惚里，几只乌鸦飞了来，在头顶盘旋了。它们可真性急。它们定然已将她当成了死人。要么，它们也想像人类尝活猴脑那样，尝尝新鲜的活物。肯定是的。莹儿虽愿意叫它们吃肉，但不愿意叫它们在自己还出气时就下嘴。她抡着那没有了电的手电，却发现它不是称手的作杖，便扯下拴在驼笼头上的鞭子。那是她们备用的。要是骆驼不听话，就抡了它抽它的鼻梁。一路上谁也没用鞭子，说明两头骆驼都很乖顺。莹儿才抽下鞭子，就发觉一道黑影已扑来了。她悄悄用足了劲。当然，那所谓的用足，也仅仅是将鞭子抡出相当的速度而已。显然，那乌鸦已将她当成了死人，没想到，竟会有一道暗影掠向自己。它不知道，自己的速度实在太快了，就算鞭子静候在那儿，它只要一撞上，也会晕头转向。何况，瞧那鞭子，正迎了它飞来呢。

只听一声闷响，乌鸦已滚进沙洼了。

别的乌鸦一见，怪叫几声，飞到不远处的沙丘上。

滚在沙洼里的乌鸦蠕动几下，寂了。

莹儿做梦一样。她想，真是怪事。她以前虽也甩过鞭子，但其熟练程度，也不过是不使那甩出的鞭梢裹了自己而已。这打中的几率，跟瞎驴碰草垛、跟瞎子嘴里掉进油馓子差不了多少。没想到，倒真的打中了。

她爬向死乌鸦，发现它比成年鸡小多了。飞起时，它张着翅膀，俨然也是个飞禽。一落地，竟瘦小成鸡娃了。几滴血印在沙滩上。莹儿想，那血，说不定也能养会儿命呢。她平日胆子虽小，这会儿，那迷瞪和木然却驱使她一把抓住了黑鸟。理智上，她想揪下乌鸦的头，咂些血。她甚至也开始操作。

她用了很大的力，却拽不断鸟颈。但一想自己会一嘴血污，却一阵反胃。她呕了几呕，虽没呕出啥来。胃和食道疯狂的蠕动却一下将迷瞪驱散了。她想，死也罢，不吃这脏东西。她狠狠抛出乌鸦。一道黑影划个并不长的弧，滚下沙洼。

不喝。渴死也不喝。她想。她实在不想叫自己变成电影上饮血的妖精。

她想，与其像饮血妖精那样活着，还不如死去呢。

喘一阵气，眯了眼，望远处的乌鸦们。它们也望她。都有些怕对方了。莹儿怕它们一齐飞来掏眼珠。要真那样，她是挡不住的。她会在眼珠剧痛后堕入黑夜。她很想说，你们急啥，馍馍不吃，在盘儿里嘛。想到自己曾对猛子也说过这话，觉得那是很遥远的过去了。她想，要是那时接受了他，是不是也像喝乌鸦血一样叫她恶心呢？不知道。

人鸟相峙着。驼已超然物外。它虽看到那精彩的一幕，却不显惊奇的神色。经了这一路的事，当然没啥惊奇了。

莹儿已将自己当成了死人。这是迟早的事，早一刻迟一刻，都会成乌鸦嘴里的肉。那夜，当豺狗子围来时，她还不甘心喂它们，此刻早没那想法了。她想，一样。谁吃也一样。她只是不想在活着时叫它们下口罢了。

她想，快了，你们也等不了多久。她发现，魂灵子已恍儿惚儿地飞了。也就是说，迷瞪又一阵一阵地淹没清醒了。等清醒叫迷瞪淹了，魂灵子就会走了。不知道它会走向何方，会不会到灵官那儿呢？听说，人一死，魂灵子就俱足了多种神通，就有了天眼天耳，就能瞬息千里地出现在任何地方。也好。但正像她怕自己寻觅的盐池会叫她大失所望一样，她怕灵官也会倒她的胃口。

她最怕的，是她的魂灵子找上门时，灵官正跟洗头妹打闹。她不知道自己为啥会想到洗头妹而不是别的女人。不知道。她最怕这。要是这样，魂灵子会伤心的。她不知道魂灵子会不会流泪，但肯定能发出哭声的。因为村里女人要是受了冤屈吊死后，她的哭声就会在夜深人静时出现，好些人都能听到的。她想，自己会不会也那样哭呢？不知道。活着的她都左右不了自己，她怎能保证死后的事呢？

不想他了。洗头妹就洗头妹吧。没治。人家长的是人家的心。

这一想，心就冷了。也好，她想，叫我在活着时明白你是个啥人，死后我就不会神头怪脸哭了。明明是她臆想的事，却竟当成真的了。她万念俱灰，想，乌鸦们，你们还是早些飞来吧。

乌鸦嘎嘎着，它们等不及了，但谁也不敢再试那鞭子的厉害。骆驼仍在抽风匣似的喘气。从它偶张的口里，莹儿看到了黑黑的干皮条一样的舌头，知道它的命也快尽了。她想，也好，做个伴儿。这样，她就不是孤鬼了。她是指望不了兰兰的，兰兰向往的，是金刚亥母的空行佛国，她的临终一念，就将魂灵子送那儿去了。莹儿是撵不上她的。因为她对那佛国，总是将信将疑的。这是修行最大的敌人。她当然撵不上兰兰。幸好有骆驼，她想，骆驼想来不知道空行佛国的，不知道就好。要是它也坚信自己能到空行佛国并发了愿的话，不想见他跟洗头妹鬼混的她就只好成游荡的孤魂了。

莹儿说，骆驼呀，你要走慢些。

但她已发不出声了。迷瞪织成的网又浓又密又坚韧，已裹向她了。空气里多了好些乱毛般的东西，它们塞向自己的口、耳、眼……乌鸦的叫声也没了。恍惚里，大鸟们飞了来，翅膀扇动的风也织成了大网。数道大网，齐刷刷裹向自己。

浓浓的夜降下了。

7

一个遥远的声音隐隐传来，很像小时候奶奶的叫魄。那时，每到她迷迷瞪瞪不清干时，奶奶就说她的魄掉了，就要给她叫魄。

奶奶的声音先从远处传来：

“莹儿哎——，远处吓了近处来——”

一人就应：“来了。”

“莹儿哎——，高处吓了低处来——”

“来了。”

“莹儿哎——，热处吓了凉处来——”

“来了。”

“莹儿哎——，饥处吓了饱处来——”

“来了。”

“莹儿哎——，三魂七魄上身来——”

“来了。”

奶奶还会叫出许多诸如此类的内容。她会从相对遥远的地方，一直叫到厨房里，再拿个红布包着的瓷碗盛了面，一下下按她的前心后背双肩等处。按一阵，碗中就会出现个陷坑，奶奶就说，瞧，亏损大了，就再添些面，再喊再按，直到碗中的面完全平了时，才算完成了叫魄仪式。

那时，应声的多是妈。奶奶是不叫白福应声的，因为他很调皮，叫他应“来了”时，他会说“偏不来”。这样，就意味着这次叫魄失败了，得另选吉日重叫。

奶奶的声音跟绿米汤一样悠长甜绵，一直能叫到莹儿心里。后来，奶奶死了，就没人再给她叫魄了。

现在，那悠长的声音又出现了。莹儿在恍惚里感到很温馨。她以为自己死了。听说只有在死后才能遇到死去的亲人。她想，也好，我又能见着奶奶了。奶奶待她最好了。奶奶的怀抱是最温暖的港湾。小时候，奶奶老是抱了她，叫一声：“我的乖乖！”然后吧唧吧唧地亲她。奶奶像老巫婆一样神奇，身上总有些稀奇古怪的东西，比如花糖呀花生呀，还会讲好多鬼故事，每每在夜里吹了灯后，吓得莹儿吱哇乱叫，直往奶奶的怀里钻。

莹儿觉得，那悠长的声音像茧丝，将她裹了，一下下拽了来，很像是牵着风筝。生命之风硬要将她吹向无底深渊，而那呼唤的绳儿却牵系了她。她就随了那拽力一寸寸移了来，慢慢靠近了呼唤者。她渐渐听出，那声音有些变了，很像是兰兰的。

她努力地想睁开眼。眼珠很涩，有种锈门栓转动的感觉。她用力地睁呀睁呀，一道亮光泼入眼睑。因为羞明，反倒看不清眼前了。

“快！你吃些这。”兰兰的声音很惊喜。

终于看见兰兰了。她拿个黑黑的棒子。见莹儿不动，她用鞭杆一下下刮那黑棒，黑皮没了，露出水白的成色。她见过它。那时，每到冬天，村里人宰了羊后，就将它跟羊肉炖在一起。叫啥来着，对了，叫锁阳。

兰兰掰一小块，塞进莹儿嘴里。莹儿轻轻一嚼，甜汁儿在嘴里弥漫开来。莹儿只见过晒干的锁阳，没想到，它会有这么多汁儿。

兰兰将刮去皮的锁阳塞给莹儿，叫她多吃些。自己又从头巾里取出一根——莹儿吃惊地发现，头巾里竟有许多黑棒儿。

兰兰嚼些锁阳，喂给骆驼。骆驼边沉重地呼吸，边伸出黑舌头，吃力地搅动兰兰喂进它嘴里的汁儿。

在莹儿的印象里，这锁阳，是她吃过的最好的东西。她轻轻一嚼，汁儿就会从牙间挤出，进入贪婪的味蕾中。味蕾们狂欢着。它们像饿极的小麻雀见到母亲叼的虫子那样，张大了口叽喳着，发出喧嚣无比的声音。锁阳那带着甜香的面汁勾起了胃迷失的记忆，胃疯狂地蠕动起来。

骆驼也开始吞那些黑棒子，它咔嚓咔嚓地大嚼着，白汁儿流出了嘴角，莹儿感到很可惜。兰兰兴致很高，对莹儿说，你把那根吃了。缓一缓后，我们再去挖，那个沙洼里，有好多锁阳。

吃下一个锁阳后，兰兰不叫莹儿再吃。她试着拉骆驼，骆驼挣扎着起来，步履蹒跚。它将兰兰带来的锁阳都吃了。锁阳解饿解渴又滋补，一下肚，骆驼飞悬在空中的命就回来了。莹儿的头虽隐隐作痛，迷瞪却消解了。兰兰说，成了，一次别吃太多，等会儿再吃。

两人牵了驼，去那沙洼。沙洼并不远，转过沙嘴子就到了。那地方，沙里带些土，锁阳就安家了。兰兰找个裂口处，跺跺脚，那儿发出空堂的声音。兰兰说，这里面，全是锁阳。刚才你们吃的那些，是一个坑里挖出的。莹儿看到，好些地方裂着口儿，跟山芋胀开地面时很相似。有些锁阳，还冒出了土层。莹儿叹道，天无绝人之路呀。

兰兰说，是金刚亥母救的我们，你信不？我走过沙嘴子，就跪在沙洼里祈祷。我说，亥母呀亥母，我要是活着走出沙窝，定当重修庙宇，重塑金身。求了一阵，就发现不远处有个红色人影，我以为是牧人呢，就撵，撵到这里，却发现了锁阳。……回去后，我就募捐修金刚亥母寺。我不能骗人家亥母，对不？兰兰说得很认真，莹儿却想，也许，你眼花了呢；又觉得这想法亵渎了金刚亥母，要是真是她带了路来，你这样想，她会伤心的；就说，那就谢谢亥母了。

兰兰刨开一个裂口处，里面尽是锁阳。这锁阳，是肉质寄生植物，形如屌，长可盈尺，黑红色，多生于沙土相间之地，听说能补肾助阳呢。锁阳一生一窝，大些的一窝，至少几十斤，刨开沙土，用不着咋挖，已有一堆锁阳了。兰兰用鞭杆稍稍刮一下沙土，扔给骆驼。骆驼兴奋地大叫，萎靡早没了。

两人解下驮架，在沙丘阴面刨个坑。吃些锁阳后，两人就拴了驼，爬进坑里，睡了一觉。她们睡了吃，吃了睡，又有那么多能滋补的锁阳，几觉之后，精力就恢复了。

次日晨，莹儿发现，戈壁上竟有好些贝壳。显然，这儿有过许多水。她想，也许这沙漠，曾是大海呢。她想，连大海都终究会变成沙漠，一个人的生命是多么脆弱呀。真的，也许再一眨眼，她就老了，灵官也老了。她想，要是我们都老了，你就算奔来个啥前程，有啥意义呢？她又有些怨灵官了。

怨归怨，她还是挖了好些锁阳。她们宁愿自己走路，也要叫驼多驮些锁阳，然后朝着认定的方向，继续走了去……

第 二 十 六 章

兔儿的门上鹰旋哩，雀窝里蛇抱蛋哩。

1

老顺眼里，白虎关搅乱了一切。村里的好多东西，随着白虎关的热闹，都消失了。

最先消失的，是心的宁静，先前，村里人哪见过这么多的稀罕物。以前，多是山芋米拌面填肚囊，再好一些，就是转百刀拌面，要是有个肉星儿，就等于过年了。吃饱后，晒南墙湾，聊天，多开心。现在，世上的好东西都到了白虎关。有好些东西，是地主老财都梦不到的。更有那么多亮活妹子，一下就搅乱了心。

心一变，啥都变了。比如以前，沙枣成熟时，老顺总要给各家各户送些去，叫尝尝鲜。他家的沙枣个儿大，肉头厚，甜，都说好。现在，猛子却不叫送了，他说要卖给沙娃们。他狠狠臭了儿子一顿，说："要钱不要鼻脸。"没想到，他一如既往地送沙枣时，村里人却变了，眼里充满了问询，仿佛在问："你为啥送沙枣呢？是不是有啥事？"有些人甚至很客气地拒绝，仿佛怕欠了他的情。

老顺很恼火。

他觉得，好些东西都在变，以前，你一有事，谁也搭手。现在不了，人家要算：当一天沙娃能挣多少？人家不会白为你耽搁时日的。今年收秋禾时，就有了专门挣钱的，掰一天玉米要二十块钱。

都“要钱不要鼻脸”了。没治。

白虎关当然更热闹了，招来了更多的商家。荒地都成了聚宝盆，修了好些楼。听说，连乡政府也打算往白虎关搬呢。沙湾已成了市里的典型。这些倒没啥，因为啥典型，也挡不住村里人的舀饭勺子。

只有一点，老顺们很是惶恐。那就是征地。乡上已征过一次地，给各家银行修楼。村里人抗议过一次，没起作用，就索性将“卖国贼”狗宝罢免了，由公认硬手的白狗当了组长。但老顺担心，一个小蚂蚱，能挡住前行的车轮？

果然，白狗才上任，破锣嗓门就响了：“开会了！开会了！男人女人都来。”老顺知道，肯定又有事儿了。这些日子，老是事儿。

人们三三两两地到了家府祠门口。白狗蹲在树下的碾轱辘上，黑着脸，不说话。这是他生气的标志。不怕白狗骂人，他总是骂骂咧咧的。但他一黑脸，就说明他真生气了。他生气的缘由是啥呢？老顺猜不出。

白狗不理人，自顾黑脸，眼睛斜着，脸上的肉棱时隐时现。忽然，他跳下碾轱辘，骂句脏话，声音嘶哑得不像白狗了。

老顺慢悠悠问：“又是啥事？白狗。”

“欺人太甚！乡上要卖西湖坡，一亩地给六千！”白狗说。

“轰——”乱哄哄的声音。

“谁说的？”

“人家就要订合同了。”

“凭啥？”

白狗说：“不凭啥。说是土地是国家的，有人要修啥游乐场。”

老顺说：“乖乖，白虎关一热闹，四面都遭殃了。要是西湖坡再卖了，要命哩。”孟八爷却说：“长远地看，也不是啥坏事。眼看着，种地没希望了。”老顺说：“再没希望，总能填饱肚子。土地没了，喝风呀？”

白狗说：“知道不，人家一亩地卖六万，却只给我们六千。不行，要卖，也得按市场价走。知道不？乡上吃差价哩。我知道种地没戏了，可也不能叫人家喂抓屁。……这事儿，不闹不成。开发商又是送钱，又是送女人。我们玩不过人家。老子们也不是和好的面，想咋揉，就咋揉。今日个，老子们也豁出去。人家有钱，我们有猪马牛羊；人家洗桑拿，老子们又不是没女人。”

“放屁。”孟八爷耸耸鼻头，“你嘴里咋能溜出这种屁来？”

“就是，就是。”男人们应和道。

“想哪儿去了？啊？你们想哪儿去了？”白狗涨红了脸，“谁又真给送女人？我只想辱臊他们一顿。啥都带上，钱，猪，羊，女人，反正老子们不卖地。要卖，价格也得由我们定。就这样，你看上啥拿啥。挑上哪个女人用哪个。不信这群驴真成了驴了。”男人们这才吁口气。

花球担心地说：“要是那些驴真驴了，咋办？”

“放心。”白狗说，“他能咋样？他要真动上一指头，叫他吃不了的兜着走。”又笑道：“花球，你怕啥？你那个猪不吃的茄莲。人家不稀罕。吓都把人家吓惊了。你怕啥哩？”

“难说。”猛子说，“牛吃菠菠菜，猪香狗不爱。说不准人家就瞅准花球媳妇，给她来一梭子。”

男人们笑了。花球晃晃脑袋，也笑了。说：“我那个，连我都不硬。要小心你们的婆姨，弄不好叫人家浇上一水。绿帽子，可就戴稳当了。”

“闲屁少放。”白狗说，“谈正事。同意不？同意就闹。不同意，再生个啥法儿？有屁就放。若真叫人家卖了，少说老子里通外国当汉奸。同意不？”

“同意！”男人们说。

“不中。”狗宝发话了。自白狗撬了他的组长位子，他老跟白狗唱反调。狗宝提高了声音，“你以为人家是麻雀？你嘿一声，人家就能吓破胆？人家是啥？是蝎虎子。人家是大炮下轰过的，还在乎你几声鞭炮？辱臊？嘿嘿，看辱臊谁？要是老师娃子呀啥的，你辱臊一下，人家或许还在乎。那群驴，早没脸了，早成了脚后跟上的老皮了。抠几下，人家根本不在乎。”

“这倒是。”男人们又沉默了。

白狗说：“要是软的不成，就只好来硬的。现在这世道，不比从前了。讲文明呀，讲礼貌呀，不中用了。上回，我进城买打气筒，想换一个，叫了十声奶奶，那刁婆子理都不理，还骂我乡巴佬。老子索性揍你一顿，拿起打气筒，骂了三声卖屄货。你猜，咋样？嘿，乖乖换了。这世道，嘿嘿，讲文明没用。前怕狼后怕虎。难道由了人家在头上撒尿？”于是，都说：“对！捶绵这群驴的骨头。”

孟八爷捋着胡子，沉吟道：“闹事也不是办法，闹出事来，还不得由你承担？”

白狗说：“这也不算闹事，只能叫辱臊。”见人们不解，他解释道：“女人们辱臊。男人们打。但不能真打，一扑一张，气势要足，唬一下就成。……打巴掌的打巴掌，揉的揉。千万可别动真的，别给老子惹下事。”

孟八爷瞥一眼白狗，眯着眼问：“你给谁当老子？”

白狗笑道：“给当官的那群驴呀。”

2

白狗将任务摊到个人头上，还备了驴围脖子等物件。孟八爷一再叮嘱白狗们不可真动手。而后，手扶拖拉机载了男人女人和猪牛羊，浩浩荡荡奔乡政府而去。

老顺最担心猛子。这个愣头青，到了气头上，娃娃都敢往井里丢。于是，他一遍遍叮嘱猛子不要逞能。猛子烦了：“行了，行了。我又不是三岁大的娃娃。”

男人们都有种发泄的亢奋。老顺觉得这阵候不很妙，因为谁都不像谁了。他担心地望望猛子。发现他正跟白狗嘀咕。“这两个先人碰到一块，能有个啥好事？”老顺忧虑地皱起眉头。

乡政府门很高，一见它，老顺就感到有种逼人的东西扑面而来。人家毕竟带法呀。他想。

白狗们赶下牲畜，院里就差不多满了，猪在哼哼，羊在咩咩，牛悠长而气恼地哞着。乡政府随即被滑稽的氛围笼罩了。来这儿办事的人都吃惊地望这群不速之客。

“赶出去，赶出去……成啥体统？”一个穿白衬衣的小伙子气急败坏地骂。

白狗吼一声：“叫你们乡长出来。”小伙子环视一会，溜进办公室。

“乡长出来！”白狗又吼一声。猛子也吼：“出来！”

乡长摇晃着肥胖的身子出来了。他留个大背头，背着手，很威严。他没说话，只冷冷扫视一眼。老顺就觉得凉气顺脊背上来了。他怕见公家人，尤其怕见留大背头的胖公家人。一见他们，老顺的腿就发软，底气也没了。当然，觉得自己没活头时，他也想抡把铡刀杀公家人。但这只是想想而已，只要有碗山芋米拌面喝，他永远不会碰铡刀的。

乡长仍在摆派头，仍用那亮而小的眼睛冷冷望人，却不说一句话。老顺倒希望他说话，哪怕骂脏话也成。可他就是不说话。不说话比说话厉害。说话是导火索，能点着炸药。也许乡长知道这点。老顺发现好些人茫然了，不知下一步该干什么。

白狗嘿嘿笑了，显得不合时宜，却又恰到好处。老顺心上裹的绳子叫笑声抖落了。

白狗慢悠悠说：“放心，没啥。给你们送些东西。要啥都成。羊，猪，牛，都成……女人也成……只求别卖我们的地。成不？我们只剩下那点地了。”说着，他抽出刀来，说：“今日个，慰劳慰劳乡长。”

乡长后退一步：“你想干啥？无法无天了。”

老顺发现，乡长一说话，派头便没了，显出十足的孬种样，不觉有点好笑。心想，他像啥呢？像膨胀的驴，别看它大，却经不得戳。稍稍一戳，就软了。他抿嘴笑了，很得意这个比喻。

白狗一扬刀子。乡长又后退一步。白狗哈哈笑了：“放心，放心。羔子皮换你张老羊皮，不划算呢。”他走到羯羊前，拧了羊脖子，插一刀，血咕咚咕咚冒出。那羊由了他宰，一声不响，善良至极的眼里蓄满了水。渐渐地，水汽消失了，羊眼瓷成了图案，大瞪着地面。

“皮剥了，先煮了，巴结巴结官老爷。”白狗咬了刀，把羊朝乡长这边狠劲一扔，溅起尘土，飞扬开来。太阳很热了，透出焦味和血腥。羊后腿无助地蹬了几下。老顺感到嗓门很干。

乡长的裤腿上溅了好些血点儿。他懊恼地跺跺脚，想说啥，但望望那张衔了刀子又被血染得猩红的嘴，只含糊地咕嚅一句，就转过身，想进办公室。

猛子上前，一把撕住了他。老顺提悬了心，心想："这个爹爹，你逞啥头哩？逞啥头哩？"他狠狠瞪猛子。猛子却瞪胖乡长，吼一声："跑啥？还有呢。"

白狗提了刀，走向猪。猪叫着，挣脱桎梏，满院子跑。男人们便追。猪的叫声很干，很尖，像个削尖的玉米轴儿直往耳中钻。老顺怕听这声音。乡长定然也怕。他的额头和鼻头上尽是汗，脸很红。他慌乱地在额上刮几下，刮下几点亮光。

猛子们捉住了猪。猪不比羊。老顺觉得猪比羊聪明，因为它知道此刻等待它的是啥，所以它叫，它跑，它抗争，弄得男人们趔趔趄趄狼狈不堪。忽又觉得，也许羊比猪聪明，因为它知道叫没用，挣没用，无论咋挣，也挣不出命去。他想，闹啥哩？闹也罢，挣也罢，都会死的。不如像羊那样，平平静静，逆来顺受地活着。

尖刀一捅，猪气愤至极地叫了，叫声刺破天空。天一下凉了，老顺不由得打个哆嗦。白狗咬了牙，沾血的嘴唇很瘆人。他仿佛同猪有刻骨仇恨，将那刀旋了几旋。猪叫得更惨，血也喷得更凶。老顺打个寒战。女人们也闭了眼，拼命地忍受着啥。老顺明白猪叫的理由了：它是想把痛苦传染给人们。一定是的，老顺心上，就有那惨叫划过的痛楚。别人想来也是。……屠汉当然例外，屠汉的喜悦就是牺牲者的惨叫，他们说："杀猪过瘾，杀羊没劲。"

猪的叫声，渐渐变成了记忆。老顺又感到了闷热。血腥味很浓。猪血在太阳暴晒下起泡，黑红，干硬，起皮了。白狗舞着血刀子，指挥男人们把猪抬到办公室门口。乡长头上流溢着汗水。他时不时用手抹一下，甩出点点亮星。

人越来越多。附近的村民都涌来看热闹了。这是真正的“热闹”。山凹背风，观者如堵。院里不透一点儿风。太阳随它位置的一点点升高，发出烤人的白光，似欲将这群人烤成熟肉。

白狗说：“还有牛呢。顺便，宰了，招待招待乡长，别卖我们的地了。”

乡长摆摆手，张张嘴，许久，才发出沙哑的声音：“算了，算了。那地，种不出多少粮食的，开了游乐场，有多少就业机会呀，再说……”

“屁。”猛子从白狗手里夺过刀子，一把揪住乡长，“那是老子们的养命地呀，凭啥才卖六千？啊？你以为老子们是软蛋，好捏。是不是？”老顺明白他们在唱双簧，但还是提悬了心。

“就是。捶这驴日的。”白狗也撕了乡长的衣襟，拳头乱晃着，像要往乡长脸上落。

北柱拉开他俩：“有话好好说。人家又不是不讲道理的。好好说，好好说。”他是唱红脸的。

“说啥？跟这群牲口说啥？”白狗直了声吼，“是不是你洗了桑拿，操了小姐，把良心也给洗了。女人们过来，过来，躺下，叫这老驴操。看他的老屌有多长。”

“白狗，说话讲点方式。”北柱慢悠悠说。

“啥方式？老子没文化，老子说话，就喜欢袖筒里入棒槌……你还要啥？羊宰了，猪杀了，还要啥？你既然要女人，就给你，看你个驴日的。过来，过来，你们。”白狗朝女人们吼，已显出十足的疯狗样子了。

女人们低了头，涨红脸，一动不动。白狗大叫：“怕啥？怕啥？你们支给他，叫他驴日的舔，看他舌头有多长。”女人们仍在扭捏。白狗火了：“一群吃屎货。”凤香抬起头，咬了牙，出来：“谁是吃屎货？你嘴里干净点。”一甩头，走到乡长面前，说：“你瞅我成不？就是丑些。不过，我可干净，不像那些小姐，一身的杨梅大疮。”白狗说：“咋不成？屄是一个屄，脸上分高低。盖个毛巾，一样。”

乡长手里已多了个手绢，他一下下擦额头：“这算啥？这算啥？”凤香索性豁出去了，拽住乡长胳膊。几个女人也上来，围了乡长，将那备好的驴围脖子套到乡长脖子里，拽的拽，扯的扯，推的推，把乡长往办公室里捞。乡长用力挣着。尘土一阵阵飞扬。

白狗说："人家怕麻烦，就在这儿来。脱，脱了。"

乡长忽然发话了："行了，行了。那合同，我们先不签……"

3

回村时，一路笑声。这当然是最值得笑的事。扬眉吐气倒在其次，主要是保住了地，保住了地，就是保住了命。成了，成了，只要有点口粮，还求啥呢？身上三尺衣，肚里五颗食。不死就成了，还求啥呢？就这，还是撕破了面皮，花了代价呢。不错了。要不是这一闹，西湖坡就成了别人的。那西湖坡，可是村上最大最平最肥的地。村里人的养命食，多半是从那里挖的。

当然要笑。

女人们笑乡长戴了驴围脖子后的孬相，笑一阵，捂着肚子喊"哎哟"。男人们也笑，笑他没见过盘子大的屄；还夸猛子和白狗有骨头有脑髓，有三分刚气，夸得两人眼飞毛奓像刚踩过蛋的公鸡。

狗宝却冷冷丢了一句："得意啥呢？吃屎的能把拉屎的拿住？人家稍稍使个手脚，给水管所递个眼色，该给你个一千方水，人家只给你放八百。你又不能一桶桶盘，还不是哑巴子挨？……再说，那合同，你以为人家真不签呀？人家凭啥听你的话？"

像一桶水浇进沸锅，笑声一下子没了。是啊，人家是啥？人家还有好些能捏住你喉咙的法子呢。你的努力，你的高兴，你的得意，仅仅是霜花儿，你只要睁开眼，哪怕睁开个小缝儿，无奈就会沸汤般泼进心里。老顺感到呼吸困难了。空气变得很稠。太阳喧天叫着，喷来一晕晕的闷。近些年，老这样。现实的无奈是乌云，一出现，就能遮住那片巴掌大的天空。

脚步声踢踢踧踧响着，都无语。狗宝的话是石子，打疼了所有人的心。

那份得意潮气般没了。尘粒随杂沓的脚步声腾起，蒙在了心上。间或，有人叹气，但强抑着，做贼心虚似的。

忽然，有人说："㞞，头掉不过碗大个疤。"

"就是。今天没捶那驴一顿，捶了也就白捶了。"

"七拳八脚十三点，给他个蒜窝儿踏干姜。嘿。"

"其实，惹恼了老子们，给他卸成个几百片也就卸了。大不了吃个铁大豆。"

"法不治众，卸了白卸。"

凤香笑道："算咧，架打罢了拳才出来，事后的英雄当啥哩？那会儿干啥来？连个屁也不敢放。恨不得把脑袋缩进裤裆，这会儿牛啥哩？"

男人们遂不再嚷嚷着当英雄。脚步声响得没精打采。忽而，有人叹气，叹出许多无奈。

"其实，"狗宝说，"也不是我们不会耍英雄，喉咙在人家手里捏着。我们不过是个小鸡，耍不起呀。"

"人不报复人是假的。今日你整人家，明日人家饶了你才怪哩。人家使个坏，还不跟狗咬尿脬一样。孙猴子厉害不？可跳不出如来佛的手心。到头来，吃亏的还是你。人家工资可少不了一分。"

"就是呀，刀子谁不会抡呀。问题是，抡起容易放下难呀。瞧那王秃子……"

"小不忍，则乱大谋呀。心字头上一把刀。能忍，才是好汉子。"

男人们你一言，我一语，都理直气壮了。白狗黑了脸，拾起一块石头，恶狠狠砸向远处："倒是老子的不对了？老子吃饱了撑的？是老子一家的地？"

"说话注意点。不要动不动老子老子的。你给谁当老子？"狗宝说。男人们又七嘴八舌地数落白狗，说他不该当老子。

白狗疯狗似的吼："操你们的先人。有气朝官老爷撒去。朝老子撒啥？被窝里的猫儿，咬的被窝里的屌。宁给好汉牵马拽镫，不给脓包主谋定计。跟你们搅和，恶心。"遂蹲到沟沿上。

猛子冷笑几声，也离了人群，与白狗蹲在一起。

4

后来，白狗又带人闹了几次，但人家照样征的征，卖的卖。老顺们气得直骂娘，但骂归骂，窝子却仍像牛皮癣一样，向四面漫延。

那关于末日的传说，也越来越凶。据说，每到夜子三更，就有人跑到沙窝无人处，骑个板凳，夹个簸箕，炼法术呢。说是炼够百日，就能骑板凳夹簸箕，游行太空，躲了那末日的劫难。早年，大头爹曾炼此法，炼到九十九天，板凳已飞到半空。不料，毛旦妈一见，惊叫：三爸爷呀，你不怕掉下来？啪！应了这口气，大头爹就真的掉下来了，摔成了坏腰子。

不亲身经历，老顺真不相信，这号怪事，竟出在自己身边。

日影刚冒，黑皮子老道就从沙窝深处走来了。他扛个板凳，夹着簸箕，一头汗水。老顺打趣道："道爷，上天了没？"黑皮子老道说："快了快了。"老顺说："听说，炼法术得掐诀，你两手夹着簸箕，咋掐诀？"黑皮子老道说："能掐时就掐，不能掐就观想。"老顺道："我看呀，你与其炼那法术，不如天天吃牛肉熬萝卜，吃到哪天完蛋了，算。我不信有啥末日。"黑皮子老道说："你以吃牛肉萝卜为乐，我以炼法术为乐。人不同，心也不同。就像你娶儿媳妇，你想娶个能干活的牛，可人家猛子喜欢花瓶似的月儿呢。"

一提月儿，老顺的心就阴了。对那丫头，老顺不喜欢。自打猛子跟月儿公开了关系，老顺心头就有了刺，一碰就疼。他想娶个能吃苦的，可猛子偏要娶月儿，怪的是月儿家也同意得爽快，彩礼也不算多，连订婚送婚，总共要了一万。虽也是个叫老顺捋指头的数儿，但还说得过去。

神婆虽说过月儿的好些不是，但在这件事上，她还是出了大力。订婚送婚一次过，据说是月儿家催得紧。老顺嫌时间太紧，老伴却说，那是羊头上的毛，迟早得燎。她已打定主意，那想把莹儿给猛子的如意算盘，打不得了。一来，憨头一死，她就怀疑莹儿克他。这号事，不可不信，不可全信。她算过几回命，都有这说法。二来，听说莹儿是"白虎星"，这传言，风一样扩散着。她首先信出了一头疙瘩。心里有了疑病，老是提心吊胆，日子就不好过。三是她怕莹儿会瞅个机会，抱了娃儿回娘家。村里有过这号事，每一念及，她就心惊胆战。再说，猛子也想快些办婚事，一是他喜欢月儿，怕夜长梦多，叫别人抢了去；二是他怕见莹儿。趁莹儿不在家时办事，就免了许多尴尬。

老顺想，世界真变了，以前眼里的终身大事，现在跟捉猪娃一样了。好在两家都知根知底，倒也不怕碰上放飞鸽的。

黑皮子老道摇晃着身子远去了。他扛着板凳，夹了簸箕，像只怪模怪样的大鸟。老顺感到很好笑。他想，人心真怪，顽固时，比花岗岩还硬，电视里老叫转变观念，讲几十年了，也没见转出个啥成色。可接受邪的东西倒快得惊人，不多日子，好些人脱胎换骨了。

对那末日啥的，老顺是不信的。他不信，怪惊惊的，会来啥风，啥水，啥火。他想，那风，从哪里来？不信真有个风神，开了风袋儿放风。就算真有风神，人家能放，就能收。再说那水，是天下雨呢，还是地涌水？倒真希望有大水来，淹了沙漠，浇出一片绿来。至于那火，就更是莫名其妙了。他不信，那沙子，那地皮儿，会变成火？……就算真有水火，不信你叨咕几声咒子，人家就熄了？上回，老伴伤风，念了那么多咒，清鼻涕照样成瀑布了，要是真来了水火，不信你能有个啥辙？

……再说了，就算真有三灾八难，怕啥？能活了活几日，活不成了，也算脱孽了。活着有啥好？活一天，苦两半日子。活一年，当十二个月的牛，有啥好？叫那水冲了，叫那火烧了，叫那风吹了，吹个一溜子精光，省事。用得着修法，念经，诵咒，拜神？趁活着，多熬几个兔鹰，多喝几口白酒，多吃几块兔肉，多听几回贤孝，啥时阎王老子想你了，你就腿一蹬，哈哈，完事啦。

老顺望望大鸟般远去的黑皮子老道，想，小驴娃放屁自失惊，值得这样？

据说某夜，王秃子入了会兰子的窍，传出话来：末日真到了，那死的几个，仅仅是打头的。老鼠拉木锨，大头子在后头，谁也躲不过去。到那时，男人九死一生，女人十不活一；十庄难冒一烟，十户难见一男；有房无人住，有衣无人穿，有地无人种，有粮无人吃……总之，是积尸如山血流成河呢。

对王秃子入窍的事，老顺却有些怀疑。他说：“怪事，那王秃子，斗大的字识不了半升，一入窍，咋放起文屁了？”老伴说：“活着为人，死了为神。当人时虽糊涂，成神后当然精灵了。”

老顺冷笑道：“杀人的要是成了神，地狱早空了。”老伴说：“不一定。释迦佛当菩萨时也杀过人，为救一船商人，杀过五百强盗。那强盗，后来成五百罗汉了。”老顺说：“好，那你也学王秃子，杀人去，上啥香？”老伴笑道：“好，等哪天我有兴趣，趁你熟睡，砍下你的脑袋当尿壶。”

那次打七，没打圆满，成老伴的心病了。怕老顺的“魔行”，会给全家带来灾难。自大儿死后，老伴便成了惊弓之鸟，一有风吹草动，魂也飞了，魄也散了，手足也麻木了。所以，她那磕头，主要是代老顺忏悔，为全家祈福。

对老伴的苦心，老顺却不体谅，反而很蛮横：“你们不是有护关的护法神吗？咋没挡住我？连我都挡不住，能挡住灾难？”又说：“会兰子心倒是诚，又上香，又打七，咋着祸了？听说脑子坏了，成疯子了。王秃子砍她时，你那护法神到哪儿去了？”每次张嘴，他都是这号胡搅蛮缠。

猛子妈只有多磕头，多念咒，多忏悔，多供养，再也懒得去“度”丈夫，免得他再造口业。除了挂牵娃儿外，她最上心的，就是那金刚亥母。

第 二 十 七 章

莲花山上的金凤凰，落到了沙海的岸上。

1

猛子和月儿结婚了。事情办得很热闹。吃饱喝足的男人们涌入洞房，闹出了天大的喜庆味。

但猛子死也想不到，月儿竟患了梅毒。新婚那夜，月儿就不叫他碰。她的理由是，兰州时，用别人的盆子洗过下身，染了脚气，说脚气有病菌，怕传染。猛子有些疑惑，就逼她在回娘家站对月时进城检查。检查完，医生支开月儿，告诉猛子，月儿染了梅毒。

猛子觉得一个巨雷轰在头顶。他被殛晕了。怪不得，她一直不叫自己碰她。猛子想着跟月儿接触时的一幕幕场景，断定月儿早知道自己患了啥病。

猛子当然知道梅毒是啥。他觉得自己遭受了巨大的欺骗和侮辱。医生话音没落，他就觉得一阵酥麻，由舌根荡向全身。片刻间，脑中一片空白。他木了半晌，听得医生问道："你们同床没？"猛子摇摇头。医生说："幸好……不过，你也放宽心。现在医学发达，这号病，能治。"猛子不语，心里却在念叨："你咋能这样？咋能这样骗我？"

怪不得……怪不得……猛子想到了好多场景。结婚前，他冲动时，月儿总说："急啥？等结了婚，我就是你的。"当时，猛子还把这当成了月儿贞洁的证据。见识了太多的水性女子，月儿最后的坚守令他感动。闯荡了几年，他也多少经了些事，听了些事，明白爱情已成为这个时代的奢侈。但还是想不到，他新婚的妻子，会患上梅毒。万念俱灰。

医生劝他："你应当感激她才是。人家也是棉花，一见火也燃哩。人家的忍，你才没染病。"

猛子苦笑几声。这时，他才觉出了后怕。对月儿的怨恨，因之淡了些，但心头的那份痛苦，却依然沉重。他打定主意：离婚。这决定很解气，心头的沉重也轻了。但同时，又想："离了，她又咋活？"

月儿在走廊另一头的座椅上，低垂着头，任剐任杀的模样。猛子过去，月儿没抬头，只往旁边挪挪。猛子木木地说："走吧。"不管她，先出去了。

外面是亮晃晃的天。这灿烂的天，反衬着心里的阴沉。猛子长长地吁口气。他想到了爹妈，想到他们为娶媳妇花的那疙瘩钱，不由恨起月儿。他停下脚步，回头，见月儿倏然瘦小了许多，衣服宽大了。清风吹着她的头发，在惨白的脸上乱拂，无助和恓惶从她那弱小的身上渗出。猛子心软了，想："她也是个弱女子呀。"便打定主意，先治好她的病，再离婚不迟。虽是个名义上的夫妻，也不能扔下她不管。

等月儿赶上，两人并排了走。谁都不说话。城里很静，虽有无数的喧嚣，但仍然很静。两人的世界寂寞着，无声无息。只有一种惨白的感觉腌了心，啥也不想说。

见月儿嘴唇很干，猛子买个雪糕，递过去，说："啥都别想，有病就治吧。"月儿木一阵，却哭出了声。她说，她先是打定主意要跳出农门的，可进了城市，才发现，她进入的，是别人的城市。她永远是个漂泊者，无着无落，一若浮萍。她找过好多份工作，也坚守着自己的贞洁。后来，一个城里老板答应娶她。病就是他给染的。月儿说，患病前后，她经了很多事，终于明白，最珍贵的，还是乡下的那份淳朴的爱。回到家乡，她就不顾一切地追猛子，边治病，边张罗婚事。她相信她会治好病的。她会用自己的一生，来殉这份真爱。

猛子静静地听着，心里奇怪地平静。月儿说的，他懂。在那儿，他也打过工，有过局外人的尴尬和痛苦。一夜，没找到工作的他游荡在街头，那又饿又冷的感觉撕咬着他。四面的建筑物很高大，亮着的窗户，眼睛般望他，但他找不到能躲避寒冷的角落。他只是沿着那泛着苍白颜色的大街，走过去，再走过来，数着脚步，也数着时间。他不知道，一夜，竟会是那样漫长。那种局外人的感觉，一直没能消失。

猛子摇摇头，扭过头，见月儿正望他。他很熟悉那种目光，当初，患了绝症的大哥看医生时就这样。猛子的心突地热了。他揽揽月儿的腰，用了很大的力。月儿哭出了声。

凉州街头人很多，闹的，吵的，叫的，没人注意一个女孩的泪，没人注意一个男人的痛苦，没人注意身边还有正受着煎熬的心灵。身边的人虽在熙攘，但猛子觉得他们很遥远，远到心外了。他揽了月儿的腰，朝前走去。月儿仍在呜咽。一股强烈的怜惜淹了猛子的心。

他知道，自己的命运，已跟这弱女子连一起了。

为了散心，猛子陪月儿逛了几处，俩人都极力表现出好兴致以影响对方，但很快，谁都觉出了虚假和疲惫。月儿便收了笑，眯了眼望远处，脸上带一抹淡淡的愁。这使她显出一种异样的美。猛子想，要是她没有那事，该多好。这一想，心就灰了，觉得最美的东西被打碎了。当初，他也有过向往，向往事业，向往爱情。现在，他的妻子——他无数次设计过的角色——竟然有那样一段不光彩的经历。……他可以容忍月儿的病，但不能容忍她曾有过的浪漫，每一念及，就像吞了污水一样。他极力强迫自己不去想它，但那令人作呕的场景，总往他脑中涌。每到这时，那离婚的念头就会子弹一样打中他，一种快意的报复感就会弥漫开来。

“我可不想当退水沟。”他想。凉州人眼里，当“退水沟”是最没出息的。所谓“退水沟”，就是农民浇水时，放多余的水的备用沟。《红楼梦》里，薛宝钗入宫不成，贾宝玉就成了她的“退水沟”。凉州人眼里，当“退水沟”，是很屈辱的。

猛子想，她是想当城里人不成，才退一步嫁给他的。他觉得很委屈。可无论多么强硬的离婚想法，一面对月儿，就软了。月儿的脸白戗戗的，渗出一种无可奈何的绝望。猛子又想到了死去的哥哥。只有生命受过巨大创伤的人，才能读出那种无奈。猛子默默地叹口气，想，走一步，看一步吧。

回程的车上，谁都无语。猛子很想说些高兴的话题，但却明白，这时候，还是啥都别说的好。

月儿望着窗外飞逝的景致，一脸木然。猛子发现，世事的变化，也如车外景致，总在哗哗地变，稍一晃，就物非人非了。几年间，他经了许多事，生的生，死的死，原以为笑的，偏偏哭了；……原以为能挣出土地的月儿，却偏偏割不断命运的绳索，还染了一身的病，成为农民的妻子——想到这“妻子”一词，他的心揪了一下。以前，他死也不会想到，他会有得这种病的妻子。

想到妈时，猛子揪起了心。月儿长得俊，给妈长脸不少。妈老说：“我们村的媳妇，就我家的最亮活。”这也是实情，可月儿却害了这病。那是在打祖宗的脸。妈要是知道，也会抬不起头的。一想到月儿家人，竟这样瞒天过海，在活人的眼里下蛆，他气就不打一处来。

2

进了月儿家的庄门，月儿妈担心地望猛子。从她的眼神上，猛子断定她知道底细。一股羞恼冲上心头。他想，她们都是同谋，谋算的，是他和他的父母。此刻，病倒退到了次要位置。被欺骗的感觉很使他气愤。他想，你明明知道丫头有病，还叫她嫁人？就懒得去打招呼。

月儿妈望望月儿，又望望猛子，想说啥，却只是动了一下喉结。猛子知道她想问啥，就说：“你们喧，我到家里看看。”因按规矩，月儿在婆家待了三天，也要在娘家待三天，叫站“对月”。猛子当然也可以陪她，但他接受不了对方将自己当傻子耍的事实，就回家了。

出了门，一回头，见月儿倚着白杨树，默默望他。那一脸的无助，叫猛子的心一下子软了。眼泪不由得涌了出来。他很想转回去陪月儿。她妈的神态，又很让他厌恶，就一扭身，转过了墙角。

妈正在庄门上干活，见猛子来，问："吃了没？"猛子说："没。"妈吃惊了："你去认门，人家没招呼？"猛子不能说自己进城的话，只说："吃不惯，太油腻。想吃素面条。"妈便扔了家什，进了厨房，给他煮了碗面。

边吃饭，猛子边望妈。妈瘦了，但似乎更刚强了，一脸汗水，洗得妈红光满面。猛子想到了月儿的病，心又揪疼了。

吃完饭，躺在床上，觉得很沉闷。新房里所有的东西都在嘲弄他。对月儿的怜悯又消失了，多了羞恼。他想："这是不可原谅的。别的，都可以。这不成。……就是，还有啥比这更恶心呢？"那离婚的念头，又浮上心来。

躺一阵，仍是闷得慌，就索性起床，走出家门，走向田野。

地里干活的人多，见了猛子，都打趣几句。猛子胡乱应几声，走上沙梁。他远远地看到了白虎关。几天不见，白虎关又胖了，多了新房，多了红旗。听说，有个老板也想征地，想建个大漠娱乐城，项目很多，有赛驼场啥的。听说城里人好这一口，吃饱了，喝足了，见惯了花花绿绿的东西，想换种口味了。虽说可能是好事情，但猛子想，就算建成个花花大都市，又能咋样？他懒得前行，找个地头蹲了，胡乱想去，也没个清晰思路。

忽见月儿出现在视野里。月儿去家中找他，没找到，又一路追了来。有人远远地向月儿打招呼，月儿也像以前那样欢快地应。听到那声音，猛子皱皱眉，骂："你个没心没肺的货。"却忽然明白：她是不希望别人发现她的心事的。

月儿和凤香寒暄几句，凤香向猛子方向指戳一下。月儿发现了他，欢欢地跑来，一脸的灿烂。猛子以为她是装的，却发现，那灿烂出自她的心底，很像一个茫然失措的孩子，忽然发现了母亲。猛子很感动，潮热涌上心来。

月儿边喘气，边解释："没你，我一会儿也待不住。你可别笑我。"猛子心一热，捉了她的手。月儿紧紧握了，生怕他飞了。

"哟——，亲热也不分个场合。也不怕人笑话？"凤香远远地叫。

月儿脸一红，吐吐舌头，丢下手，距猛子远了些。太阳已到了西山上。斗大的云疙瘩翻滚着。风里有股腥味，像是白虎关窝子里的淤泥味。猛子望望月儿，心中漫上温水似的东西。他发现，自己一面对月儿，心就软了。

找个干净处，两人并排坐下，胡乱说阵话。猛子说："这病，不能再拖了。要治，就把那病根拔了。先住院，钱不够了，我去借。"月儿说，她有些私房钱，再问爹要一些。她打算以串亲戚的名义进城，住院治疗。以前，她只在私人诊所里看，都说是小病，几副药就好。钱虽铺了个路，可没能根治。

猛子说，这事儿，不能叫爹妈知道。天大的事儿，由他一个人背。

月儿说："治好病，我就真正是你的人了。"说着，她潮红了脸。猛子望着那张艳丽的脸，心头一荡，搂了她，狂吻起来。

站完对月，月儿回到婆家。那喜庆味仍有余韵，猛子的心却灰灰的。虽听说梅毒不是绝症，但它打碎的，是他心里很珍贵的东西。他又是懊恼，又是后怕，忽而怨月儿，忽而又爱怜她。虽也时时记得挂上笑脸，但那重重心事，妈也看出来了。妈问："咋？是不是怕上了绊，蹦跶不成了？"猛子正想找个借口去城里治病呢，便说："就是。月儿想进城看她姑妈，想叫我陪她去。"妈说："想出去了，就出去，别憋出病来。"

次日，猛子去了白虎关，见自家那窝子，距进底至少得二十来天，就放心地带了月儿，住进了凉州医院。

3

住了十多天医院，也没啥效果。大夫说，月儿抗生素过敏，青霉素先锋霉素啥的，都用不成。能用的药物都用了，效果却不明显。大夫怨月儿，说咋不早治，病已很重了，叫他们到兰州的大医院去试试。月儿说一直在治，因为抗生素过敏，时好时坏，没能根治。见猛子很沮丧，大夫安慰道："别怕，又不是艾滋病。这号病，现在算不了啥。"月儿也说："就是。有好些比我重的，都治好了。爹访查了个老中医，专治这病，神得很。"

办了出院手续，月儿带了猛子，去见老中医。月儿说那人学过奇门遁甲，神奇无比。解放前，凉州城有专门求雨的道人，若是天年大旱，县里也会找道人求雨。求雨前，都要订契约的：求下雨来，县里酬粮五百石；求不下雨来，就架笼火，烧死道人。每次订契约前，道人都要问老梁爷——月儿说他叫老梁爷——老梁爷掐指一算，说某年某月某日有雨，道人就将契约订在那天。若是算出近日无雨，哪怕县里给多少粮，道爷也不敢应承。现在，有些卖烧鸡的，若是剩得多了，也会来找老梁爷，叫他算算，哪个方向吉。一算，朝东，就朝东；朝西，就朝西。一去，多少剩货都能卖完。此外，老梁爷专门炼各种丹药，治愈了好些疑难杂症。别说梅毒，就是更重的病，在老梁爷那儿，都是小菜一碟。

月儿显得很有信心。

但猛子的心很沉重。他看得出，月儿在极力安慰他。他常看到月儿的眼圈泛红，明白她在偷偷地哭。但他还是装出相信的样子。

老梁爷有一脸苍老的肉，但无一根胡须。唯一能显示其异的，是他肥大的耳朵——那甚至算不上耳朵，只能算形状像耳朵的一堆肉。猛子有些怀疑他的能为。月儿却很是亲热。

老梁爷面无表情，也没问她的病情，只叫她脱了上衣。然后，他取个小球，上面插满了针。老梁爷抡圆那刺猬球，才几下，月儿脊背就布满了血珠。猛子问痛不痛，月儿答不痛。老头连抡几十下，才取过药瓶，往血珠上撒黄色药末。

月儿已成了汗人，脸上却光鲜了许多。她抽出几张票子，老头胡乱接了，扔到桌上，闷闷地说："要治，就连续治。甭三天打渔，两天晒网。"月儿赔笑道："以前怕痛。以后，按时来。"

接过老头递来的几包药，道了谢，出了门。月儿兴致很好，说她以前治过几回，效果很好，后来怕痛，就不来了。"不然，早就好了。"她叹口气，很后悔的样子。猛子说："长痛不如短痛。这回，抓紧治一阵。我弄个摩托车，天天捎你来。"月儿说："不用。一周去一次就成，平时自己洗。"

两人乘车回家，先去白虎关的歌舞厅，放下住院时买的杂用东西，以防叫妈看出啥来。月儿爹正和一人闲聊，见月儿来，很亲热。猛子很厌恶他，认为他也是合谋者，就不冷不热地待他。月儿爹倒不在乎，取过一个饮料，扔给他。

月儿问爹："生意咋样？"爹答："没以前好。现在又开了几家，竞争很厉害，没好姑娘招不来客人。"一听这话，猛子的恶心涌上心头。他扔下饮料，说："我走了。"扭头出了门。他真想骂："老畜生，月儿已毁了，你还想毁别人？"才出门，月儿已追了上来。

猛子恶狠狠说："听见不？他还想找好姑娘呢。"月儿不语，走一阵，才说："那事儿，不能怪爹。他又没叫我往坏里学，是我自己不好。"猛子说："他不叫你出去，你能学坏？"月儿长长地叹口气，说："话看咋说。城里那么多学坏的，爹也没教她们。我细细算过，我有许多次学坏的机会，在兰州，在花儿茶座，我受到好些引诱。这世界，到处是陷阱。稍不留意，就栽进去了。"猛子想也对，不再说啥。

一进家门，妈见月儿瘦了许多，悄声问："她是不是有了？"猛子心里隐痛，却笑道："你急啥？"

4

猛子妈终于发现了月儿的异常。

次日早晨，妈上地干活前，给猛子安顿事，一推门——自得知月儿的病后，猛子决定不锁门，他怕自己万一冲动干出傻事——月儿正打个手电洗那下身。妈一眼，就发现了异常。月儿惊呆了，怔了怔，才捞过纸，捂住下身。

妈叫出猛子，悄声问："别骗妈。她害的，是不是杨梅大疮？"妈脸上，有种大白天见鬼的神色。猛子笑道："妈，你胡说啥呀？"妈却直了眼，呻唤道："天呀，我造了啥孽。"她的眼泪立马涌出，开初，她还强抑着，不发出哭声。哪知，越抹泪，倒抹出一脸水光来。

“妈，你眼花了吧？”

妈边抹泪，边说：“娃子，我吃了几十年饭了。当初，月儿爹的二姐就害过这病。我见过的，那阵候，跟她一样……娃子，她害了你了。”话音没落，爆出哭声。

猛子知道瞒不住了，也明白，妈以为自己已跟月儿圆过房了，就劝道：“妈，我没事的。我没有碰过她。”妈住了哭声，望他：“真的？”猛子点点头，妈却搂了他，发出更大的哭。

猛子觉得脑中嗡嗡响着，心里既觉得难受，却又轻松了许多，想，叫他们知道也好。这号事，终究瞒不了人的。

哭一阵，妈抹把泪，说：“娃子，你的阵势你知道。妈不好说啥。妈只告诉你，那黄水水，你只要沾上一点，这辈子也就完了。”说着，她又骂起来：“那号猪狗不如的老畜生，明知道自己的丫头有病，却来害我的娃子。”

猛子怕月儿听到难受，就劝道：“妈，你少说两句。谁又想害那病呀。人家又不是故意的。”心里却又怨恨起月儿的父母来。

老顺进了庄门，以为妈又和谁犟嘴，就怨道：“老妖，又是啥事？你一天不干正事，刀枪矛子地乱舞啥，闹得鸡飞狗上墙的。”妈拧把鼻涕，说：“你娶了个好媳妇，把杨梅大疮带到家里来了。”老顺吃了一惊，望猛子。猛子解释几句，他以为爹会震怒的，因为他一向反对自己和月儿的婚事。不想，爹只是阴阴地望一眼洞房，又阴阴地望一眼猛子，啥话都没说，就坐在台沿上，机械地抽烟。

院里很静。日头爷从东厢房探出半个脑袋来，窥视着院里。妈时不时拧一把鼻涕。

猛子进了小屋，见月儿坐在炕沿上，木头一样。猛子希望她像妈那样哭。有时，哭能泄了心中的难受，但她却只是呆怔。屋里充满了一种浓得化不开的沉闷和死寂。地上的盆子很扎眼，一汪黄水，儿团卫生纸，还有那歪倒的玻璃瓶，几晕黄色的药末，都压在猛子胸口。

月儿雕塑般一动不动，猛子不知说啥好，只是长长地叹一口气。他理解爹妈心中的痛楚，也理解月儿的绝望。他们都是受害者，可却不知道害人者在哪里？

猛子抚抚月儿的肩，安慰道："这事儿，人家迟早会知道。"

这一说，月儿才涌出了泪。那泪水，先是争先恐后地往外涌。月儿极力强抑着哭声，时不时发出哽咽。猛子的心也酸了。他拧好瓶子，捡了纸，把盆子放入椅子下。他不能去倒那脏水。此刻，他一不小心，就会伤害妈。妈疼他，养他，并不是为了给"杨梅大疮"倒尿盆的。

月儿边抹泪边说："这事儿，也不怪爹妈。他们不同意，是我铁心要嫁你的。……谁知，它这么顽固。"

"别说了。我又没怨你。"猛子搂搂月儿的肩，出了门。院里阳光灿烂了。几只鸡在四处觅食。爹举了烟锅，半晌不动。

妈却不见了。猛子怕她去月儿家，急忙出了庄门，往月儿家去了。

5

猛子妈真去月儿家了，边走，她边骂："老祸害！老祸害！"她心里鼓荡着一种气，横冲直撞的，正找出口呢。自打白虎关一热闹，村里反倒冷清了。几个娃儿一见猛子妈的阵势，知道有好戏看了，都做个鬼脸，悄悄尾随了，边学猛子妈的姿势，边吐舌头。

老祸害！猛子妈骂的是月儿妈。把杨梅大疮充黄花闺女，这比卖假药更可恶。那一疙瘩彩礼不提，若是娃子真沾了身，不等于杀人吗？老祸害。老畜生。老牲口。老杂毛。她想着一个个能泄愤的词，但啥词儿，也泄不了心头的仇恨。

路上土多，猛子妈顾不上择路，溏土溅起，染白了裤腿。几人问她，她理都不理。那几人互相望望，也尾随了。谁也不放过这个看大戏的机会。很快，猛子妈身后拽了个长长的尾巴。

月儿家的庄门虚掩着。猛子妈一脚，就踏出了搅天的声响。一辈子了，她还没这样威风过哩。那声炸响，惊出了月儿妈。她见猛子妈来，知道没好事，却仍是堆了笑："哟，亲家。"

猛子妈吼一声："老祸害，你干的好事！"她边骂，边脱下鞋。月儿妈还没反应过来，脸上已挨了几鞋底。"叫你害人！杨梅大疮！"猛子妈边骂，边抡鞋子。开始，月儿妈还躲着，一听"杨梅大疮"，便一下子萎倒在地，任对方鞋底往脸上扇。那张脸先灰了，接着又紫了，一缕血流下嘴角。

若是对方反抗，猛子妈可能会越战越勇，可亲家偏偏支棱着脸，由她逞凶。她扇了几十下后，觉得再扇，外人会笑话她的，就穿上鞋，捡起一块石头，进了屋，叫："砸了你个杨梅大疮！"屋里便响起玻璃破碎声，随后是木器断裂声和各种声响，最后是扯长了声的嚎哭。

"老祸害呀——老祸害——，你咋拿杨梅大疮骗人呀？"她边嚎边骂，是典型的哭丧架势。

月儿妈木木地坐在门口，身上脸上都是土。她的眼睛干枯枯的，像两口干涸的深井。她强悍了一辈子，村里人从来没见过她的这副孬样。按她以往的做派，还口还手，都不在猛子妈之下。两强相遇，才有好戏。不过，虽没看到想看的好戏，人们还是听到了一些新鲜事。有人问："啥是杨梅大疮？"有人就解释，问来猜去，就明白了一些事儿。

猛子以为妈仅仅是去私下里兴师问罪，却不料闹出了惊天动地的响动。他连忙跑往月儿家，见门口黑压压了，不由顿足。他恨起妈来，明白她这一闹，月儿的名声就毁了，叫她以后咋活人？他拨开人群，见月儿妈在院里呆坐，模样很是可怜，就上去拉她："大妈子，起，起来，有啥事，到屋里去说。"哪知，不拉时，她还只是呆坐，一拉，反倒拉出了扯天扯地的嚎哭。她边嚎，边撞头抢地，额头上多了几个青包。

"你们望啥笑声？"猛子朝门口的人一瞪眼，于是有两人上前，拎住月儿妈的胳膊。

猛子进了屋，见地上有碎镜片。地桌上也多了几个窟窿，露出木渣，知道是妈的手笔，不由顿足长叹。

妈坐在炕上，扯长了嗓门，哭丧似的嚎，时不时骂一声“杨梅大疮”。她已将一床红绸被子拉开，铺在屁股下。尘土和脏物将被子弄得污秽不堪。猛子的脑袋一下子大了。她咋能这样？平素里，虽也老见村里女人演这剧目，妈却很少使这招。在猛子的印象中，妈只使过一次：小时候，他叫大头打出过鼻血，妈扯了他去，糟践了大头一次。妈一定气糊涂了。

“妈，你别丢人好不好？”猛子气出了眼泪。

“丢啥人？你说我丢啥人？我又没拿杨梅大疮，冒充黄花闺女。”妈撒泼般吼。

猛子哀求道：“你别嚷嚷成不成？你叫人家咋活人？”

“她咋不想想你咋活人？花了一疙瘩钱，却买了个杨梅大疮。”

猛子不由长叹。他忽然恨起妈来。他想，你就不能顾顾我的面子吗？月儿是谁？是你的儿媳妇呀，你在臊谁的脸皮？可妈想不到这些。对妈的不可理喻，他束手无策，只有长叹。一想到月儿因此受到的伤害，不由得发急了：村里人的唾沫会淹了她的。

白狗想是听到了风声，气势汹汹扑进庄门。他还以为打架呢，就恶狠狠望猛子。猛子解释几句，白狗脸色大恶，朝娘吼道：“你们去死吧！去死吧！”

接着，他又朝看热闹的人吼：“看什么看？！”人们都讪讪散了。

白狗又朝母亲吼：“我还以为你们嘀咕啥好事？瞒着我。原来是这号事。祖宗都羞下供台了。退！给人家退了婚礼。拉回了，烧了喂狗。”

两个老人都扯长了声嚎，一嘶哑，一雄壮，你高我低，此起彼伏。人们又在远处嘀咕了。那本该是秘密的，此刻已大白于天下。猛子反倒坦然了，想，也好，索性挑明了，细想来，也没啥。他反倒轻松了许多。

只是，那搅天的唾星，会淹了月儿的。

叫她日后咋活人呢？

“老祸害呀—老祸害—，
你咋拿杨梅大疮骗人呀？”
她边嚎边骂
是典型的哭丧者架势.

第　二　十　八　章

骆驼的脖儿鸭儿的嘴，隔山着吃不上草了。

1

莹儿们终于看到了一片耀目的白。

在黄沙里浸了多日，那白很是扎眼。走得近些，才见那是盐碱地。这儿，真寸草不生了。盐碱将地皮儿蒸出老高，踩上去软软的。空气也潮了些，有种大海的咸味了。

兰兰高兴地说，快到盐池了。她说，盐碱边上，都这样。

驼也高兴地叫了。那声音，有种唢呐的喜庆味。

按说，莹儿也该高兴的，不料却有种奇怪的平静。她怕自己寻觅来的，是又一次失落。

再前行，她们看到了高大的盐山。兰兰解释道，那叫盐坨。那些盐，就是从盐池里捞出的。日光照在盐坨上，反射出许多光来，莹儿有种梦的感觉了。到处是耀目的白，水晶宫似的。骆驼兴奋地大叫。

盐坨上有人，远瞧去，蚂蚁般大小。再行一阵，莹儿便看到了盐池。那真是池，宽两米左右，长则不等，多在百米开外。池中水深绿，民工们举个铁勺，正在捞盐。铁勺上有漏洞，民工每一捞起，勺里就漏出许多水线。池与池之间，是一长溜的空地，捞出的盐，就放在两池间的空地上，呈规则的梯形。

那些民工，只穿个裤衩。莹儿虽觉得扎眼，但他们毕竟是“人”。没见“人”许久了，心里涌上一种说不出的滋味。

兰兰走上前去，问一个民工，有水吗？那人提过个铁桶来，说，还有半钢笼呢，你们要用，送你们好了。莹儿听他把桶叫钢笼，感到好笑。

骆驼一见水，长长叫一声。兰兰取出瓶子，探入桶里，瓶口咕嘟着，好一阵，才舀满一瓶，递给莹儿。莹儿虽知驼嘴沾过瓶口，但还是仰瓶喝起来。水虽然有些热，但这是真正的水。那锁阳虽也解渴，但不如水酣畅。莹儿一气饮了瓶中水，将瓶子递给兰兰。兰兰也饮了一瓶。她想给骆驼也装一瓶，民工却将桶提给了骆驼。骆驼将脑袋伸进桶里，咕噜一气，吸光了水。

兰兰不好意思。那人却说，不要紧。这儿不缺水。……你们是来驮盐呢，还是来打工？

兰兰心念一动，试探着说，打工？我们可干不了你们的活。那人道，你们有你们干的，缝麻袋呀，拾盐根呀，正缺人手呢。兰兰望望莹儿。莹儿说，死了一峰驼，损失大了，要是能挣些钱，当然好。驮盐不也是为了挣钱吗？兰兰就说，成哩，我们先试两天。要是能顶下来，我们就干。那人说，我带你们去找头儿。头儿是个老头子，他说成哩，你们先住下来，干几天试试。

初进盐池时，莹儿以为这儿没女人，还担心呢。谁想，这儿有好多女的，她们晒得一脸黑红，就住在盐池边的土房子里。那头儿说，你们，就跟她们住一起吧。

两人牵了驼，到土房子前，卸下驼架，发现驼背又烂了。那烂处，发出阵阵恶臭。兰兰舀些卤水，给驼洗了伤口。

土房不大，没有正规的床，却担了一排铁轨枕木。兰兰们本有两条褥子，一个撕碎了，溅油当了手榴弹。被子则在叫豺狗子扯死的那峰驼上，现在只剩下一条褥子。枕木高低不平，褥子又很薄，睡上去会硌得慌。但出门在外，是讲不得排场的。为了挣个进家门的脸面，她们吃屎喝尿，当猪当狗，也认了。

同屋住的女子叫三三，她身板很大，很壮，也很热情。这沙窝，外地女子不多。好容易来个伴儿，就当成来串门的亲戚了。三三做了一顿白面：就是在开水下面条，调点盐，不放菜的。这儿最缺的就是菜。听说，八里外的场里，时不时会有车拉来菜，但得排队。民工是没时间去排队的。好在那白面，吃起来也很香。锁阳已渲开了她们叫干渴弄萎了的胃，都吃出一头汗水，畅意极了。

吃了饭，三三给驼弄了些草，拴在门口。她说，你们好好睡一觉，这儿没人偷驼的。这儿只来拉盐的车，贼是不会到这儿来的。

兰兰和莹儿就美美睡了一顿。

2

傍晚，几个民工来找三三，叫她帮自己缝腿上裂开的血口。

莹儿吃惊地发现，民工的大腿上竟有盔甲般的硬皮，像老牛脖里的老茧。茧很厚，灰白色，已裂成了一条条血口。血口很深，红刺刺的，像娃娃嘴一样，虽不流血，但很瘆人。

关于血口的来历，三三解释道：那一铁勺盐，有三十斤重，单凭两手的力量，从池里捞出来很吃力。民工们就勺把当杠杆，大腿做支点，天长日久，腿上就垫出了厚厚的皮，足有几铜钱厚。人一活动，硬皮就裂成血口，越扯越大。好在常有卤水进入，虽能引发疼痛，倒也不怕感染。

三三就穿了针线，缝那些血口。

莹儿冷气倒抽。她没想到，进了心中圣地般的盐池，首先看到的，竟是这惨景。她煞白了脸，望别处。血口们却围了她，边龇牙，边发出瘆人的笑声。真有种梦魇的感觉了。记得，在沙窝里想到盐池时，仿佛是清凉的梦。不料想，才到来，血口们就倒了她的胃口。

见忙不过来，三三叫兰兰也帮一手。兰兰有一手好针线，但她的针线不是用来缝血口的。一个民工便嬉笑了，他自个儿拿了针线，夸张地刺穿硬皮，狠狠地将大张的血口扯到一起。他虽在有意逗乐，但额头上滚出的汗珠，暴露了他的痛楚。

缝了血口后，民工们嬉笑着走了。三三点了煤油灯。电灯是没有的。三三说，那发电机，只用来带卷扬机。八里外的场部，据说有电灯，但也只亮到夜里十点。

三三说，给她们水的那人，叫大牛，是民工头儿，他最能干，一天能捞十吨盐。场里给民工的粮食定量是每天十斤面。那十斤面做成的饭和馒头，才能保证他们干一天活的热量。

莹儿听得目瞪口呆。

正说着，大牛来找莹儿们，说头儿叫她们明天去捡沙根，拣一桶，给一块钱，月底结账，又给她们发了帆布工作服和墨镜。三三说，捡沙根是盐池上最轻的活儿。你们的运气真好，刚好有人撂挑子了，不然是抢不到手的。

临睡前，兰兰去弄了些麦草，抱给骆驼。跟前的沙丘上虽有梭梭们，但那是人种的，专门用来固沙，不叫骆驼吃的。因为有了充足的水，那麦草虽燥，骆驼还是吃得津津有味。

夜里，三三说，这盐池，本是蒙古王爷给女儿当陪嫁的，几百年历史了。她说，这真是世上最好的陪嫁了，跟聚宝盆似的。那盐，捞了一茬，又会长出一茬，取之不尽的。

莹儿想，同样是女人，人家咋那么有福气呢?

又想，有福气又能咋样? 公主虽有聚宝盆，还不是成一堆骨头了?

3

次日晨，两人吃些馍馍，上了盐坨。盐坨上多是老盐，颗粒很大，是从新开的盐池里挖出的，不定在卤水里孕多少年了。捞了老盐后，再过几年，卤水里又会长出新盐来，颗粒没老盐大。老盐的味道好，价格也高。

挖老盐先得揭去盐盖巴——也就是硬硬的地皮儿。揭去盐盖巴，才会发

在盐池
干活儿的女人
都穿了帆布衣
都戴了围巾和黑鏡

现卤水里的盐。但盐中会有些沙子跟盐的结晶物，叫沙根。莹儿和兰兰干的，就是捡沙根。

捡沙根的多是女人，都穿了帆布衣，都戴了围巾和黑镜。大牛也叫莹儿们照样装扮了。

那卷扬机，将盐和沙根一起卷来，扬上盐坨。沙根是黑的，一见白盐上有了黑疙瘩，莹儿就赶紧捡了，丢进桶里。卷扬机的隆隆声很响，直往脑里轰。莹儿的脑袋就大了。她最怕听噪音。太聒噪了，她就有种要发疯的感觉。但盐粒水一样流下时，她还是顾不上噪不噪了。沙根沿盐坨滚落下来。她不停地捡。她觉得噪音淹透了她。

正捡呢，忽听耳旁炸起一个声音：呔！你瞎了吗？

莹儿扭头，见一人很凶地望她。那人指着盐坨上没滑下的几块沙根。莹儿戴墨镜不习惯，不晓得沙根们还会赖在盐坨上。她取下墨镜，朝那人歉意地一笑，上了盐坨，去捡沙根。不料想，盐们正裹着卤水飞泻而下。莹儿才直起腰，就觉一股大气推倒自己。眼里也扑进万千根针来。她捂了眼，滚下盐坡。

那人又斥道，你取啥眼镜？……不要紧，卤水进了眼睛，疼是疼些，可不碍啥事。他叫过一个民工，叫他代莹儿拣一会，叫莹儿去那淡水桶边，舀瓢水冲眼睛。

冲了一阵，莹儿觉得疼缓了些。她取下毛巾擦擦脸，向那人说声谢谢，回头就走。那人叫住了她，问她哪儿来的，家里有啥人。莹儿本不想回答，又觉得也许是盐池的规矩，就一一答了。

干了一阵，莹儿才明白捡沙根也不是好活：一是紧张，那盐流时时裹来沙根，你时时得拨亮眼珠，稍不留意，沙根就叫盐埋了；二是腰疼，因老弯腰，不一会，就觉得腰疼如折，骑骆驼久了，腰本来就不舒服，这下，腰疼更变成了旋风，总想往倒里裹她；三是那卤水时时溅入眼睛，蜇得眼老是流泪。本来，眼镜就是防卤水的。但卤水跟贼一样，总是防不胜防。你只要上盐坨拣沙根，不定啥时，卤水就会随了盐流，劈头盖脸浇来。莹儿有了经验，一觉出异样，就先闭了眼，身子虽浇个透湿，眼却避免了卤水的直接冲击，但无孔不入的卤水还是贼溜溜渗入一些，蜇得眼球跟火燎一样。

莹儿头晕眼花了，想，就这，还是最轻的活呢。想到民工腿上狂笑的血口，她当然信这说法。她想，天下没白吃的午餐，想挣钱，就得吃苦呀。

随着日头的高升，盐坨变成了蒸笼。卤水味弥漫开来，腥戳戳的，有种大海的味道。莹儿想，这盐池，也许真是死去的大海。记得，在挖锁阳的地方，她就发现过贝壳。她心里有温水似的东西荡了。记得，灵官答应过她，要带她去看大海。她只在电视上见过大海。她很喜欢那横贯天际的蔚蓝。她想象中的大海，应是非常清凉的，微风吹在脸上，痒酥酥的。它没有盐池这样热，也没有这样闷。但莹儿想，这活儿虽也难挨，我就当它是你带我去看的大海吧。成不?

那人又吼了，呔！你睡着了吗?

莹儿打起精神，她发现卷扬机又送来了好多沙根。它们跟白脸上的黑麻子一样，撒在盐堆上。她连忙捡了。

4

不知何时，莹儿发现，衣服变成了盔甲。卤水浇上衣服，日头爷舔光了水分，衣裳硬成了一块。白白的盐层覆盖了本来的颜色。

莹儿的身子忽而湿了，忽而干了。湿时很难受，说不清是汗还是卤水，反正黏糊糊的。干时也很难受，当风吹日晒弄干水分后，盔甲似的内衣又来蹭乳头。她也说不清是该盼湿，还是该盼干，想洗澡的欲望却越来越强烈。

好容易熬到中午，女人们都进了芨芨席子围成的更衣室。脱下工作衣，莹儿发现它们真成盔甲了。无论裤子还是衣服，只要往地上一立，它们就自个儿站住了。女工们换下衣服，提了盔甲，到淡水桶里一淘，也不用搓揉，衣服里的盐就化进水里了。她们将工作衣晾在日头下，开始做饭。

莹儿和兰兰的换洗衣服丢给了豺狗子，只有身上的这套。她们又没经验，在干活时没换下自己原来的衣服，结果，所有衣服都变成盔甲了。她们只好先将工作服淘洗了，仍穿着一动就响的衣服做饭。

三三悄声问莹儿 :“那老死娃子，找你干啥？”

莹儿不解，啥老死娃子？

就是头儿呀。找你的那人。

莹儿感到好笑，说，人家活得好好的，你咋叫老死娃子？

我们私下里都那么叫。三三掩口笑了。

三三告诉莹儿，那是个中头儿，虽不是大头儿，可权力很大。三三说，女人们偷偷叫他老死娃子，是因为他好“那一口”。哪一口？就是……三三掩口笑道，再是哪一口？他老叫女民工去谈话。人家可是正大光明的，人家的老婆死了。……你知道，男人最开心的事是啥？是升官发财死老婆，老死娃子都占全了。人家当然成香饽饽了。人家当然要光明正大地找老婆了。

正说呢，那人进来，给莹儿和兰兰扔下两套半新衣服。莹儿想，这人真不简单……他咋知道我们没换的衣服？

那人望望三三，望得三三直吐舌头。

他出去后，三三大气都不敢出了。半晌，悄声问莹儿，他是不是听到我说的话了？莹儿安慰道，不会吧。兰兰却说，听到了怕啥？像这样驴一样苦，哪儿也能挣上钱。三三反问，那你到这儿来干啥？倒将兰兰问哑了。

三三说，女人挣钱，当然容易。只要你变坏。但你要是不想变坏的话，你就得当驴。这儿当驴，你天天还能见个麦儿黄，到有些地方，你苦也白苦，全叫黑包工贪了。

莹儿怀疑那人拿来的衣服是他死去的老婆穿过的，有些嫌。兰兰却已换了一套。见莹儿正迟疑，兰兰说，换吧，到哪山，打哪柴，换下了，我洗去。莹儿就换下已成硬甲的内衣，跟兰兰一起去洗衣桶里，洗了一番，晒了。

三三朝门外窥了窥，又悄声说，你可别小看那老死娃子，他的钱很多。他弄钱的路子可多了，比如，他跟拉盐的司机说好，他装六吨，可以按四吨算，多出两吨的钱，他就跟司机分了。莹儿问，这号事儿，你咋知道？三三撇嘴道，纸里哪能包住火？早成公开的秘密了。反正那盐池，又不是自家的，谁也懒得管这号屁事。这年头，谁有本事，谁弄去。

莹儿们做好了饭，正要吃。“老死娃子”又来了，他望望莹儿，扔下几包榨菜，没发一语，又出去了。三三望望莹儿，想说啥，却没说。

虽仍是开水煮面条，但因饿了，加上有了榨菜，吃来也很香。莹儿吃得满头大汗。这是她多日来吃得最饱的一顿饭。

下午收工时，有人来量女人们捡下的沙根，莹儿最少，只有十二桶。兰兰十五桶。最多的，有捡了二十多桶的。莹儿想，要是卷扬机送来的沙根数量差不多的话，跟兰兰相比，说明自己漏捡了三桶沙根。她很是内疚。她想，谁买了那盐，肯定会吃些亏的。

夜里，躺在枕木上睡觉时，莹儿大腿上的肉嘣嘣跳了。她怪怪地有了怕。以往，要是肉跳，总会有些事儿发生。

那么，这次会发生些啥事呢？

5

一连捡了几天沙根，算来两人已挣了百十块钱了。盐池上按月结账。虽没拿到钱，但听三三说，这儿挣多少发多少，不乱扣的。她说，就这样，能在这儿待下去的人都不多，狼拉屎时，都嫌这儿苦焦呢。好些人至多干满一月，领上当月工资就溜了。——盐池上当然不敢扣工资的。不但不扣，对那捞盐的职工，待遇还很好。以前，干重活的职工的定量是每月三百斤杂粮。后来，来了个大官，叫粮站全将杂粮换成了细粮，定期还供应肉呢。不过，民工不包吃食，吃多少都由自己承担。

一到晚上，大牛就到莹儿们住的房里来，或是叫三三缝腿上又裂开的血口，或是瞎聊。他老是偷偷望莹儿，说她比画上的人还俊。盐池上虽有女人，可遭了风吹日晒，脸变成牛粪色了，哪见过莹儿这么水灵的。别说莹儿，连兰兰这号的，也少见。但跟莹儿在一起时，兰兰显得很吃亏，她本来也是俊女子，但叫莹儿一衬，就显得平常了。兰兰倒浑不在意。因了沙漠里的那番奇遇，她又捡起了金刚亥母，开始持咒。她是带着感恩的心态修炼的。她想，我这条命是金刚亥母给的。要是不修的话，真对不起亥母。

除了念咒，兰兰还老是念叨家里。怕爹妈着急，兰兰请头儿给村里小卖部打了个电话，叫他们告诉爹：她们好好儿的，正在盐池上打工，叫爹妈别急。她发现，爹妈是个矛盾的综合体，在一起时，他们总是说愚话干愚事。一离开，兰兰却想到了他们的好，觉得他们苦了一辈子，没活几天安闲人，心里便很是愧疚了。爹妈跟家乡一样，是一种离开了才能觉出温馨的存在。

大牛是盐池上的劳动模范。他脸上虽瘦，但身上尽是腱子肉。出力时，腱子肉就鼓起来，一条一条的。美中不足的是，皮肤叫晒成了褐色，大腿上也布满了硬茧和血口。但捞盐的民工都这样，几天过去，莹儿就见怪不怪了。

大牛老讲故事，多是关于盐场职工的。大牛眼里的职工，是另一个世界的动物，老是莫名其妙。比如，他说一对母女一起爱上了某个职工，闹出了一场大风波。莹儿听来，也是天外的事。

大牛也谈“老死娃子”，他不叫他“老死娃子”，而叫主任。他眼里的主任是天人。主任叫他当了小头儿。你别小看那小头儿。当小头儿前，他仅仅是捞盐工，当了小头儿后，就跟权力有了联系。只这一下，大牛在民工里就升格了。民工要遇上个啥事儿，他就能跟头儿搭上话，说合一下。

大牛除了能跟头儿搭话外，还有些油水。他成了日捞十吨盐的模范后，那量方数的也会有意无意地照顾他。民工们捞出盐后，就在池边弄成梯形，场部就派了人来，量那方数。有时职工撒懒时，也会叫大牛去量，自己只是偶尔复核一下。这下，大牛等于有了相当的权力，他偏向谁，谁就多少会占些便宜。大牛当然得意了。他拍着胸脯对莹儿说，你有啥事，就来找我。他一副吞天吐地的模样。

莹儿感到很好笑。

6

场里要演电影了。这消息，风一样刮遍了盐池。女人们快快地吃了饭，穿上了鲜亮衣服。莹儿本来不想去，可兰兰说，走吧，不管电影不电影，我们撒活一下眼睛。两人给骆驼抱了些麦草，饮了些水，就跟了别人，去那场部。

通往场部的路就是用沙根铺的。沿途有好些沙生植物，如梭梭啥的。一路上，大牛前颠后晃，大献殷勤。莹儿也懒得理他，民工们时不时叽咕一阵，发出野人般的大笑。莹儿皱皱眉头，拉住兰兰掉在后面。大牛就骂那些民工，民工们大笑着，一窝蜂远去了。

大牛说，你们别在意，他们就那样。三天不见女人面，见了母猪赛貂婵。兰兰说，这是啥话？难道我们是母猪不成？大牛急了，解释道，不是不是，我是说，这儿女人少，像你们这样的俊女人更稀罕。……他们当然眼馋了。兰兰笑道，莫非，他们要吃人不成？大牛说，你们放心，有我在，他们是不敢放肆的。

兰兰悄悄拧莹儿一下，掩口笑道，听，人家要当护花神呢。

场部不大，不过几长排平房而已。虽也有个叫电影院的大房子，但里面没凳子，场里职工都自带了凳子，民工们只好在边上站着，他们都有意无意地跟女人们挤。莹儿就扯了兰兰离他们远些。大牛也挤出民工群，跟她们在一起。

“老死娃子”也来了，他提着两把矮椅子，递给兰兰。莹儿发现，面对头儿时，大牛虽时露谄笑，但头儿一转身，他就一脸敌意了。等他走远些，大牛悄声说，你们要小心哩，他又盯上你们了。那是个色狼，老借找对象睡女人。睡了一个又一个，最后都蹬了人家。

兰兰打趣道，你有本事，也学他呀。

大牛气呼呼道，现在的女人，都成“想钱疯”了，哪有个好的？

这下，他连兰兰们也骂了。兰兰白他一眼，扯了莹儿，去前面坐了。

电影开了，说的是一堆犯人的故事，莹儿嫌里头的镜头不雅，不喜欢看。她四下里望望，发现看电影的人还不少，民工堆里时不时蠕动一阵，传来女人骂声。她便对那头儿产生了好感。她想，不管咋说，是人家好心送了椅子，她才躲过了那种恶俗的挤。

换胶片间隙，她见大牛也抱个木墩往里挤，人们都指戳他。他边赔不是，边挤。

电影又开了，大牛脑袋遮去了大半个银幕，惹来一片骂声。他连忙蹲了。莹儿明白他要往自己这儿挤，便有些气他了。女人虽喜欢别人讨好，但得看那讨好者是谁。要是自己不喜欢的人老来黏，是很讨厌的。

大牛顶着骂声，到了她们身边。兰兰往旁边挤挤，挪个空地，叫大牛放了木墩。他大功告成似的长吁了一口气。莹儿皱皱眉头，觉得好多人都在戳她的脊梁，真有些洗不清的感觉了。民工里虽免不了有偷情的事，但她不愿意染这号事。她觉得人活着，得守护一种东西，不然，就跟动物一样了。

大牛的出气声很粗。莹儿不喜欢这声音。因为它总在提醒自己：她此刻呼吸的空气里，也有他出来的气。她有些恶心。虽也明白，那洁癖其实是毛病，但没治，她自小就这样。只要别人用过的杯子，她是渴死也不用的。被褥、衣服等也一样。当然，也有例外，她就没嫌弃过灵官的用物。……不过，生活已开始修理她了。她不是也穿了头儿拿来的衣服吗？她不也用盐池上发的铁碗吗？

忽觉得手背上被啥搔了一下，她以为是谁无意碰她，也没理它。哪知，那搔竟渐渐强烈了，莹儿觉得一股热扑上脸来。她明白原因了。她往旁边挪挪，躲开那指尖。不料想，她一有反映，那手指竟索性握了她的手背。她挣了几挣，对方反倒握得更紧了。莹儿很生气，她恼怒地瞪一眼大牛，却看到他一脸贪相。她很想骂他几句，又怕他难堪。骂不得又挣不脱，大牛越发大胆了，他向莹儿的手心里伸入一根指头，另只手将她的手掌弯了，那探入的手指竟抽动了起来。莹儿明白那含意，大羞。她真生气了。她狠狠地拽几下，但无论她发出多大的力，都不能叫那手稍稍松一松。她觉出了无助，眼泪涌了出来。

那手指，却动得越来越欢，握她手背的手也汗津津了。她狠狠地甩了几甩，没甩脱，便倏地站起。她的头便遮住了银幕，惹来好些斥声。她觉得脸上有柳条在抽，就说，我出去一下。她一起身，那手便暴露出来了，莹儿才得到了解脱。

为了摆脱大牛。她起身，弯腰，出了人群。才出人群，眼泪又涌出了。她想到了徐麻子欺负她的那夜，觉得这次，也跟那次一样恶心。她想，这次回去，死也不出来了。外面的世界既不精彩，也很无奈。但又想，在娘家，不是也有人欺她吗？在婆家，不是也有人用榔头把捣她吗？她想，这世界，真没个叫她安详度日的地方了。

见好些人望她，她只好装做去撒尿的样子去了外边。本来也没多少尿，哪知一到外边，竟真的憋了。四下里望，终于发现个僻静处了，就走过去。还没到那地方，两只大手就搂定了她。她听到大牛狠粗的喘息声。

丢开！莹儿斥道。

大牛喘息道，妹子，可真想死你了。你就可怜可怜我，叫我见一回天日。

莹儿挣几下，挣不脱。她怕那抡惯了盐勺的手强来，就软了口气，说，有啥话，你松开手说。

大牛放手了，他想拥抱莹儿。莹儿边躲边说，有啥话你说，动啥手？

大牛说，我可是铁心待你好的。真的。我要是说假话，祖坟里埋的是老叫驴。你信不信？你信不信？

莹儿说，这种事儿，强求不得。我心里有人呢。

大牛道，当不了正式的，当我的贼女人也成哩。莹儿啐道，你咋能说这种话？

大牛不语，冷不防扑了来，抱起莹儿，往远处的黑里走。莹儿挣几下，却挣不脱那铁箍般的手。她大叫几声，也没个人应。大牛的喘息声淹了她的天。她边挣边说，你要是这样，我死给你看。

大牛喘息道，女人都这样的。刚开始挣扎，等会儿，你搂得比啥还紧呢。

莹儿想咬他胳膊，伸了几次嘴，都叫对方的手挡了。她哭出声来。

一个黑影出了电影院门口，叫："大牛！大牛！"

大牛忙丢下莹儿，渗入夜里了。

莹儿听出是头儿的声音，抹去泪。她也不敢撒尿了，往亮处走。

那人问，那是大牛吗？

莹儿没回答。

她明白，那人也盯着自己。

7

此后几天，大牛没敢上门，他只是远远地望莹儿。夜里，莹儿也总要插好门后的插销。兰兰误解了她，因为那夜她先出去，大牛随后跟了去，定然会有些事儿的。事儿当然有，但不是兰兰以为的那种。莹儿本不想解释，怕影响大牛的名誉，但见兰兰误解了她，只好将前因后果都说了。兰兰咬牙道，等他再来，我非啐他不可。

倒是三三对莹儿的态度明显变了。莹儿到来之前，她跟大牛相好过。关于他们的闲话，盐池上传得很凶。听说，大牛跟三三上过床。这号事，大牛本不想张扬，可三三对人说，大牛想勾引她，叫她骂了一顿，弄得大牛很没面子。大牛恼了，就将他跟三三上床的事抖出来了。三三喜欢大牛能吃苦，挣钱多。现在，大牛的目光却转向了莹儿，三三就待莹儿不冷不热了。因为莹儿们的灶具扔在沙窝里了，三三虽不叫她们另开灶，但那热情，却明显没了。

兰兰想，一个锅里搅勺子，低头不见抬头见，老看人的脸色也不好。她就问头儿哪儿卖灶具，头儿给了她们几件，说是以前的民工留下的，先叫她们用。头儿又问，是不是她们想另住个房子。兰兰想，不管咋说，身边还是多个人好，就说，不了，我们就跟三三住吧。头儿说也好。

在盐池上待了几日，莹儿发现了许多不便：她们没换洗的衣服、经期来时没卫生纸，等等。尤为不便的是，她们的被子留在了死驼背上——想来早叫扯成碎片了——沙漠里昼热夜寒，白天晒死驴，夜里又能冻死狗。日头爷一落山，漠风就时不时。到早五更时，屋子就寒如冰窖了。刚来时，三三还将自家的破毛毯让给莹儿们。莹儿嫌那毛毯脏，盖毛毯时总要先贴身盖上那件天蓝色上衣。自打看电影那夜后，三三有意无意将毛毯捞过去了。莹儿明白，她定然以为她抢了她的心上人。

别的还好受，唯有早五更的寒冷是很难抵御的，姑嫂俩只能不脱衣服。幸好工作服也能遮寒，下午漂了水后，后半夜就干了，盖在身上，也能顶些用。但寒冷总能钻透几层衣服，弄得她们老是嗓子疼。

还有那骆驼，行在沙海里，当然是方便之舟，但在盐池上就成了麻烦。她们得时时给它寻吃的。头儿就联系了一个附近放牧的蒙古人，请他代放几天。但那驼，是向村里人借的。虽然骆驼多用于春耕，秋上大多闲站着，但要是耽搁久了，人家也许会有意见。兰兰就想等个来驮盐的凉州人，叫他们顺路带了驼去。她算了算，驮了盐去虽能挣些钱，但肯定不如在盐池上干实惠。而且，盐池上挣的，是现成的票子，就算她们驮了盐去，还得去换粮，再卖粮，很麻烦的。

兰兰就叫民工们帮她打听：要是有凉州驮盐的来了，就告诉她一声。但她发现，她了解的盐池，还是十年前的。那时，公路没修通，村里还有人来驮盐。现在，公路早通了。虽然它扭向另一个方向，离凉州更远了，但汽车并不怕远。人家一车就拉好几吨，你一峰驼才驮几百斤。兰兰想，自己真是瓶里的苍蝇，世界早变化了，她的思维却停在记忆里。她想，早知这样，还不如来打工呢。她打听清楚，从凉州乘车，到另一个城市，就能等到来盐池的便车。听说，司机最欢迎女人，你只要招手，人家就会踩刹车。但要是遇上不学好的，你也会付出代价的。

兰兰才明白，沙窝里为啥有那么多的豺狗子。以前，常有带枪的驮户，时不时乓一枪。你也乓，我也乓，日久天长，豺狗子想起群，也没那势头。现在，汽车一突突，驮户稀罕了，枪声也稀罕了。

兰兰想，自己只不过经了几件事：从姑娘到婆娘，挨男人的打，闹离婚……世界的变化，就叫她目瞪口呆了。要是不来盐池，还以为世界停在她当姑娘时呢。

盐池也变了许多，以前，都是人挖盐的，现在，也有了机采的。以前，只要你带个兔子来，就可以换一驮子盐。现在不成了，得用钱买。别的变也没啥，只有那汽车，立马叫骆驼的大力显出了寒碜。她终于明白，为啥驮盐成了稀罕营生。进沙窝前，她还得意自己的设想呢。

这世界，不看不知道，一看吓一跳。

她想，先打一阵工再说吧。要是这儿好，要是有人能将骆驼带回村去，她们就在这儿打工算了。

她想，哪儿的黄土不埋人呢？

8

头儿不知从哪儿知道了兰兰们没被子，就打发民工送来了两条毛毯。

毛毯很厚，又是纯毛的，对莹儿们来说，真成雪中送炭了。

莹儿发现，好些民工总在朝她指指戳戳。因为对工作越来越熟练，她捡沙根的桶数多了。打某一天起，她竟成了捡沙根最多的人。女人们都怪怪地望她。她也觉得奇怪。她发现，每到她午休后上班时，她的沙根堆就会长大许多。

这天，莹儿吃过饭后，没像往常那样上枕木休息。她将门开个缝儿，悄悄瞅那放沙根处。半个时辰后，大牛出现了。他鬼鬼祟祟，提了个纤维袋，四下里瞅瞅，见没人注意，就将袋里的沙根倒到莹儿捡的堆上。莹儿明白，那沙根，定是他从公路上捡来的。通往场部的道路，大半就是用沙根垫的。

莹儿脸上一阵发烧。她想，他咋能干这号事？要是叫人发现，我的脸往哪儿放？

她悄悄推醒兰兰，叫她去找大牛，叫他千万别再干这号事。等大牛再次来时，兰兰去了。见是兰兰，大牛也没露出怯意。兰兰回来，对莹儿说，他叫你别管，有啥事，他自个儿背。兰兰笑道，他还说你烧包呢，他说这样的话，你一月至少多拿一二百。

莹儿气恼地说，他把我看成啥人了？这号昧心钱，我不要。次日中午，待大牛再干那事时，莹儿就迎了上去。她阴了脸，叫他别往自己脸上抹黑。见莹儿真放恼了，大牛说，成哩，我热屁股溻到冷炕上了。……你只要明白我的心就好，我可是真心对你好的。谁不知道睡午觉香，我苦了苦一些，可是能叫你手头松一些。

莹儿怕他还会干这事，就说，你要是再干这事，我可给头儿说哩。

这一说，大牛慌了，成哩，我不干还不成吗？说完，慌慌地走了。

回到房里，莹儿一身冷汗。她想，这号事儿，要是叫人知道了，她跳进黄河也洗不清哩。这跟做贼有啥两样？再说，别人还以为，他跟我定然不清不白，不然，人家凭啥不睡午觉干这事？

果然，次日，她无意中听一个民工说，瞧，那个俊女人，是大牛的贼女人。她又羞又恼。她估计放这风声的，可能有两个人，一个是大牛自己，听说民工都这样，因为身边缺女人，他们的想象力格外发达，总爱编造些风流故事；另一个人可能是三三。瞧她那眼色，真将莹儿当成情敌了。她跟凉州女人一样，一见莹儿，便格外走出一股风来。按妈的形容："瞧，呜呜闪电的。"

虽住在一个屋里，三三却很少跟莹儿对视，也不跟她说话。这一来，她那炉子，莹儿们就不好再用了。兰兰找了几块砖，在门口砌了个小炉子。四面虽有柴棵，但用于固沙，不叫砍伐的。莹儿们就利用收工后的间隙去捡驼粪。烧饭时，她们最喜欢骆驼粪蛋儿。因为它耐燃，丢几粒，会燃好一阵子。但民工们也都自己做饭，谁也捡骆驼粪蛋子，场里的职工子女也捡。捡的人多，粪就显得稀罕了。有时，为了能做熟一顿饭，她们得花个把小时捡燃料。

这天，两人利用午休又去捡烧的。兰兰说，这回，要捡就多捡些，就借了架子车，去牧人的地盘。哪知，那儿也没多少粪。兰兰说，早知驼粪这么金贵，在来时的路上，就把自家驼屙的粪拾掇了。莹儿说，那时，你命都不做主，谁还想那么远？话虽如此说，她也可惜那些撒在路上的驼粪。她想，人心真是怪。有时欲壑难填，有时也很容易满足。现在，只要发现一堆蛋粪儿，她们定会狂喜地奔了去。那狂喜，一点儿也不比秀才中状元弱吧？

推了车子行走时，车轱辘老是陷入沙里，不一会，两人都一头汗水。兰兰说，捡的这点儿粪，还没她们流的汗多呢。捡沙根时屡屡弯腰，两人的腰都有些疼，都想躺在枕木上歇歇。可好些事，你不想做也得做。她们拨亮眼珠，像以前寻盐池那样，寻找能充当燃料的东西。那时的心有多急切，此刻的心也有多急切。想来真是好笑，这会儿，心中的圣地，又变成了卧着驼粪的那个沙洼。

寻了一个多小时，莹儿灰心了，说回吧，别影响上班。兰兰说，既然来了，再找找，我不信那些牲口都叫牧人扎了屁股。

正说呢，真发现有堆驼粪，正在不远处的沙洼里笑呢。两人大喜，拉了车，扑上前去。都觉得有梦幻的味道了。那感觉，跟狐仙给她们做好了饭一样。有些驼粪干了，有些还潮着。两人也不嫌脏，干的湿的都往车里捧。兰兰说，这骆驼真怪，屙粪时，专在这一个地方。莹儿说，谁有谁的习性，也许人家跟人一样，也有专门的厕所。

两人将驼粪装上车，正要走，却听到一声苍老的咳嗽。她们都吓了一跳。一位老者已转过沙角子。莹儿这才发现，沙角子那头有个小屋。因为屋子很小，墙又是用盐盖巴砌的，猛一看，屋子跟大地一色，加上叫沙角子遮了大半，就躲过了她们的眼。

老人问，你们咋偷我的烧的？

她们这才明白，这驼粪，也是人家捡来的。两人大羞，脸上火一样烧。兰兰解释一阵。老人说，噢，你们是凉州来的吧？成哩，这驼粪，就当我送你们的。

莹儿说，这咋成？你也烧饭哩。

老人笑道，咋不成？我再去拾。牲口的尻子又没叫缝住。他给了兰兰两个纤维袋，叫她们将驼粪晒干后，装进袋子，放进屋里。不然，一夜过去，粪就全叫民工偷了。

两人谢了老人，推了车子，往盐池方向走。行了一阵，却发现地貌变了。两人明白是迷路了。这可麻烦了。她们算算，快到了上班时间，都发了急。后来，兰兰想了个法子，沿那进来时的车辙走。虽走了好些弯路，却迟到了一个小时。

兰兰们到盐池时，头儿正派了几个民工，要进沙窝寻她们。见她们归来，都长出一口气。兰兰以为头儿会骂她们。哪知，他只是叫她们以后别进沙窝太深。

姑嫂俩晒干驼粪，装入纤维袋，放在枕木床下。因三三也时时缺烧的，莹儿时不时接济她一下。三三的脸色就好了些。一次，她家人来看她，带了些沙米，她还给莹儿们分了一碗。

老人给她们的驼粪虽值不了多少钱，但莹儿每一念及，还是觉出了许多温馨。她想，这世上，还是好人多呀。

同时，她们捡粪捡到牧人家的秩事，也成了民工们的笑料。每一提及，就哈哈大笑。

第二十九章

阴山里打枪阳山里响，枪子儿落到了地上。

1

白虎关的第一场大战爆发了。

此前，沙娃间虽有纠纷，但规模很小，或是沙娃之间，或因打模糊引起，至多闹些摩擦。这次却不然，竟惊动了市上。在人们印象中，算得上惊天动地的。

起因是猛子的井口发现了“大牛”。

沙娃所说的“大牛”，就是大石头。金客子都知道，井里出大牛，是吉兆。好多金子就在大牛底下。白虎关的金子怪，虽多是麸皮金，但也时见大金。那大金，多是物体形状。据说，双福挖出了一个金靴子，重达三十多斤，叫一个回民买了去。虽是个据说，但谁都信。因为那据说之后，双福又买了好些窝子，其中几个就紧靠猛子的窝子。一听那卷扬机声，猛子的气就不打一处来。人家虽比自己迟挖二十多天，可窝子直溜溜钻向地心。

好在，猛子们终于见到了大牛。

按规矩，沙娃是不能将石头叫石头的，都称“牛”。平素里挖的，或是大沙，或是碎石，待见到大牛时，就该出金子了。牛越大，金子越多。那金子，大多躲到牛身下。抬了石，准见那黄色耀目呢。前几天，一个民办教师到双福窝子上，他一到，大牛出来了。双福说，这是个有福之人，就留下当了窝掌。这窝掌，比把式大，比锹家大，相当于钦差，监督窝子里所有的人。平素里，掌柜不搜沙娃身子，但若是见了大牛，每次下班时，掌柜都要搜身。这时候，最有可能捡到金子的，是锹家。他若看到一点黄色，就弄点浮沙一盖，胡乱上几锹，打发了背手，然后就偷偷装了金子。若是把式窥出了把戏，就按规矩见者有份，取了那金块，一砸为二,一人一半。所以，大牛一出，掌柜就有权搜沙娃的身了。

猛子们轮流当起了窝掌，也按班次，一人一班。想来猛子叫那次塌方吓破了胆，一进底，就觉得木笼扎扎作响，老觉得那地壳会合了来。明知道是幻觉，腿却倏然软了。有时想，这活真不是人干的，提了脑袋，不定啥时就成隔世的鬼了。但想归想，心里还是指望能淘出金子，弄些钱给月儿治病。

终于见到大牛了。

一挖出大牛，沙娃们欢呼起来。先是见到牛背，一棱脊梁，露出沙石之外。猛子很兴奋，他往背斗里狠劲上沙。沙娃们也喘吁吁一身臭汗。大家都很高兴，腿脚也格外有劲，你上我下，穿梭样把大牛背上的沙石运出了井外。

“掌柜呀，挖出金子，要给我们奖金呀。”富强子叫。

“给！给！”猛子欢欢地应。

井口围来了好多脑袋，都来看大牛。猛子很想看到双福的脸，那脸最好带点儿忌妒，越忌妒，猛子会越开心。可那些脸中，并没那张泛着红光的脸，猛子便吼：“闪开！闪开！把亮遮住了。”一个声音传下：“哟，才见个牛，就牛成这样。挖出金子，还上天哩？”

猛子一缩脖子，想：就是，我咋也成浅碟子货了？口却不饶：“有本事，你也去挖个大牛出来。”

那声音又道：“你拨亮眼珠子瞅。那大牛，好是好，可别骑了石驴。”

猛子头里嗡了一声。他提了锹，在沙石处戳几下，真听到坚硬的碜牙声，舌头倏然干了，想，可别真骑石驴呀。沙娃所说的“骑石驴”有两种：一种是石头太大，超过自家井底，无法下手；另一种是索性骑到石山上。地下有好些石山，山顶虽小，地盘却大得不知所终。无论骑哪种石驴，都很麻烦。即使大石下真有金子，你也是老虎吃天，无法下口的。

猛子安慰自己，怕啥，有大牛总比没有好。金子的“走手”怪，不定何年何月，财神爷的金袋子漏了，在地上撒了一长溜子金子，源头可能在清风岭。那是祁连山的一个寻常的峰，那是人们见到金子的最上游，下来是磨脐山、马路河、双龙沟……最后顺着大沙河，到白虎关了。沙娃们都知道，金子会走，它会沿了地下河水，一路滚了来。除了沿水路走，金子还会向下面走。金子重，它就咬了沙石，钻呀钻呀，最后停在底上。那底，多是青石板，或是黄胶泥，硬，金子咬不下去，只好乖乖地待在那儿，等千年后的沙娃们来捉它。

当窝子里见到大牛时，多已到底。许多时候，一掀开大牛，就能见到黄灿灿的蒜瓣金，齐崭崭栽在沙里，放出黄光，熏晕人的脑袋。这蒜瓣金，就卧在大牛下。寻常的沙里，只有寻常的砂金。所以，猛子们挖出大牛时，整个白虎关沸腾了，都说：“这几个孙蛋，这下发了。”

但谁也想不到，这牛太大了，大得越过了井口。究竟超过了有多少，谁也不知道。沙娃们虽喜欢大牛，但这牛不可大得太邪乎，若是大得超出了自家的势力范围，就很麻烦了。掌柜们最怕骑石驴。

随着牛背上沙石的一筐筐被清，猛子们的担心被证实了：那窝子，确实骑了石驴。

这下，猛子们都没了脾气。从发现大牛的惊喜，到骑了石驴的绝望，前后不过几个时辰。那感觉，等于从天堂堕入了地狱。骂了几回娘，明知骂哑嗓门，也无济于事，便齐齐地蹲在井口发呆。

沙娃们也歇了。他们清光了属于自己井底的沙石。每个窝子都有自己的范围，长宽各四米，再往前挖，就是别人的地盘。最叫猛子可气的是，自己窝子的前后左右，竟都是双福的窝子。他很后悔自己的短视。当时，他应多买几个窝子。他想不到，仅仅二十多天，双福就将好些空地都买到了自己名下。在他的刺激下，掌柜们都疯买窝子，白虎关已没有多少空地了。

这信息，是猛子骑了石驴想扩充地盘时，才得知的。几十天里，他只是晕头晕脑地开窝子、结婚、进城治病。直到这时，才发现，他和白狗们的糨糊脑子，确实不能跟双福的化学脑袋比。更糟糕的是，即使他想再弄几个窝子，也没以前容易了。市里已从大头手里收回了白虎关的开采权，已派金管站清点了已卖出和已开采的所有窝子。想新买，成哩，你先得向金管站申请，由金管站报到市里；到市里，只有市长才有权批新窝子。这一切，仅仅是半月间发生的事。

窝子的价码立马看涨了。半月前，从大头手里买个窝子，只需几百元。现在，市里一接管，一个窝子涨到五千元。这就是说，双福即使不开采，只要一转手，他就能挣几百万。

这消息,比骑了石驴更叫猛子们窝心。他们后悔得舌头都麻了,都说:“早知这样，索性把那钱都买了窝子。”现在，肉叫人抢光了，自己拥有的，只是块难啃的骨头。

但后悔归后悔，最要紧的，是先得从石驴背上下来。

大战就是从这里开始的。

2

大战的起因，是猛子们想扩张自己的地盘。

白虎关的窝子是先向下打井，到底后，再向四面打横巷。只是那横巷，只能打在自家的地盘上。也就是说，整个巷，不能越过那方圆四米的范围。因为，外面是别人的地盘。你是狼，别人也是豺狗子。你想吃人家的肉，人家更想抽你的肠子呢。

猛子们向四面搜了搜，仍不见大牛的边。不过，叫他们心安的是，这不是石山，而是真正的大牛。那石面，相对平坦。据说，这号牛下，最可能卧大金的。

虽说挖出大牛是吉兆，但那后悔，仍潮水般涌向猛子，也涌向村里人。

他们都懊恼没多买几个窝子。要是多弄几个，一转手，票老爷就会往怀里扑。当初，大头想给村里每家每户分个窝子，美其名曰“扶贫窝子”，可没人要。毛旦还风言风语说：“那白虎关，撂荒千百年了。想要，老子早一舌头掠了，还用你大头分？”后来，你想要，得交几百块钱。再后来，涨了再涨，竟涨到五千了，还得市长批条子。乖乖，市长是谁？比天还大的人物。这下，一村子的捶胸顿足了。

猛子这才信了黑皮子老道的话：“飞财不富命穷人。”真的。当初，财神爷借大头的手，扔下一堆金元宝，可叫村里人一脚一个，踢出了老远。

也许，自己真是穷命。他想，就说这骑石驴，虽也听人说过，可真骑了石驴的，并不多。而自己，才开第一个窝子，石驴就自个儿跑了来，硬往你屁股下钻。你想不骑，也由不了你。没治。白狗骂也没治，北柱咒也没治，花球祈祷也没治。那石驴，眼见是骑定了。

猛子亲自下井，当了把式，打起横巷来。这横巷，本是清底时打的，为的是多弄些掺金的沙，多淘几把砂金。这会儿打横巷，却是想找大牛的边。猛子想，那大牛再大，也得有个限度。他想，要是把地盘往外扩，扩，说不准就能见到大牛的边。然后，就往下挖，再往里掏，没准就能将石下的蒜瓣金……要是有的话……不，肯定有的……弄出来。哈哈，猛子想，那时，别说你月儿得个梅毒，就是得了艾滋病，老子也能揪了它。……可气人的是，那横巷，东哩，西哩，南哩，北哩，都打到自家的地盘尽头了，可见到的，仍是大牛，真叫你没脾气了。

要是当初多弄几个窝子，就可以再东，再西，再南，再北，一直打到大牛的尽头。它终归有尽头的。猛子请人看过，那石面很平，不像是山脊。可现在，四下里全叫双福的窝子包围了。这孙蛋，啥时跟毛爷爷学了这招？毛爷爷是农村包围城市，他是富汉包围穷汉。

能不懊恼？

北柱找过双福，他想叫双福把窝子让几个给他们。你猜双福咋说？他说：“成哩，一手交钱，一手交货。”他说的钱，包括开采费和窝子钱。不说开采费，只那窝子钱，就叫人大眼张风了。双福倒没多算，他只按市价算。他买时，一个窝子五百，现在已涨到五千，只东西南北四个窝子，就得两万元。北柱说："双福，你就按你买的价给我们，帮帮穷哥儿。"双福笑道："我愿意卖，就是最大的帮呀！谁也知道，那大牛下的金子，不止这个数。再说，我要的不多。那开采费，就按机器算。若按人算，就顶破天了。"北柱问："总共多少？"双福伸出五个指头。北柱回来一说，白狗就跳起来，"妈的，吃人呀？"

没治。吃人的时代，就得叫人吃。猛子想。

猛子狠狠地抡镐。巷道的质地很硬，说明它是生巷，人没掏过。虽然老有人叫嚷挖到了熟巷，可猛子老怀疑。他问过爹，问过孟八爷，都没听说老祖宗在白虎关淘过金，只听说民国年间在双龙沟那儿有金客子。大户们因淘金富得流油，后来却叫穷汉们斗得嗷嗷乱叫。可见，金子带来的，不一定是好运，可猛子还是希望能挖出金子。穷怕了。好饭没盐水一样，好汉没钱鬼一样。人穷志短，马瘦毛长，没几个麻钱儿撑腰，放屁都没个响声儿。更何况，他还要给月儿看病呢。近来，一看她削瘦的身架，心就抽抽地疼。

"早过线了。"花球提醒。

井下的范围是按直井中心算的。由此，向四下里扯绳，扯多长是定死的，过了那限度，就是侵权。两井之间，原有五十公分的隔墙，两家都动不得，不然，你钻我的井，我抢你的金，就乱套了。再说，也是为了安全，要是掏空，很容易塌陷的。可猛子想，说不准再刨几下，就能见大牛的尽头，就刨呀刨呀，使气似的抡镐。

"再刨，人家可有意见了。"花球说。

猛子恶狠狠抹把汗，愤怒地喘口气。他扔下镐，闪过身子。富强子举锨将沙石扔进背斗。因为井深了，沙石浸满了水，沙娃每次只能背三四锨沙石。而对方井口，只将那钢绳，系上柳筐，上满沙石，一合闸，就到井外了。所以，虽然猛子早开井二十多天，对方只用了几天，就和自己差不多深了。猛子隐隐听到了对方的说话声，不由急了。他希望，那大牛的边不在对方窝子里。不然，人家一迂回，你就是个苍蝇撵屁。

咋办？猛子问花球。

花球说，你问我，我问谁？我早头三不知道脑四了。

猛子便恶狠狠吼：“管他呢，刨！”

那大战，就是这样引起的。

3

才开个洞儿，就听到对方吼：“没规矩了？这是我们的地盘。”白狗笑道：“啥是你们的地盘？你们的地盘，只是你们女人的肚皮。不过，就连双福女人的肚皮，猛子照样下犁，这算啥？”北柱们大笑。猛子嗔道：“白狗，你少狗拉羊肠子。”白狗兽吼似的笑。他是很想闹一下的，不死不活许久了，一直想寻点刺激，猛子一说刨，他第一个叫好。北柱和花球就不好说啥了。

一块石头从洞里飞来，砸到镐上，砸出脆响。白狗叫：“可是你们先打人的。”一人叫：“打就打，谁叫你们侵略！”话没落，一个锹头捅入，白狗躲得快，才没叫铲中小腿。白狗吼：“打呀！”捡起石头，疯砸而去，对方有人惨叫了。猛子则闷声不响，使劲抡镐。他想弄大口子，再扑过去肉搏。对方定然也在刨，才几下，就听哗啦一声，一个大洞突现出来。

“打呀！”白狗边吼，边用锨铲起沙石，摔打过去。那几人边躲，边向绳梯爬去。“快去告诉掌柜！”一人吼。

“告诉个屁。连他的老婆，老子们都照样操。他若来，老子一并揍。”白狗口虽说话，手却不停。那锨虽能抛打沙石，力道却散，对方虽时有惨叫，却不会伤及性命。

“滚！滚！”猛子吼。那几人倒也识相，沿了绳梯，一溜烟上去了。猛子们进了对方窝子，仔细观察，见也是整井一块巨石。

“操。”白狗说，“也骑石驴了。”

猛子暗暗吃惊。看这阵候，按那理论，下面会有好多金子。没想到这牛竟如此巨大，不知尽头在哪儿，不由暗暗叫苦。忽然，一股强大的水，向他们激射而来。原来，对方已到井外，掉过水龙头，射向他们。白狗叫："呔！想淹死老子？"猛子见水已在井底汪洋开来，就退回自家窝子。

对方骂声仍在继续，越来越响，显然是骂者沿绳梯下行了。那水激射的劲道也越大了。这下，越发激起了猛子的斗心，他对富强子说："去，弄袋沙秸，再带些辣面子。"富强子应声而去，片刻便回。猛子取出打火机，点上沙秸，着意鼓捣出浓烟，放在洞口，撒上辣面子，脱下外衣，一下下扇。浓烟滚滚，扑向对方，呛出一井咳嗽。

"不好了，他们放毒气。"一个叫。

白狗哈哈大笑，也脱下外衣猛扇，一慌乱，却将那浓烟卷向自己。猛子觉得辣味直冲头部，鼻涕眼泪随咳嗽喷出。他连忙扔了外衣，沿绳梯上蹿。白狗们也边猛咳，边上逃。

好容易出井外，迎了清风，大口吸气。这时，才觉出那浓烟辣味，好生了得，鼻腔胸腔都刺痛不已，咳嗽也机关枪似的响个不停。对方和自家人，都竞赛似的猛咳。这场面，很是滑稽。猛子很想笑，却见对方几人，正捡石头，知道他们想报复，就说："快进窝铺！"白狗们也觉出了不妙，几步逃进窝铺。才喘气，石头已乌鸦般飞来了。

石头砸在地窝子上面，灰尘逐声而下，溅满本就矮小的空间。白狗像搜骨头的饿狗一样四下寻找称手的物件。这下，提醒了猛子。他想，老子也是长毛出血的男人，咋能叫人几石头就砸进窝铺？他捞过一把镐，嫌镐头易伤人命，就倒提了，向地上猛戳，几下，就褪下镐头。那搞把，长短正好，粗细也称手。他安顿道："一下子扑出去，别打头，往折里打腿。"话未落，一猛心扑出。

对方几人也齐齐扑了来。他们也不想闹出人命，石头飞得低，目标是腿和屁股，力道也不猛。猛子眼尖，东跳西蹦，就避了。他几下到对方面前，一棒抡向一人大腿。那地方不禁疼，猛子只用了五分力道，那人就倒地了，像挨刀的猪一样惨叫。

白狗的桦条却不分轻重地乱抡。桦条轻，有弹性，每一着肉，便是一道青红的血痕，疼到极点，却不致命。白狗才抡了几下，对方已倒下两个。别的人见势不好，落荒而逃。倒地者见对方势猛，也不犟嘴，只管惨叫。

轻易地得了手，打倒了对方，猛子反倒觉出无聊来。他不知接下来该咋办。继续打，人家已成了癞皮狗；扔下他们干自己的活，又难保他们不反扑。更担心的是，双福开了几十个窝子，沙娃有几百号人，要是人家起了群，凭自己几个，是无法抵挡的。北柱也觉出这一点，唠叨出相似的担忧。

果然，忽听一片大声传来。黑压压一群人，正朝这边扑来。沙娃间老有纠纷，打群架是家常便饭，但这号阵势，还是少见。猛子的心猛跳，明白若落到那些人手里，定会捶绵了自己；有心逃，又抹不下面子。正迟疑，听得北柱叫："快跑吧，光棍不吃眼前亏。"话没落，他已逃往窝铺，富强子们也涌入窝铺。白狗却滋润了脸，又揍了俘虏几梓条，见对方增援者已近了，才扭身进了窝铺。

猛子怔了怔，朝窝铺里吼："那窝铺，顶个屁用，人家一脚就踩扁了。"因见对方已发出石头，纷纷飞来，只好也扭身进了窝铺。

石头雨一样落向窝铺。猛子顺气窗一望，见对方尚有三五十米的距离，就说："快逃，这儿待不得。"说完，他举个锅，倒扣上脑袋，扑出窝铺。随后，白狗头顶了锅盖，北柱们头顶被褥，一齐扑出。

对方人虽没到，飞石头早到了。石头冰雹般落下，头顶时不时炸一声响。猛子这才后悔自己的惹事。身上虽挨了几石头，倒顾不上感觉疼，只是那石头砸锅声很是扎耳。好在那锅是熟铁所制，很厚，虽挨了几石头，倒没碎。

瞅个空子，往后一望，见那堆人边骂边扑。沙娃们平日叫掌柜吆五喝六，早憋了一肚子气，这会儿有个泄处，都想往大里闹事。那骂声很刺耳，都是针对母亲的。富强子虽头顶被子，一块石头却飞向腿部。他抛下被子，倒地惨叫，又见那飞石，并不因自己的惨叫稍加稀疏，就赶紧捡起被子，胡乱折几下，顶在头上，一瘸一拐地跑。

猛子很窝心。那些石头虽没准头，但跟闹秋的麻雀一样，乱嚷嚷飞，指不准哪块就能碰到你。而且，他发现对方多是虚张声势，那意图，是想将自己赶出地盘。显然，有人叮嘱过他们，别叫闹出人命。但猛子明白，要是叫对方占了地盘，不定会干出啥的。前些天，沙娃们一闹纠纷，胜者就填了败者的窝子。要是对方使这一招，这些天就白干了。于是，他朝白狗吼："拼吧，再跑，人家可填井哩。"白狗说好，他一手举锅盖，一手仍舞着桦条，折了回来。"打！打这些驴日的！"他吼。

猛子将锅一扔，拾起一把沙锨，一猛心扑上去。他虽留意飞石，还是有几块石头砸上了胸膛，一块重些，砸出他一串咳嗽来。这一下，反倒将他的横气砸出来了。他再也不管对方咋样，只管抡锨，猛扑而去，发出比兽叫还难听的声音。

很快，便打入对方群里。猛子抡锨猛拍，只将那锨头凸处，朝对方屁股大腿上拍。这招最管用，每拍击一次，就有人倒地惨叫。听得一人叫："这孙蛋，真拼命呀。"另一个叫："砍死人了，砍死人了。"猛子一惊，怕那锨头一侧，拍就变成砍了。要是不慎砍错地方，半个脑袋会应风而飞的，就不敢再胡乱抡锨，却铲起沙石，四下里乱打。没想到，这招更管用，那石子威力虽弱，沙子却直扑对方眼睛。有几人捂眼蹲身，口中连啐，发出伤骡子打喷嚏的声响。

白狗的桦条也猛极了，他跟孟八爷学过棍法，平时也没丢手。桦条一抡，便满沙洼的风声。好些人捂腿惨叫。北柱们却只是捡了石头，胡乱扔去，准头虽无，叫声也怪吓人的。

"滚！滚！"猛子们齐吼。

近前的沙娃被唬住了。他们虽想惹事，但对方这号拼命架势，谁也怵呢。胆小的一哄而散，胆大的也驻足了。一个叫："泼命哩，闹出人命，要吃铁大豆呀。"猛子听出对方的心虚，索性直了声吼："老子不想活了，谁来，要谁的命。"白狗也吼："打死了填井。"那群沙娃互相望望，都一脸惧色。

远远的，一人叫："你唬啥？老子们也是长毛出血的。捡石头，往死里砸。"猛子认出，他是双福安排的总管。一听总管吩咐，沙娃们又弯腰捡石头。猛子想不好，叫人家乱石头砸死，你连个家儿都认不下。才后退几步，乱石又呼啸着，密密飞来。

“快跑！”富强子叫。

猛子也顾不上面子了，想，先顾了脑袋再说。他撩腿就跑。石雨落在身后，砸起好多黄沙。猛子一跑，白狗也泄了气，捡起锅盖当盾牌。猛子顺手捡起锅来，刚举在头上，便听到几声震响。若不是锅替他挨了石头，脑浆怕已流出了。

瞅个空儿后瞧，见对方蝗虫似的扑来了。飞石也蝗虫般密麻麻飞来。猛子倒抽一口气，明白这较量，力量太悬殊。论钱势，论人势，他们都不是双福的对手，心虽不甘，却无可奈何。见北柱又朝窝铺方向跑，猛子忙叫：“别进窝铺。”富强子问：“去哪儿？”白狗接口道：“进村！进村！”

几人便往村口跑，边跑，北柱边叫：“鬼子进村了！鬼子进村了！”这怪叫，招来许多看热闹的婆娘。她们见本村人被追打，便发声示威。追者见有人接应对方，便住了足，只将那石子胡乱扔来。

虽挨了不少石头，但终于躲过了追杀。谁都吁了口气，却见那帮人又一窝蜂扑向窝子。猛子说：“操，他们要填井。”话音未落，窝子里果然响起沉闷的声音。那窝铺，也被拆得七零八落。沙娃们踩了那狼藉，边笑边欢呼。

一股血冲上猛子的头。他扔下铁锨，沮丧极了。却听得北柱说：“别怕。他填了，得给老子挖。走，找大头。”这一说，提醒众人，便涌向大头家。

4

大头出了面，各打五十大板，疼白挨，两家都白挨。狗咬狗，一嘴毛，活该。但填井不该，大头就叫双福把填了的井挖开，填了多少，挖出多少；弄坏的窝铺也赔，弄坏啥，赔啥。双福允诺了。这双福，自有了钱，人就变谦和了。他将自家的沙娃臭骂一顿，叫他们别再闹事，又安排了一个卷扬机，挖猛子们的窝子。

这时，猛子有些后悔自己的多事了。因为，跟自家窝子相邻的几个窝子都进了底，除一个骑了石驴，其余三个并不知底细，若是都骑了石驴，也好说，要骑大家一齐骑。但要是人家有一个没骑，直插下去，再朝自家窝子里拐个弯，自家井里的金子，就不做主了。原指望将那隔墙打通，占对方便宜。没想到，药狗不成，反丢了一块肉。北柱便老是怨他，他只是出横气，并不反驳，却朝那卷扬机和沙娃发火，脏话火枪似的外喷。

那卷扬机和随带的沙娃并不还口，手也不停，但猛子老觉得他们在磨洋工。那机器，时不时就熄火，一修就是半日。那沙娃舞个油手，忙出一头汗，见了猛子，就赔笑，反叫猛子过意不去，进度自然受了影响。猛子很着急。

相邻的对方窝子里已响起破石声，锤砸钢钎声炸得山响，一声声往心上迸。猛子更后悔，自己咋没想到破石呢？他时时跑到对方井口，问询破石进度。对方的每次失败，都成了他最大的安慰。

破石的间隙，双福派一人带个机器进了窝子。那机器发出怪叫。猛子听说过，说它会发出一种波，可透入地面五十米。根据电阻的不同，就能测出地下的金属。猛子认真地看那人的脸，想从中看出点讯息，但那脸一直木着，无嗔无怒，不悲不喜。猛子失望之余，不由大叹：这世界，已不是穷汉的了。有了钱，就成了千里眼顺风耳；没钱的，是瞎子聋子。

四下里，已见不到空地了，都叫双福的沙娃们包围了。他们打着口哨，或说或笑，时不时丢句难听的话，但猛子懒得在乎。他知道，自家折腾不起。双福填了十个窝子，也不过九牛一毛。他们的窝子，则是希望，是命，要是赔了，命就栽了很大的跟头。能不能再爬起来，难说得很。

他怀疑双福派来的沙娃磨洋工，就去找大头。大头喷着酒气，冲猛子喷起唾星：“行了行了。就这，还是老子拿偏刃子斧头砍的。那事儿，谁惹的？你要是不挖洞，人家的好手，会逗你这泡臭大粪？我要是双福，偏不挖。你说我填了井，我还说你打伤人呢。知道不？人家挨打的沙娃都进过城，去法医门诊部验了伤，还拍了照片。一打官司，你吃不了兜着走。你还拿烟熏人家，还放辣面子，那营生，是当年日本鬼子干的。几个沙娃说肺受了伤，都嚷着叫你赔呢。也就是我大头，看你们穷得夹不住屁，才当了压菜缸的石头。不然，你早蹲班房子了。你还胡吱吱啥？”说完，不由猛子辩解，一把将他推出，反锁了门。

猛子戗白了脸，倒惊出一身冷汗。那天大战，对方肯定有人皮肉受损，但自家也挨了石头。他解开上衣，见伤痕早没了。才挨石头时，有个青印。第二天，就成了黄印；第三天，就若有若无了。白狗们的伤也定然这样。没想到对方沙娃竟会叫法医做鉴定。猛子慌乱地回去，叫白狗们看伤。除富强子的小腿上还有个青疙瘩外，别的人，挨打处比没挨打处更泛出一份健康来。北柱说："他妈的。自家身子也不随心。那天，青紫青紫的，死疼死疼。正要个证据时，却背叛了老子。"都叹气。

扯一阵打官司可能出现的情况，谁都慌了，都后悔自家没去验伤。富强子说，那验伤，得花好多钱。这一说，谁都不吱声了。

事已至此，除了怨自己的榆木脑袋外，谁也放不出一个有价值的屁来，都阴了脸，时不时朝那开卷扬机的吼一声，叫他别磨洋工。那人仍是赔笑，但不管咋个"磨蹭"，那进度，却比人力强出了许多。猛子们也不好太逼人家，怕自己惹恼了对方，人家索性罢了工。都说，听天由命吧。口虽这样说，脸上却一副火烧火燎的模样，时时去破石的井口，打探对方进度，见那钢钎虽咬出火星，大石倒不见个缝儿，心才安了。

四下里已一片人海了。村里的男人都当了掌柜和沙娃，四乡里的人也涌了来。白虎关越显局促了，到处是井口，到处是窝子，到处是粪便，到处是垃圾。最惹眼的，是沿河而建的小屋们，上写"干洗按摩"之类，老见俏女娃背个黄包，出没于沙娃堆里，使得焦躁的白虎关滋润了许多。

好些楼直戳在大沙河岸，还有些楼正在出生。银行、信用社、商店们纷纷在白虎关落了户。凉州城里有啥，白虎关就有啥。据说，未来的沙湾很有开发潜力，金矿自不必说，还有沙漠旅游、文化旅游等诸多项目。白虎关稍东些，人们发现了一个唐营，是唐朝驻军的，后来叫沙埋了。幸好沙埋了，现在才有了一个保存完好的营盘。兵营、烽燧墩、运兵道、军火库都保存完好，极有价值。还有那个西夏的岩窟——就是叫金刚亥母洞的那个，更有价值，是佛经上有记载的圣地。因为地震，叫埋了千年。现在一开掘，嘿，绝对的稀罕。听说，有个南方女人想开发，要投多少千万。哎呀，小城镇一建，沙湾人就是城里人了。

因了那几栋大楼和相对整齐的店铺，这儿俨然有城的气象了。乡也不再叫乡，改叫镇了。你别小看这一个字的变化，前者是乡下，后者是城镇呀。听说，镇政府也打算迁到沙湾这儿。有个有远见的商家，正打算买一百亩地，准备建个市场。据说，比凉州市场还要大。乖乖，这下，沙湾人有好日子过了。

猛子虽也喜欢听这号新闻，但他更希望看到自家窝子里出金子。他明白，乡村也罢，城镇也罢，没钱不成。当个乡里人，没钱，还能凑合着过日子。真要是变成城镇人，你想撒尿，也得先掏几毛钱呢，不然，憋死你个驴撵的。再说，凉州城里人都活得恓惶，下岗的垒成堆了。除了国家公职人员，一般市民，活得也孽障。就是自家真变成城镇人，没了钱，照样跟鬼一样。天上掉馅饼的事，八辈子还没遇过呢。

5

憋了几日，猛子就想转一转，散散心。眼不见心不烦，他就安顿白狗盯着点，自己顺那窝铺间的小道，去闲转。一路上，已找不到当初的迹象了。大沙河已被翻了个个儿，白虎关像个磁铁，把许多铁砂似的人、窝子、建筑都吸成了一攒。好些在前些时看不上眼的地方也搭起了井架，插上了红旗。大沙河上空便有了一片耀目的红，漠风吹来，红旗哗啦啦怪叫。都说红色吉祥，辟邪，但猛子还是觉出那红的海洋过于扎眼了。说不清为啥，只是感觉而已。

走出自己的窝子，猛子才发现，白虎关的变化，真是大得邪乎，有种天翻地覆的味道，竟有那么多建筑冒出了地面，还有更多的正在冒。一种浮躁的喧嚣到处流溢，乡村曾有的宁静和祥和没了。他想，这世界疯了。

踏上河岸，虽远离了卷扬机和沙娃的嘈杂，却陷入另一种声音的包围。一个个陌生的女孩围了来，招呼他进屋。怪，这狼都不拉屎的沙旮旯里，竟涌来这么多靓丽女娃。猛子知道她们是冲金子来的。可是他没金子，也不知自己将来有没有金子。先前，猛子觉得勾引女人是件很麻烦的事，现在看来容易多了。你只要有钱，谁都愿意为你解裤带的。

一阵潮热涌上心来，连着忙了许多天，心里充满了杂音。那扑面而来的女人声很清凉。他瞅着那一张张热情的脸，咽口唾沫。他发现那个叫菊儿的女孩也在里面，就悄悄问："多少钱？"菊儿说："干洗十块。"说着，她压低声音："打炮一百。"猛子吃惊了。他慌乱地四下里望望，见除了女的望他外，男人们都各忙各的。这世界，并不在乎他的存在。又听菊儿说："最低八十。不能再低了。"菊儿的声音也变了，变得很水了。她穿着黑裙，露着肉肉的胳膊，胸前那两团颤晃晃的东西一下勾起了猛子的渴。洗个头吧，脏死了。他大声说，但连他自己也听出了那大声背后的心虚。

洗头屋不大，外屋有两个椅子，猛子表白自己似的，一进屋，就坐在椅上。这时，他有点后悔，袋里虽有些钱，但那是井上公用的。他怕叫人偷了抢了，老觉得那里屋藏着彪形大汉，派出所的黄衣们也阴阴地瞅着他，都虎视眈眈呢。听说这号事，一旦逮住，就要罚五千块。那是个叫人头皮发麻的数字。

菊儿看出了他的心事，说："别怕，我们给他们交钱呢，不查。"又说："一会儿的事。"猛子想，一会儿就八十呀？他想找个脱身的理由，但菊儿那身肉却黏住了他的目光。"包管叫你玩好，玩舒服。"菊儿说，"还吹箫呢。"见猛子不懂，菊儿噘起嘴唇，吁了一声。

猛子很想走，可身子却不听话，手也叛变了他，竟揽了菊儿。他想到了月儿得的病，觉得很委屈。他想，谁叫你先那样呢。一想月儿可能也当过菊儿，他有些生气了。他很想报复她。

猛子一把揽过菊儿，想亲嘴，菊儿却扭过头去。她解释道："下巴刚动了手术。"她伸出手说："先办手续。"猛子知道她要钱，掏出钱，数几张给她。菊儿装了钱，向门口说："看着点。"门口女孩应了一声。她带他进了里屋。里屋，有两张窄窄的小床。

菊儿很利索地脱下裙子，只剩下腹部系着的一绺黑布。猛子不明白，她系那黑布做啥？却不想问，因为，一个声音开始狠劲地撞大脑，渴也向口腔啸卷。"脱呀。"菊儿说。因为紧张，他的身子哆嗦着。他很想气势汹汹地把她扔上床，可那该气势的东西，却静静地睡着。

菊儿肥硕的奶子一下下晃，这是最刺激猛子的地方。他握了奶子，一下下揉，菊儿发出呻吟。这呻吟，淹去了恐惧。狂潮气势汹汹扑了来。菊儿立起身，躺在床上。

猛子很想亲菊儿的嘴，可菊儿总是扭过头。她定然是怕他弄坏那画好的嘴唇，或是嫌他的嘴臭。他有些委屈。他想，还是月儿好，月儿亲他时，很投入的。这一想，月儿一下子浮上心来。他觉得有些对不起月儿。不管咋说，人家正在病中，虽然那病总叫他不舒服，但啥病也是病。他想，我真不是人。他狠狠地扇了自己一个耳光。

“脱呀！”菊儿催他。

猛子晃晃脑袋，闭了眼，心头竟涌出一股热热的东西。他念叨，月儿，我不做对不起你的事。他一甩袖子，出了门，觉得那明晃晃的太阳很虚。虽很可惜那几张票子，他还是觉得自己做得对。

折回井上，卷扬机仍在轰叫，白狗却懒洋洋瞅隔壁的井。那大牛，破开了没？猛子问。破个屌，那石头比铁还硬。对方的沙娃接口道。

忙碌了几日，又见底了。那大石横在井底，嘲弄地看猛子们。猛子弄了钢钎铁锤，开始破石。刺耳的铁器相撞声整天响着，涨满脑袋。这时，猛子们才发现那石很脆，砸不了几下，就砸裂了一块。他们很兴奋。虽是不大的一块，但能弄碎一块，就能弄碎百块。咬定一处，直咬下去，就能钻个窟窿。猛子和白狗各领一班人，昼夜不停，老鼠啃铁一样，在大石上咬窟窿。终于有一天，一锤下去，竟出现一个大洞。一股潮湿之气，扑面而来。

凿通了！大伙儿欢呼起来。

抡了锤，一下下砸去，洞越来越大。待得能进个人时，猛子抢过手电，腰上拴绳，顺洞下去。他吃惊地发现，那洞很大，水声滴答着，显得很空旷。脚下是石灰岩，形似马牙，也叫马牙石。听说，金子就是在马牙石上长的。一股水箭，向前激射，水却流入缝隙里去了。

猛子的脑袋倏地大了，那含金的沙层哪儿去了？

第　三　十　章

老蜘蛛摆下的八卦阵，打灯蛾落在了火炕。

1

下雨了，盐池上给捡沙根的放了假。莹儿想出去走走。几个民工来叫兰兰给他们缝腿上的血口子。因为见怪不怪，兰兰也敢下手了。莹儿嫌屋里聒噪，就出了屋子。

来盐池虽有些日子了，但因为捡沙根固定在盐坨上，她也没机会到处走走。现在天帮了忙，她也想散散心，就信步出了屋子，去看盐池。

民工是按劳取酬，捞出的盐多，挣得就多，好些民工仍冒雨上班。有几人正揭盐盖巴。前面说过，那盖巴，就是履在盐池上的地壳表皮，很硬。先得用炸药炸开最硬的那层，用钻揭了稍软的盖巴，再弄去沙盐相混的那层，才可以看到浸在卤水中的老盐。

揭盖巴的民工们抡着钻。那钻头，呈三角形。钻杆有四棱，长约一米，再按个一米长短的木把。听三三说，钻有四十多斤。民工们举了钻，用力下戳，待得钻咬进盖巴，再用力一橇，就会撬下一大块盖巴来。因为盖巴硬度好，相对规则些的，就用来砌墙盖房了。那些不规则的，就成了沙漠里铺路的上好材料。

忽然，一个民工远远地喊，哎——，给你个盐根。

莹儿以为他喊别人呢，待他喊了好几声，才确定他在喊自己。她以为他说的盐根，其实就是沙根，心想，我天天捡它，还用你给我？却见那人捧一团晶亮。粗一瞧，竟跟她捡的沙根大异，就走过去。那民工眉清目秀，朝莹儿一笑，将手中的晶亮递给她。莹儿一看，眼睛一亮。这东西，真是太美了。它是由一块块大盐粒黏凝成的，晶莹剔透，形若雕塑。莹儿很喜欢它，就道了谢。那人灿然一笑，说谢我干啥？要谢，谢盐池才对，那是它造的。

莹儿发现，那民工脸上有很熟悉的东西。她想呀想呀，才明白灵官脸上也有它。那就是书生气。她不由得多看了他两眼，问，你念过书吗？那人还没开口，另一人已帮他答了："人家宝子，是高材生呢。考上大学了，可家里没钱供。"莹儿见宝子阴了脸，怕惹他难受，就转过身看盐池。

那盐池，很像村里的麦田，一长条一长条的。因为要站在池外捞盐，盐池不宽，约两米左右，但那长度则可随心掘采，多长达百米。池中绿绿的卤水，曾蜇疼过她的眼睛。捞了老盐后，卤水里还能生出新盐的。

宝子又开始工作，他将推板放入盐池，将老盐推拉着鼓捣几次，盐上的沙就没了；又持着一丈多长的铁勺开始捞盐。他先是舀了满满一勺，垫在腿上，撬了几撬，勺却只是晃了晃。他只好把勺里的盐倒去了些。虽只剩多半勺了，仍显得很吃力。捞不了几勺，他就气喘吁吁了。莹儿想，照他那样儿，挣不了多少钱。又想，也许，过上几年，他就能像大牛那样干活了。但那时，他是不是还有书生气？会不会变得像大牛那样粗俗？

想来大牛常注意莹儿。她才到这儿，他便追来了。见莹儿望宝子，他也阴阴地望。望一阵，他叫："哟，哪有这样干活的？瘦狗努屎似的。瞧我的。"他一把从宝子手里夺过勺来，瞬息间，已捞出十多勺。那阵势，真如风卷残云。莹儿虽厌恶他，却也佩服他的大力。

大牛又捞了几勺，才盛气凌人地望宝子。宝子不服气地说，等锻炼一年，我也跟你一样。大牛大笑，说，跟我一样？下辈子吧。老子是天生神力。说着，他一把抓过宝子，一较劲，竟单臂将他举过头顶。大牛说，你闭上眼睛。说着，将宝子抛进盐池。

莹儿朝大牛斥一声，你咋能这样?

话音未落，宝子已咕咚一下，翻上水面。民工们大笑。原来，卤水的比重比人体大。人一掉入，立马就会上翻。

宝子突突地啐着，爬上岸来。

莹儿见他并没危险，放下了心。她知道，要是再待下去，大牛不定还会卖弄出啥出格的事来。就离他们远了些，找个地方坐了，欣赏那盐根。盐根的那份晶莹，渐渐渗进了心。

雨不很大，比牛毛雨稍大些。雨丝进了盐池，发出沙沙声。她渐渐融入那份韵致里了。许久了，心总是为尘事所扰，心浮气躁，劳碌奔波，难有个宁静机会。这会儿真好，那深绿的池水，那清凉的雨丝，那雨中若有若无荡漾远去的沙浪，还有被雨丝朦胧了的世界，都进心了。她发现，当她面对人事时，总是有千般的无奈和烦恼，人间的纷扰总会将她的心搅得一塌糊涂。当她单纯地面对大自然时，大自然就会赐给她一份宁静、一抹淡然、一种超然物外的空灵。

隐隐地，雨里传来不同寻常的声音，很像春天乍到冰面融解时发出的那种。她有些害怕了。怕那绿澄澄的卤水里，会突然爬出个怪物，将她拽下水去。但一想，她就笑自己了。说真的，经了几次磨难，她已看淡了好些东西。

凝神一阵，那声音渐渐大了。瞅那声音起处，竟发现有冰块破碎的迹象了。她想，那些盐，会不会先是结晶成一面镜子，再碎成晶莹的盐粒?一定是的。记得三三说，卤水中的含盐量，过浓过淡，都不产盐的。只有在某个范围，盐才会结晶的。

她想，一定是雨水使卤水里的含盐量发生了变化。一定是的。

想了一阵，她也懒得去追问那结晶的理由。她只管用眼睛瞅了水面，看那似有似无的盐块的断裂，听那时隐时现的破碎声，渐渐忘了身在何处。

还好，大牛也没来骚扰她。莹儿就坐在细雨里，直到兰兰喊她吃饭的声音传了过来。

2

吃过饭，莹儿仍留恋盐池边的宁静，想拽了兰兰去。正要出门，三三带来个女人，人称她吴姐。所有捡沙根的，都由吴姐管。每天，都由她盘莹儿们捡到的沙根。她待莹儿很好，每次盘桶数时，桶子装得都不很满。这样，次数多了，她记在本上的沙根桶数，就会比实际捡的多出几桶。莹儿很感激她。虽然那多了的，充其量不过是几块钱，但人家跟你无亲无故，能这样待你，你能不感恩吗？

吴姐叫兰兰和三三先出去一下，说她想跟莹儿喧个谎儿。兰兰们就出去了。吴姐四下里瞧瞧，说，哟，我还不知道，你过得这么苦焦。真该怪我。以后你缺啥，就给我说。大姐的，也就是你的。

莹儿明白她定然有事，不然也不会冒雨前来的，但她也不好先问。

吴姐又胡乱说些废话，终于谈出正事儿了。她问，你瞧，我们的头儿咋样？莹儿问你指哪个头儿？吴姐笑道，就是你们骂“老死娃子”的那个。莹儿虽没骂过，但还是不好意思了。莹儿说，挺好的。瞧，这毛毯，就是借他的。

吴姐感叹道，要说，头儿真是个热心人，哪个民工没受过他的恩惠呢？都叫他“及时雨”呢。莹儿没听过谁叫他“及时雨”，但还是默认了。

吴姐又说，你可能没听说过，他的老婆没了。

莹儿似乎明白她要说啥话了，心怦怦直跳。

吴姐果然说出了那话。她说，人家心里，可有你了。

又说，他观察了你好些天，发现你不错。

又说，他见了好些女人，你最合他的意了。

又说，你只要一点头，就能吃香的，喝辣的，再也不用受苦了。

又说，想填那缺儿的女人能拉一驼车呢。你要是愿意，他立马就能跟你结婚。

还说了好些话。

莹儿沉默一阵，她在想些合适的理由，既不要伤别人，又能拒绝她。想呀想，却也没个好理由，就想，还是实说了吧，就说：事倒是个好事，可惜我没那个福分。我也有我的心上人呢。

吴姐噢一声，他在哪儿？

在省城干事。

莹儿虽然不知道灵官究竟在哪儿，却神使鬼差地说出了“省城”。她有意没说他打工，只说“干事”。那“干事”，看你咋理解了。当省长也是干事，洗盘子也是干事。至于究竟干啥事，叫她自个儿猜去。

这下，吴姐不好说啥了，又胡乱说一阵话，叫她再好好想想，就走了。

三三一进来，就一改过去的冰冷模样。原来，她在窗外偷听呢。她说，你咋不答应？人家，可真是金饽饽呢。有多少女人梦想着填那窝儿呢。你要是不放心，先跟他领结婚证呀。你不听，人家愿意立马结呢。这样的好事，你咋不答应？又说，你是不是嫌他老气？其实，他岁数也不大，这儿风沙大，皮肤当然比城里人黑。

兰兰没说啥。

莹儿约她出去走走。两人打着三三的伞，又到了莹儿上午待的地方。雨还是那么大。人说“早雨不多，一天啰唆”。真是的。那雨，虽能湿了人的衣裳，却也为世界添了好些韵致。兰兰说，要说那事儿，也是个好事儿。人嘛，想那么远干啥？再说，你想人家，人家还不定在做啥呢。按说，我不该说这号话，可你想过没？好些事，是由不了你的。

莹儿明白兰兰说啥。心一下子灰了，她眯了眼，望望远处。雨里的民工没了。盐池很静，只有雨丝落在伞上的声音，偶尔，还隐隐能听到盐层断裂声。

莹儿叹道，我给你讲个事儿。小时候，爹给我买过个玉佩儿，我很喜欢。一天，哥在上面吐了一口唾沫，他是有意气我的。他知道我有洁癖。我嫌它脏，就摔碎了它。明白不？……我明明知道，人活在世上，有时得委屈自己，随顺一些人和事，可我没办法。人不过是几十年的物件，为啥不干净些活呢？有些东西，你一脏了，是洗也洗不尽的。对不？

兰兰长长地叹口气。

莹儿说，你心里，不是也有不能玷污的东西吗？我心里也有。要是没那东西了，就没意思活了。

又说，我不想为了一点好吃好喝和好穿，扔了我活着的理由。

又说，为了那个活的理由，我可以不活。

兰兰说，瞧你，胡说啥？但还是明白，莹儿真是铁心了。

3

由于三三的宣传，盐池上的人都知道头儿的心了。头儿显得很没面子。男人们都这样，面子比啥都重要。于是，找莹儿的人多了，都说吴姐说过的话。想叫莹儿答应的理由也越来越多，但无论啥理由，一跟莹儿活着的理由一碰，就粉碎了。莹儿也不说啥，她只是沉默。不料，那沉默反倒增加了她在头儿心中的分量。有人说，头儿说了，不将她弄到手，这辈子，就白活了。

因为话已挑明，头儿的攻势猛起来。他开始打发吴姐往莹儿房里送菜。盐池上，没比菜更诱人的东西了。大约一个星期，城里才会来一辆拉菜的车。为了买菜，盐池职工的家属成了专职的买菜人。菜车来的那天，她们都早早地排了队。民工也会派专人去买些很便宜的菜，但多便宜的菜，一进了沙窝，就至少贵好几倍了。莹儿当然是很想吃菜的。她的手心里老是起皮，人说那是不吃菜的原因。

头儿的司机朋友多，每次来拉盐，他们都会给他带几纤维袋菜。头儿就叫吴姐送一些给莹儿。莹儿说不要，吴姐还是把菜放在地上。对那菜，莹儿是不叫兰兰碰的。那菜开始还脆绿，一天过后，就黄了萎了。三三急得大叫，你这是糟蹋呀。她就将那些快要烂的菜淘洗了，自个儿炒吃了。莹儿也懒得去管。

吴姐老送菜来，莹儿也老说不要。她也不多说话。也许头儿有冷藏的冰柜，吴姐每次带来的，都是新鲜的。吴姐一走，三三就径自淘洗了。她说，反正莹儿是不吃的，与其糟蹋了，不如她吃了。渐渐的，民工也知道了这事，吴姐送来菜后，才出门，他们便一窝蜂拥了来，将菜分了。

莹儿不吃头儿送的菜的消息很快就传遍了盐池，都说，这女人有志气，那可是脆生生绿盈盈的新鲜菜呀。连头儿她都这样拒绝，那大牛，怕是连根毛也没摸着吧？大牛卖弄出的好些闲话，民工们都不信了。传来传去，莹儿就被神化了。

但大牛却错解了莹儿的心，他以为，莹儿之所以那样待头儿，是因为钟情于他。他被这一臆想感动得热血沸腾。好几次，看到莹儿独处时，他就瞅个空儿前来，说，你这样待我，我也会真心待你的。又说，你等着，我会做给你看。弄得莹儿莫名其妙，她弄不清自己咋“待”了他。

大牛总认为，莹儿肯定崇拜他的力气。他忘不了自己风卷残云般捞盐时，莹儿看他的那一眼。那一眼充满了惊奇，大牛却当成了爱慕。昼里梦里，他都思谋那一眼，并衍化出更多的眼神来。浸淫于那些眼神里的他一天天陶醉着自己，干活也格外有劲了，某日竟捞出了十一吨盐。

陶醉于自己的世界里的人，总能臆造出许多别人爱慕他的理由。大牛想，莹儿没有不爱他的理由。他力大，有一身腱子肉，人长得也精神，挣的钱也多。只有在挣钱上，他不如头儿。但他想，头儿那钱，是黑钱，来路不正的。不定哪一天，雪一化，尸身子一出来，钱也就叫公家没收了。而他的钱是血汗钱，说到天上也是他的。而且，他听说，女人都喜欢强壮男人。头儿早过了强壮期，哪有他大牛有“力量”。

大牛老是哼一种快乐的小调，听那曲子，很像是《我们的生活充满阳光》，但因走调太多，变成另一曲了。那歌很老了，似乎是个电影插曲。民工房里有个小琴，就是一手弹拨一手按键的那种。还有一本破书，那歌就在破书里睡着。一天，宝子闲极无聊，弄醒了它。开始，它只是呻吟咿呀。几天后，它就活了，随了那琴声到处乱窜。耳濡目染，大牛也就会哼了。他无论走路，还是劳动，都哼那曲子。

都说，瞧，大牛得花痴病了。

4

吴姐又来了。这回没带菜，只说，那两个捡沙根的又来了，叫莹儿们换个活儿。莹儿笑笑，说成哩，干啥也成。要是没活儿，她们回家也成。吴姐笑了，你想到哪儿去了？其实，那活儿比捡沙根干净，虽是个力气活，可没有卤水啥的。兰兰说成哩，干啥也成。

新派的活是压沙。风老是将沙丘吹得四下里乱走。它要是进了哪个盐池，哪个盐池就死了。

压沙的方法有多种，一是抬土上沙丘，在沙上造些土棱儿；二是将麦草们压进沙里，织成网状。因盐池上缺麦草，多用土压沙。场里对土棱定了要求，多宽多高，每米付多少钱。……但无论哪种方法，效果都是暂时的。等流沙将人工织的屏障埋了后，沙丘就又活了。所以，压沙成了盐池上常年干的事。

一到干活现场，莹儿就发现，压沙比捡沙根苦多了。你得在毒日头下干活。沙丘上无遮无拦，日头爷就尽情发威。这倒不算啥，最苦的是抬土。两人抬个帆布抬杆，装上土，一摇一晃，挪上沙丘。在沙丘上走路，前行一步，便后陷半步，空身子都嫌吃力，何况抬上重物。

每次抬土上沙丘，莹儿就觉得抬杠在咬手，那挤压，直往骨头里钻。土的重量也变成了拽力，老想将她拽下沙丘。脚陷入沙中，沙钻进鞋里，跟脚亲热不已，才行了几步，就狼狈不堪了。她咬了牙，较劲儿似的屏了息，才将一兜土抬上沙丘。她扔下抬杆，萎在地上。她发现女人们在望她，也懒得管那些嘲笑的眼神，只管喘气。兰兰擦擦头上的汗，说，先试着干一天。你要是熬不下来，我们就给他们下个话，结了账，回家算了。

莹儿说，回家又能咋样？你瞧，那么多女人不也干吗？她们能，我们为啥不能？

咬紧牙，两人又抬了几兜，莹儿发现手腿都成了别人的。汗除了从毛孔里淌，还从眼窝里外涌，真“手心里起皮，眼窝里淌汗”了。最难受的是腿，每一挪动，腿肚里就有刀子割。她怀疑韧带受伤了，但看了几次疼处，倒也不见有啥淤青。

两人干到中午，汗流了不少，那土棱儿却没多长。莹儿粗粗地算了算，照这样子，她们挣不了多少钱。

因为压沙处离宿舍有段距离，两人不打算回去了。她们来时带了水和馍馍。本打算将午休的时间也用来压沙，不想，稍稍一休息，却谁也不想动了。望望别人的成绩，她们暗暗惭愧。

正相顾苦笑呢，大牛带着宝子来找她们。一见她们，大牛大呼小叫地扑上沙丘。兰兰亲热地打个招呼。莹儿也含笑示意一下。这下，大牛受宠若惊了。他跟宝子抬兜运土，不一会，那隆起的土棱儿，竟比她们一上午干的还多。

大牛说，你们真傻。你瞧，人家咋干的？他过去，将别人的土棱儿一刨开，莹儿才发现那奥妙了。原来，别人先将沙弄成棱儿，再在上面盖些土。这样，一兜土，就能造好长的一截棱儿。兰兰说，照这样子，风吹了土，不跟没压一样吗？大牛说，谁管得了千秋万代呀？都猫儿盖屎地干，你不那样，能挣个屌毛呀？兰兰问，场里不管吗？大牛说，事在人为。大不了，给验工的人送条烟，人家睁一眼闭一眼，也就过了。

兰兰说，那号骗人的事，我们也做不来。要是想挣昧心钱，还用到沙窝里来吗？

兰兰这话，说到莹儿心里了。

大牛们吃劲干了一阵，累了个满头大汗。到了上工时间，大牛对莹儿说，我去给头儿说说，最好还叫你干轻省些的。这活儿，累死驴呢。

休息一阵，两人又开始抬土。莹儿有些身不由己。好几次，好容易到沙丘的半腰，却一下子萎倒了，土当然全倒了。兰兰也累得前仰后合，直喘粗气。都筋疲力尽了，但都不想干那投机勾当。

兰兰说，以前有个善人，上了三年香，心很虔诚，菩萨化成一个卖盐人，前来试他。那人拿出做过手脚的秤，多弄了半斤盐。菩萨笑道，上了三年香，不抵半斤盐。兰兰说，那人三年的功德，叫他骗去的半斤盐折消了。她说，修行主要是修心。莹儿却说，功德不功德，我倒不在乎。我只是做不出那事，穷了穷些过，我们又不是只值那几个钱。两人仍是实打实地按要求压沙，虽累成一堆泥了，却没干出多少成绩。粗粗地算算，要不算大牛们帮的那些，两人压一天沙挣的钱，还不如捡半天沙根呢。

5

大牛出事了。

黄昏时分，两人回到住处，听三三说，大牛打了头儿。事情很简单，大牛以为自己跟头儿私交很好，想说个情，叫莹儿们继续捡沙根。他忘了，无论他多有力气，其实质还是个打工的。那“交情”二字，用在身份相若的人之间才适合。于是，头儿眯了眼望大牛。三三说，那“老死娃子”，早就气恨大牛了。一个民工，竟想跟他争女人。人家正想找他的茬儿呢，大牛自个儿碰枪口上了。头儿眯了眼，望大牛，许久才说，谁的裤裆烂了，露出你来了？你以为你是谁？大牛便放恼了。

听宝子说，那大牛，也生头儿的气呢。莹儿记起，大牛说过：“你等着，我会做给你看。”宝子说，大牛早想打头儿了。上回，头儿一提亲，大牛就咬牙切齿地说，也不撒泡尿照照，一头老驴了，还想啃嫩苜蓿？还说了好些话，有些想讨好头儿的民工，就将话转达给头儿了。头儿就将大牛说成老屌。大牛就恼了。

恼了的大牛也是大牛，他只要灰头土脸地出来，也就没事了。头儿天生是骂人的，你叫他骂几句，也没啥。可大牛答应了莹儿，要给她换个轻省些的活。他不能说白话放白屁的。他一条长毛出血有骨头有脑髓的汉子，咋能失信于女人？他想努力说出自己该说的话。以前，每次头儿喝醉酒，都由他背回屋子，头儿总叫他兄弟。头儿还打发大牛干一些不便使唤盐池正式职工的营生——那些人的贼眼也盯着头儿的位子呢。大牛便知道了头儿的好些秘密。但大牛义气，只是在某次醉酒后给照顾他的三三说过一些。大牛边说，边牛吼般哭，说他妈的世道真不公，人家稍稍使个手脚，就能扫树叶子一样捞钱，自己拼了老命，才能挣个养命的光阴。

知道了头儿底细的大牛便开始给好些人说情。大牛就这样挣足了面子。

但这回，他一提莹儿，头儿就铁青了脸，叫他出去。要是头儿只吼“出去”，大牛也会出去的，头儿不该动手推他。头儿一推，两推，大牛的手就不听话了，就也回推了头儿一下。三三说，你想，大牛的劲多大，头儿一下撞向办公桌，差点砸倒桌子。

三三说，要是仅仅砸倒桌子，也没啥。头儿不该抡起椅子，头儿一抡椅子，他的身份就变了。他就从头儿变成了想跟大牛打架的人。大牛不想打架，可他的手想打架。大牛一抡胳膊，椅子就散架了。然后，大牛的拳头就撞向头儿，磕飞了两只门牙。

这下，大牛犯法了。据说，打落牙齿虽不是多大的事，可也算是伤害，不知是轻伤还是轻微伤，总之是伤害了。盐池派出所的警察去逮大牛，大牛跑进了沙窝。

三三说，大牛完了。只那么一拳，他的命就变了。场里扣了他的当月工资，说是要支付药费。三三说，钱倒是小事，最大的损失是场里不会再要他了。要是叫警察逮住，牢是坐定了。加上他的逃，性质更严重，谁知道得坐几年牢哩？

民工们都说，女人真是祸水。

6

莹儿很难受。不管咋说，大牛是因她们出的事。要不是给她们说情，人家的劳动模范不照样当？听说，大牛给盐池挣足了面子，每次省上来人参观，都要到大牛干活的现场去。要不是莹儿，头儿肯定会卖他面子的。可是，两个公狮子都会为母狮子拼个死活呢，何况两个长毛出血的男人。再说，头儿又不想打天下，何必要舍了面子收买人心呢？

兰兰也拧眉不语。三三将那事说得很严重。姑嫂俩的心很沉重。要是没警察掺和，倒也没啥。村里人打架，打下鼻血，打落牙齿的，多得海呀。谁又管啥伤害不伤害呢？可大盖帽一掺和，事情就麻烦了。听说凉州的大盖帽很厉害，连好人也能弄成杀人犯。一想大盖帽正在追捕大牛，兰兰的心就砸芨芨似的噔噔。

夜已经很黑了，三个女人各怀心事，都没入睡。油灯儿恍惚着，摇曳出许多诡秘和莫测。屋外的风叫着。一入夜，多是这样。听说，安西是世界风库，一年一场风，从春刮到冬。因为少有树木的阻挡，那风库里的风直溜溜就能吹到这儿，弄出许多鬼鬼的声音。那声音里，有各种怪模怪样的鬼脸，它们散披着头发，噘着口唇，随意吹奏出一曲曲叫人毛骨悚然的调子。莹儿分明看到了它们风中翻飞的长发。那长发，时如马尾披风，时如疯蛇乱舞。

三三叹道，那大牛，好好儿的，撒啥野？他还供妹妹上大学呢。他一出事，喀噌噌的，天就塌了。

兰兰和莹儿也只是叹气。

忽听有人敲门，那声音很小心，在风中显得隐隐约约，但三人还互相望了一眼。谁？三三问。

那人不语，只是敲。

三三说，不说名字，那你就走吧。再敲，我可要叫人了。深更半夜的。

门外传来一声：三三。

三三叫一声，扑下地去。一眨眼，她已抽开插销。

大牛进来了。

莹儿的头一下大了。警察正逮他呢，他竟敢送上门来？

大牛一身的灰。他先是找个碗，舀碗水，灌了一气，才抿抿嘴，对莹儿说，这儿，我待不得了。你跟我上新疆吧！

莹儿不知如何回答。

大牛又说，新疆大得很。我又没杀人，他们不会死追的。这儿待不得了。你知道，那“老死娃子”嗔恨心重得很，就算警察不逮我，他手下，我也活不出人了。……你跟我走，我会一辈子待你好。真的。

三三望着莹儿，一脸的羡慕。她似乎很生气莹儿的不识抬举。

莹儿苦笑一下，望望兰兰。兰兰明白那一望的意思，就对大牛说，你不知道，人家有心上人哩。人家的心早给人了。大牛脸灰了，说，既然你有了人，咋那样对我好？

莹儿摇摇头。她很想说，我咋对你好了？我啥话也没对你说，啥事也没对你做？那“好”，从哪里说起？但又想，这样一说，会叫他很没面子的。

兰兰也替她说了，她没对你咋呀？人家天生就那样，谁见了也喜欢她。你呀，想哪里去了？

大牛木了脸，待一阵，又说，你喜欢谁我不管，反正我喜欢你。我就是死，也要将你搞到手。

那个“搞”字，听来很是扎耳。莹儿沉了脸。她想说，你把我当成啥了？

兰兰说，啥话？强扭的瓜不甜。你瞧，三三待你多好。

三三一听，灿烂了脸，望大牛。

大牛却拧了眉头，一语不发。半晌，他说，叫我想一想。要是我想不通，还会来找你的。

静一阵，大牛却抽泣起来。他用手一抹，抹下一把泪来。谁也想不到，这牛一样的汉子，竟会女娃般抽泣。看得出，那事儿对他的打击很大。抹了一阵泪，大牛苦了脸说，我完了，我的一切都完了。要是叫人家逮去，非打死我不可。你不知道，那些黑心贼，往死里整人呢。头儿的儿子就当警察。再说，就算能过了警察那一关，也会叫犯人打死的。你不知道，最坏的是那些犯人，他们整人的法儿多，有六十四道菜呢。每道菜，都是要命的。你看那“坏腰子”……对，就是缝麻袋的那个，他的两个肾，就是叫犯人用肘子砸坏的。

大牛牙缝里抽一阵气，木一阵，又说，就算我能活着出来。人家也不要我了。……你叫我咋有脸面回家？爹妈把我当摇钱树呢，妹子也靠我供呢。……真不敢往深里想，一想，就觉得没意思活了。

兰兰说，一个大男人，咋说这号话？又不是个掉脑袋的事，这儿干不成了，到别处去。

大牛说，你站着说话腰不疼。这年头……不过，我认命了。算命的说，我今年有个铁门槛。我躲呀躲呀，也没躲过去。……我也不是怕挨打，我是怕丢人。你知道，我们那儿，只要你进过局子，身子就染黑了。你咋洗，也是洗不白的。

莹儿说，你该去向头儿认个错。说不定，他会原谅你的。

大牛说，不会的，我知道头儿的性子。你好我好时，他也好。要是稍稍抹了他的性子，他会恨你一辈子的。这回，他的脸丢大了，能饶了我？再说，他的事，我知道得太多了，他早想撵我了。

说完，大牛阴了脸，对三三说，我给你说的那事，可别乱说。要是叫人知道了，你也该掉脑袋了。他长叹一口气。

三三说，你索性将那事儿抖搂出来，反倒安全些。

大牛说，那事儿，一扯，会扯出一大串来。我也正想咋办呢。又对莹儿说，……你也好好想想，新疆真是个好地方。

莹儿想，再不能给他添幻想了，就说，我是死也不会跟你的。这事上，我是铁了心的。你别逼我。

大牛叹道，真羡慕那些山大王。我要是能当了山大王，就抢你做压寨夫人。

说着，他取下莹儿们挂在墙上的皮水囊——兰兰用细麻绳扎了那个口子——灌满水，拿了几个馍馍。出门前，他狠狠地望一眼莹儿，惨然一笑。

7

次日晨，莹儿去找头儿。她想给大牛求个情。她想，人心都是肉长的，三句好话暖人心哩。她想，只要能帮大牛，她就多说几句好话。

头儿缺了门牙，老气了许多。莹儿明白，门牙不是啥大事，今个缺了，明个补个金牙，会更牛气的。头儿最在乎面子，叫民工揍一顿，很丢人的。

他的对手也会拿这事做文章。头儿的级别不高，可是个肥缺。那大自然的盐，出多少又没个定数，跟橡皮筋一样能伸能缩。伸缩之间，财就滚滚而来了。

民工们都这么说。

莹儿望着头儿。她第一次这样望他。她发现她无论望啥人，都发现对方有种陌生的怪模怪样，只有灵官例外。……头儿也一样的怪模怪样，而且是那种叫她不能接受的怪模怪样。她怀疑这是一种毛病，但没治。

莹儿垂下眼睑，对头儿说，我给大牛求个情。

头儿干脆地说，成哩。

莹儿原以为他会说些理由拒绝的，就吃惊地望他。

成哩。头儿用亮亮的眼睛望着她。解铃还得系铃人。人家给你说情，你也给人家说情。这叫一报还一报。

谢谢。莹儿说。

头儿说，不过，那事儿，你可要成。

啥事儿？

再是啥事儿？

头儿用亮亮的眼望她，说，也许，我心急了些。你瞧，这样成不？你要是不了解我，我们先不结婚。先试一段日子，成了，再结。或者，不结也成。

莹儿一听那“试”，一阵反胃。她当然明白那“试”的含意。她觉得一只手扼住了咽喉，她有些喘不过气来了。她吃力地说，不成。那事儿不成。

头儿离开办公桌，向她移来。莹儿怕他动粗，就后退到门口。她一脚在里，一脚在外，她想，他要是动粗。她就手扳门框大叫。

头儿看出了她的心思，笑了笑，说，那我只好叫法律办了。你想，有那么多民工，你也打，我也打，我有多少牙叫人家打？

莹儿觉得头里有面钵在敲。她吃力地说，我也是尽心而已。只是……你也别逼人家太凶，给人家一条活路，别逼人太盛。

头儿大笑。莹儿觉得有种很强的波向脑中卷来。她甚至怕自己会晕倒，就赶紧退出门来。她看到有好些民工在望她。他们也定然知道莹儿来干啥，她觉得有些对不住他们。她想，我真没用。

她往自己的住处走。那段路虽不长，但莹儿觉得走了很久。脑中的钵仍在起劲地敲。她想，我也是尽心而已。

她有些恶心男人了。他们咋都这样?

8

次日清晨，忽听有人喊，快来呀，出人命了。

莹儿跟兰兰出了门，见一大堆人正围个池子嚷嚷。三三失态地扑了去。很快，她发出一阵吓人的哭声。宝子也呜呜地哭。

大牛的尸体飘在卤水中，看不出有伤。深绿的卤水衬着他空洞洞的眼睛。莹儿觉得头里嗡嗡地响，很像在梦魇里。眼前的一切都很虚。民工们都睁了木然的眼。偶有欷歔者，跟穿窍而过的微风一样悠长和空洞。

这池子离莹儿的住处不远。莹儿发现盐池边上有挣扎的痕迹，看不出厮打的意味，但分明有挣扎过的迹象。她想，是不是他不小心掉进盐池呢？但她也知道，即使是真的掉进盐池，也不会淹死人的。那卤水的比重，比人体的比重大。莹儿觉得有只无形的大手在揉捏她的心。

警察来了，民工们木然地散开。警察叫民工们捞出大牛。一个法医开始验尸。他叫民工们脱了大牛的衣服。莹儿们就远远地避了。

三三也不哭了。兰兰惨白了脸，扯了三三的胳膊。莹儿觉得胸口很噎。她觉得大牛死得怪。她想，谁都会觉得他死得怪，但谁都不说。她想，大牛憨大心实，他难道会为打落个牙齿赔上自己的命吗？不知道。

三三打着一个个寒噤。她一声接一声地打。那神情，仿佛很冷，但又像吃得过急过饱时的那种呃嗝。莹儿发现，三三是真心待大牛的。三三长得虽不俊，却健壮出一种跳突突的味道。莹儿想，大牛，你真是没有福气。但想到他对自己也是真心的，心里有缕疼抽了一下。记得以前，一想到大牛对她的黏，她就觉得受不了，觉得那黏有些亵渎了自己。此刻想来，却很叫她感动了。毕竟，人家是真心的。心里的疼化成了暖意，暖意荡一阵，就觉得一股强烈的感觉涌向鼻腔。一串眼泪滚下鼻洼。

一切都恍惚着，都叫浓浓的幻觉虚化了。梦魇的觉受越来越明显，噎也越来越明显。莹儿搂了三三，默默地流着泪。三三却木着，她的眼睛深枯枯的。因为风吹日晒，三三的皮肤很干燥，脸上也布满了雀斑。三三舍不得买菜吃，却花了好些钱买治雀斑的油。莹儿明白，多好的油也起不了大作用，因为那雀斑是黑色素沉积造成的。只要三三仍在烈日下干活，她就别想有好的皮肤。

远处的法医好像在解剖尸体。一片白影在人影间透出。莹儿不敢多望那儿，但仍是想起了大牛腿上灰白的老茧和娃娃嘴一样大张的血口。

宝子过来了。他抹着泪，蹲在三三身旁。他抽噎着说，大牛身上倒无伤痕，只是他的褂子烂得怪，叫撕得一塌糊涂。那模样，很像是水里有个怪物，扯了衣服往水里捞人。宝子抹把泪说，大牛肺里胃里积满了卤水，像是淹死的。可怪的是，你就是想自杀，人家卤水也不会成全你。宝子说，大牛落水后，定然有种外力往水里按他。一定是的。他说，头儿也在抹泪。头儿说他已给派出所打了招呼，叫他们别追究了。他说，不就是个牙吗？……谁料想，他竟死了。

宝子说，要是大牛真自杀的话，当然也行，比如跳盐池前，他可以抱一块盐盖巴，就浮不上来了。人一死，手一松，卤水才会将人托上水面。宝子说，当初诗人屈原跳江时，就抱了块石头。

莹儿懒得说话。

宝子又说，大牛一死，别的没啥，他的妹子就没法上学了。宝子说，全凭大牛牛一样苦，他妹子才上了大学。

9

要烧大牛了。

民工们都围了来送他。大牛爹妈也来了。他们牛叫般嚎着。两人都很干瘪，像风干的茄子一样。很难想象，这两个干瘪的老人竟能生下犏牛般的儿子。老头长嚎着，胡须上淋漓着泪。老婆子扯长了声音，边嚎边用脑袋撞盐盖巴。场里派人请他们时，只说是大牛病了。他们没想到，那牛一样壮的儿子已成了红绒单盖着的死人。怕他们伤心，民工们不叫他们接近大牛。这当然是对的，要是那干瘪的老婆子看到儿子被解剖得一塌糊涂时，肯定会心疼死的。但解剖的结果很明了：胃里的残留物中没毒，身上也没明显的伤。虽有几处划痕，但并不致命。可以肯定是淹死的，而且，法医倾向于自杀。但听说，派出所尚有不同意见。

至于自杀的原因，说法颇多，一是说大牛怕叫警察逮了，会挨打；二是说大牛料定他吃不上盐池这碗饭了，心灰意冷，绝望自杀；三是说大牛得不到莹儿的爱，觉得活着没意思了。因为有了第三种说法，派出所便找莹儿谈话，莹儿将那夜大牛说的话告诉了派出所。派出所又找三三谈了话。

民工们弄了好多干柴和牛粪，将裹着红绒单的大牛抬到柴上。一位司机从汽车油箱里抽了半桶汽油。大牛妈像护鸡娃的老母鸡那样一扑一张。她想最后见儿子一面，但民工们坚决不叫她靠近尸体。老头子却很现实，他只是缠定了头儿，时不时就抱头儿的腿。这是农民对付官员最有用的一招。头儿说，你儿子是自杀的，凭啥叫我们赔命价？老汉却不管不顾，只管抱腿。后来，头儿叫出纳给了他一万块钱，但不叫“命价”，只说是对老汉一家的帮助。又听说，老汉拿了钱后，却认定头儿心虚，不然，他咋会给自己那么多钱？

本来，老汉是不想烧儿子尸体的。他还想多闹些钱。他怕尸体一没了，再闹时，就没现在这么理直气壮了。但因尸体开始发臭。民工们都求老汉，说已熏得他们吃不下饭。老汉就心软了。

汽油浇到裹大牛的红绒单上。刺鼻味弥漫开来。大牛妈打滚撒泼，厉厉地嚎。三三们也陪了她抽泣。莹儿心里的噎感更重。一切都化为稠稠的梦，虚幻成影子了。一人举个火把，在风里呼呼。它慢慢凑向红绒单下的柴们。柴们早迫不及待了，不等火把吻上自己，就急不可耐地腾起一团亮亮的光焰。火焰漫延得很快，像天旋风一样疯狂而放肆，瞬间就吞没了绒单。

火们欢快地呼呼着。它们是一群狂欢的乌鸦。它们一口口叼走了绒单，叼没了衣襟，将白皮肤舔成了黑色。它们似乎更喜欢大牛腿上的硬皮和血口。它们舔呀舔呀，硬皮想顽强地守候自己本来的颜色，火却在顽强地舔，渐渐地，灰皮泛白了，变得斑驳陆离。

火溢满天了。到处是呼呼声。大牛妈大张了口扑天抢地。大牛爹也大张了口，他似乎在哭，又似乎在惊讶儿子的耐烧。……是的，大牛很耐烧。一般人多脂肪，大牛身上却多腱子肉。前者助燃。后者却得凭借柴的力量，才能完成最后的升华。肉皮上的灰斑渐渐洇渗开来，冒出了一股水液，但火很快就气化了它们。

大火弥天。烟渐渐少了。汽油完成了它的使命。剩下的事，该由柴和牛粪做了。大牛显得很不好意思，他在火中扭捏几下，引起民工的惊呼。一人叫，别怕，那是筋揪了。这一叫，大牛立马安详了。好像变魔术的叫人揭了底一样，他显出一种赧然的安静。似乎是为了弥补他的过失，他的身上开始流出新的燃料，液体呈泡沫状，一滴一滴，从一晕晕散开的灰色中渗出，先是水汽般的晕纹，渐渐凝成一滴。那“滴”越来越大，终于流下发黑的躯体，在火中溅出一团光华。

因为大牛的配合和支援，火变得非常纯正和干净。火光不再飞扬跋扈，竟有炉火纯青的迹象了。肉变成了硬皮，贴在骨殖上，意味着火已消灭了大牛体内的水。除了脂肪仍作出液体的姿态外，骨肉都凝在火中。民工都半张了口，眼里发出瓷器的光泽。

大牛妈的哭从火中渗出。她的哭不像哭丧，只能算厉厉地嚎，是受到剧痛后抑制不住的那种嚎。大牛爹也发出很大的哭声，但他似乎能自由地出入悲痛。他老泪纵横地哭一阵后，总要偷看头儿一眼。头儿脸灰着，似乎是忧伤，也似乎是烦躁。

干柴没了，只剩下火籽儿，牛粪仍在喷出它特有的火光。大牛的身子收缩了。按火化的规矩，应该有个人拿个铁钎，一下下捅那黑团，以便烧得彻底些。但谁也不去捅它，大牛只好黑成一团了。

干柴和牛粪跟专业化尸炉不一样，火熄时，大牛还没完全变成骨头。据说，大牛妈想背回娃子，大牛爹却不同意。他想将大牛埋入沙窝，省得在家乡扎眼。要是大牛完全变成干净骨头，他妈当然能拗了老汉性子，背儿子回家。但柴火帮了老头的忙。那火力，并没完全燎光肉。它仅仅是将肉变成了釉状物。这样，大牛妈只好由了民工们，将大牛埋在盐池北面的沙洼里。

埋了大牛的次日，莹儿们按当地习俗，做了些汤饭，去送给大牛。她们发现，埋大牛的沙丘已不见了。大牛早曝尸在外了，他贴在骨上的肉早叫啥动物啃光了。骨头虽叫烟熏黑了，但那一道道的牙印却啃出一线线干净的白。

莹儿们边哭，边将散了一地的骨头收拢了，埋进黄沙。

第 三 十 一 章

车户的鞭子蛇抱蛋，车轱辘碾坏了牡丹。

1

村里人知道了月儿的事，都骂月儿家，都替猛子抱不平。开始，猛子妈还很解气地应和，渐渐，她觉出自己的不是了，但她面里不承认自己的错。月儿家送来了一万块钱，这是当初的婚礼数，但对方没提婚礼，只说叫他们先给丫头看病。

妈明白这是闹来的结果，但这结果，却是以伤害月儿为代价的。唾星搅天。凡有人闲聊的地方，都会聊这话题。每次提起，都有人朝月儿家吐口水。有人甚至扬言，要将月儿拉到家府祠里批斗一顿，谁叫她给当家户族丢人，但说归说，都忌惮月儿哥白狗的横，不敢乱来。

村里人都说："这号事，出门风子哩。"因为，月儿爹的二姐也害过那病。解放前，她在河西大旅社里卖笑，后来遭了恶报，害了杨梅大疮，死得很惨。此外，还没听谁干过这营生。近年，村里出外打工的女娃虽多，但多隐了名姓，跑了外地。虽也疑惑那飞来的汇款单，但毕竟没啥证据，来证明人家的不清白。月儿却是铁证如山，那梅毒，硬硬地将她钉在了耻辱柱上。村里人甚至怀疑猛子也染了那病。他们不信棉花见了火不着，不信猛子搂着那么水灵俊俏的肉身子会守身如玉。这下，村里女人一见猛子就躲，仿佛怕他把杨梅大疮强暴给她们，甚至连那些丑陋至极令人作呕的垢甲婆娘也不例外。

猛子妈终于明白，自己的“闹”，已经影响到儿子的清白。这阵候，即使猛子离了婚，怕也没人敢嫁了。于是，她只好先将那离婚念头放下，说，先治吧。她估计，有了白家送来的一万块钱，那啥疮，也能叫科学揪了去的。

表面上，妈虽不认错，但在实际行动上已向儿子和儿媳表示了和解。她说服老顺，花了八百块钱，买了个旧摩托，叫猛子定期捎月儿去凉州城，在老梁爷处看病。

自上回淘金叫命运喂了个抓屁后，老顺坚决不叫猛子再去白虎关。好在是几人联手，算到猛子名下，赔了才三千多。老顺心疼，骂了几回，猛子脖子一梗，说这债由他自己背。儿大不由父，老顺面里不好再说啥，背后却唏哩了好几天。

自猛子将被褥从窝铺里搬回家，就忙坏了爹妈。猛子当掌柜时，跟月儿分居，倒也没啥。现在，两人要往一个炕上滚，那杨梅大疮，就成了悬在头上的剑。虽然猛子没碰过月儿，但以前的没碰，不等于今后的不碰。猛子正是“钻出火”的年龄，保不定哪天，感情一冲动，来上一梭子，叫杨梅大疮一舔，就麻烦了。

老两口便整天提心吊胆，除了一次次叮嘱猛子一定要守住阵地外，还定了一条规矩：晚上睡觉，不准锁门。猛子妈又私下和老头子商定，由两人轮流值夜，等小屋一熄灯，就赤了足，悄悄过去，蹲在门侧，听那动静。若有异样，惊动一下。开始，老顺嫌这法儿损，有做大不正之嫌。后来，见老伴一人值夜太辛苦，就应允了，老伴值前半夜，他值后半夜。

猛子并不知道，自己的一切，已置于父母的监督之下。

这夜，月儿洗完身子，扑了药粉，穿好裤子，上炕躺下。那病，虽没往恶里变，但也无明显好转的迹象，两人商议一番，想去兰州治，又听说兰州用药也多是凉州医院用过的那些，怕白花钱，月儿很犹豫。两人谈了些别的事，多是上学时的趣事，月儿显得很愉快。她人虽瘦了些，那美丽，却没受多少伤害，反倒因怜悯之情，在猛子眼里越加美了。猛子伸手，握住另一个被窝里的手，一想这如花似玉的人儿，却能看不能用，不由得心酸哀叹。

月儿说你别叹气，等治好病，你咋也成，只怕你到时候有心无力。

猛子说，到时候，你别告饶就成。月儿吃吃笑了。

两人你一句，我一句，打趣一阵，猛子觉得月儿的手心里汗津津了。那汗津津的感觉很有诱惑力。他一下紧，一下松，握那小手，滑鱼鱼的感觉令他想入非非，就伸过头去，吻月儿。哪知，两个嘴唇一合，就再也分不开了，嘴唇咬嘴唇，舌头绞舌头，咂咂连声。这夜，正是老顺值夜，他不由大急，偷偷摸回书房，搗醒老伴，说："有响动了。"老伴披衣出门，厉声叫："猛子——"猛子应一声。妈说："来，给你爹找个去痛片，他头疼。"猛子并无耽搁，应声而来，打亮手电，在一个纸包里找出去痛片，沏了水，递给爹。出门时，妈叮嘱道："你们可离远些，那水水，一沾上，就有了病。"猛子说，知道知道。听了猛子的说话语气，爹放心了。妈却提悬了心，穿了衣，又去值夜。

那阵隔靴搔痒的肌肤之亲给两人带来了极大的刺激。虽仅仅是接吻，两人还是觉得其乐无比。相隔时，你是你，我是我；相拥时，却是你中有我，我中有你。那种巨大的幸福将一些不快挤到了外面。为了避免意外，两人都不脱裤子，开始两人还着内衣，渐渐，觉得内衣碍手，索性也扒了，就裸了上身，相拥而卧。

两人开始沉浸到一种异样的新婚幸福里。猛子觉得自己已向下滑去：开始，两人仅仅是握手，渐渐发展到接吻，进而拥抱了，随着肌肤之亲的逐渐深入，快乐越来越多，诱惑也越来越大。

那一连串的响动，每每将猛子妈弄得心惊肉跳，一有风吹草动，她就叫猛子取药。猛子倒始终没发觉父母的窥视。他并不知道，他的那一点点快乐，要给爹妈带来多大的惊恐。

随着诱惑的渐大，猛子觉出了痛苦。月儿那少女的身子，勾起了久违的许多感觉。身子已不太听理智的使唤，指不定何时就燃起大火，那相吻和相拥，却总是火上浇油。月儿的性情又柔到了极致，每每在相拥时发出天籁似的呻吟。她也许是有意取悦猛子，也许是身不由己，但带给猛子的，却既是享受，又是痛苦。但同时，也令值夜的老顺痛苦不堪。“浪货！浪货！”他不停地咕哝。他怕听到那声响，却又怪怪地渴望听到，每每弄出一头的汗来。

在这层层的爱抚中，猛子和月儿的感情急剧升温，加上两人要共同面对的那个病魔，他们谁也离不开谁了。月儿只有在和猛子拥吻时，才感受到做女人的甜蜜。和性爱不同的是，性爱的高潮往往是情绪低落的开始，而接吻和拥抱，则是永无止境的激情。同时，因为有了可望而不可即的巨大诱惑，反倒更增加了黏合力。

这夜，两人一如既往地打趣一阵，继续着情人间的抚摸。开始，他们还仅仅是接吻，但月光透过窗帘，渗入小屋，小屋便隐隐幻幻了。猛子发现，月儿竟是那么美，是任何词汇都无法形容的那种美。一种温柔到极致的波从月儿身上发出，逗得猛子烈火熊熊。月儿静静地望着他，目光沉静而忧伤。她强抑着起伏渐大的胸脯，手指在猛子身上游动。猛子吮吸着她少女的乳房。那圆圆的、柔柔的尤物，叫猛子欲死欲仙。开始，猛子还能强迫自己冷静。很快，他就被一股巨大的狂潮卷没了。他扑到月儿身上，发疯地吻。他想，只要能和月儿融为一体，死了也值。月儿先是挣扎，很快，她也变成了一团大火。猛子取出备好的避孕套，喘吁吁说：“带了这个，就一次。”月儿慌乱地摇头：“不……不……”但很快，她也默许了。

情欲在激荡，热血在燃烧，巨大的干渴裹紧了喉咙，心跳擂鼓似的轰击耳膜。猛子手忙脚乱地撕开塑料袋，一个软软的东西跳上指尖，巨大的幸福正扑面而来。

这时，妈的声音却厉厉地刺来：“猛子——，院里有贼！”

月儿这才明白了，公婆在窥视。她像遭烫的孩子那样大哭。猛子也哭了。两人相拥了，肆无忌惮地哭到天亮。

2

除了一如既往地在老梁爷处治疗，猛子妈还到处寻找土方。村里人虽听说过杨梅大疮，但它是红是黑，是圆是方，谁也说不出个子丑寅卯。再说，猛子妈也不能逢人就说儿媳得了那脏病，她只是向相好的询问。那相好的，又有相好的，好好相串，所有的人都知道了月儿是个“烂货”。这样做，客观上损害了月儿的名声，但也起到了预期的作用。这天，大夫王麻子提供了一个土方：用牛粪熏。他说：“那时，有些才患病的，也有叫牛粪熏好的。”他的理由是，牛粪里有百草的精气，能治病。

猛子妈虽然说不出牛粪里有啥精气，但牛粪不花本钱。村里养牛的人多，只要是牛，都会屙粪。将那湿湿的黏黏的粪打到墙上，不几日，就成了干干的牛粪饼。猛子妈弄了好多牛粪饼，堆到脸盆里，要给月儿熏了。开始，月儿不让，她不信牛粪比药还管用，但挡不住婆婆的热情。于是，她赶出了猛子——她是死也不让猛子看那脏烂处的。

猛子出去后，月儿褪下裤子，露出病处。妈大吃一惊。有几处已经烂了。黄黄的软烂疮中，流着黄水。妈怕月儿难堪，也不去问她想问的话。虽也憎恶月儿以前的不正经，但还是从心底里升腾出一股怜悯来。她煨了牛粪，一点火星，渐渐渗开。那不是寻常的火，是希望之火。火慢慢扩散着，一缕白烟，袅袅上旋。妈移了那精气，去熏那疮。开始，倒不显啥，但随着火的渐大，烟的大浓，疮处有黄水渗出，渐渐凝成一滴，滴入火中，发出嗞嗞的呻吟。

“舒服不？”妈问。

“舒服。”

月儿有意下蹲了体位。那火燎黄水的嗞嗞声很解气。那是世上最大的恶魔。它害了许多人，又来害她。月儿甚至觉出魔鬼被烤得龇牙咧嘴，惨叫不已。她感到很快意。开初，那暖暖的火烤疮处的感觉很舒服，渐渐有了疼，那不是寻常的疼，而是一种舒服的熨疼，它裹挟着舒适，一晕晕荡。真想融入火中，成为一团蓝色的火。她悄悄对那魔鬼说：“你滚吧！否则，我会跟你同归于尽的。”

随着体位的越下，黄水流得越来越凶。难闻的恶臭弥漫开来。月儿甚至觉出了灼痛。这时，已不仅仅是熏，而变成了烤。月儿很性急。她想，最好一次两次，就把那病烤好，叫那冤家好好闹活一场。每次看到猛子焦渴的样子，月儿总是心疼。

看到月儿快把伤处贴火上了，妈在她的腿弯处衬了个毛巾，叫她抬高些。她说主要是熏，而不是烤。她怕会烤坏皮肤，添了烧伤反倒不好。妈边说，边认真地添牛粪。恍恍惚惚里，她也忘了月儿的“不正经”，将她当成了自己的孩子。患病的孩子，是最叫娘心疼的。

烤一阵，妈端出了火。月儿在疮处衬了纸，整好衣裤，躺在床上。她觉得很累。那炽烤处隐隐发疼，但她仍然很高兴。终于又有了一个法儿，而且，不用花钱。她眼里，一个法儿就是一条路。许多时候，她觉得自己的路断了，有种走投无路的感觉。这使她心如死灰。当初，她以为这病虽恶，但现在科学发达，又不是啥绝症，才满怀信心地和猛子结婚，边筹办婚事，边抓紧治疗。原指望能在婚前治好病，哪知，那烂处，竟伸了舌头，一下下舔向四周。早知这样，她会另有打算的。

躺在床上，懒洋洋望顶棚。那塑料拉花，仍散发着新婚的喜庆。这让月儿想到了夜里和猛子的拥吻。她发现，啥都是心的作用。因为爱猛子，虽是个寻常的吻，也激荡着幸福的波晕。她想不出治好病后，两人会有怎样的幸福。那一定是个巨大的幸福旋涡，定会吞了他的。月儿抿嘴笑了。

猛子进来了。“好些了没？”他问。月儿不语，只是默默地望着他。她发现猛子瘦了，也黑了，嗔道：“你急啥？”她一把搂过他，按到自己的胸上。这时，一种母亲才有的感情在她心头涌起。

月儿抚着他的脸，一下下抚，有种柔软温润的熨感。自打被埋到井下的那时起，猛子就觉得自己变了。他老会想些莫名其妙的问题，老想为啥活着之类的问题，开始还觉得人生有意义，但他一路追问下去，追到宇宙命尽的那一天，就发现一切都没了意义。他发现，万事万物，归根结底，都归于一个巨大的虚无。这使他万念俱灰，但想到在这个天大地大的虚无里，能有个女人和他在一起，陪他哭，陪他笑，陪他度过孤凄的人生，心里就温暖了。

老想被埋到井下时的那种无助和孤凄，那种灵魂的无着无落，就会不由得追问活着的意义等。这当然是扯淡的事，除了叫他烦恼外，追不出啥结果的。他便羡慕父亲那一代，他们少欲寡求，知足常乐，虽被人称为愚昧，但何尝不是更高意义上的生存智慧呢？

问题是，人糊涂时，明白是遥远的事。人明白后，便再也难以忍受糊涂了。他无法再变成父母，就像他无法再进入子宫中一样。而且，他明白，某种灵魂的痛苦，任何人治愈不了。他只能自救，但他又不知如何自救。他渴望有一只智慧的手，如月儿抚慰他的肉体一样，来抚慰他的灵魂。

那智慧之手，现在何处？

3

猛子妈决定送月儿回娘家。

老两口已疲惫不堪了。他们托人给盐池上带过几回口信，叫兰兰们快些回来，好替他们分一分忧，却没个回音。……他们可实在熬不住了。白天干农活，夜里还得值夜。那种值夜，又最是熬人，时觉有风吹草动，时时如临大敌，精神紧张到了极致，再折腾，怕成精神病了。这倒在其次，最怕的是，万一两人感情冲动，或在睡意朦胧迷迷糊糊中，成就了好事，那大错，就无法挽回了。所以，老两口决定，送月儿回娘家住。待治好了病，再圆房不迟。

此外，老顺还打算给猛子找个营生，免得他闲极生事。正好，城里林业局正搞野生动植物保护中心，他们打听到猛子去过猪肚井，熟悉沙生动植物，想请他去帮几天忙。真是瞌睡遇到了枕头。猛子还在犹豫，老顺已一口答应了。这下，老两口才松了口气。

倒是月儿泪眼迷离，心事重重。虽说猛子妈再三解释：没别的意思，仅仅是怕他们出事，才暂时隔开。先前，村里有个规矩，女儿若在婆家做了丢人的事，就要送往娘家。妈解释，这送和那送不一样，他们没一点兴师问罪的意思。还说，事情到了这种地步，他们也一锤打个肚儿里疼，认了。他们也不再说啥气人话。他们只求别叫娃子染病。他们还会帮月儿看病，还把她当儿媳看待……还说了好些宽心话，但月儿还是哭得失声断气。

猛子妈就叫凤香来劝，但凤香只能陪月儿抹泪。她想说的话，月儿都知道，用不着再饶舌。多好的劝，都在揭月儿的伤疤。先前苦极了时，凤香还有些羡慕月儿，羡慕她能像没笼头的马一样在大世界里蹦跶。现在，她发现，那蹦跶的同时，还可能栽进一个个陷阱，就再也不羡慕了。

两人默默无语，相顾流泪。月儿的新房很好，但此刻看来，反有些嘲讽了。那喜庆颜色，反衬着悲凄。凤香抹把泪，轻声道："别想太多，治好病再说。"月儿哭道："我咋有种不好的感觉。这回一离开，可能就回不来了。"凤香说："不会的，不会的。"月儿摇摇头，哭出声来。

猛子妈很讨厌月儿的哭。在书房里，她一下下顿足。虽说她也老抹泪，老扯哭声，但还是讨厌别人哭。因为，每次家里不利顺，一叫神婆掐算，就说叫哭神冲了。她于是知道了有个哭神，是个凶神恶煞，人一嚎哭，它就出现，家人就会被它冲出毛病来。妈几次想去劝月儿，猛子都拦住了她，说："叫她哭哭吧。哭哭心里舒服。"

但哭归哭，月儿还是顺从了公婆的安排。

吃过晌午，猛子带月儿出了家门。月儿显然不想去娘家，但猛子明白爹妈也是为他们好。而且，他也发现，自己也正向未知里滑落。他也怕自己在关键时刻把持不住。那夜，要不是妈的惊叫，真说不出咋个麻烦呢。每每念及，总是后怕。他明白，时下最紧要的，是治疗月儿的病。他背着父母，正在筹钱。他想带月儿到兰州看病。该尽的人力尽了，由天断吧。

两人沿着村间小道，往月儿家走。路上有些人，正在闲聊，见月儿过来，都纷纷避了。怕月儿伤心，猛子寻个话头，想引开她的注意力，但月儿还是显出了一丝痛苦。但她没掉泪，反倒马上鲜活了脸，步履也坚定起来，竟有示威的意味了。猛子很理解她，但也不去提及，只胡乱说了些事。

月儿一到娘家，就再也硬朗不起来，扑进她妈的怀里，哭出声来。她妈也陪着流泪。猛子解释了爹妈的做法。他努力避开那些容易刺激对方的字眼，但月儿妈还是变了脸色。但她没说出难听的话。这件事，理亏的是她家，别说叫站娘家，就是人家闹离婚，她也不敢放一个响屁的。

猛子回家时，却费了些周折。月儿抓住他的手，不叫他离开。那样子，与其说是缠绵难舍，不如说是抓住了一根救命稻草。仿佛她身侧有个吃人恶魔，一等猛子离开，就会扑过来咬她似的。那份执著和痴迷，叫猛子很是凄酸。他明白，自己已成为她唯一的精神支柱了。面对巨大的病魔，面对唾星搅天的生存环境，一个女子，实在太弱小了。猛子长长地叹口气，觉得自己同意送她回娘家，实在是太残酷了。

娘家倒也清静。哥哥白狗去了白虎关——自上回赔了后，白狗只好又当起了沙娃；爹仍去照料歌舞厅。和村里一样，消闲些的，只有老人和孩子。院落也冷清出一种惨白来。白孤孤的日头爷孤零零悬着，院落也显出了惨白色。这世界，本是心的映象，因为心的孤寂，一切都变样了。

月儿瘦多了，脸上有种没有血色的白。因没有外人，她不再表演那种示威的刚强，还原为一个弱女子。她的手却很有力，她仿佛使出了全部的心力，来不使猛子离开。眼中的渴望和爱怜也浓得化不开。

猛子心中涌出一股冲动。若有可能，他会从月儿身上抓出那病，放入自己的体内。

第　三　十　二　章

天上的云彩雨露露，乌云天杀梢子哩。

1

兰兰和莹儿又压了几天沙，身子散架了似的。因为不愿投机取巧，她们三天压的米数还不如人家一天压的。兰兰说，照这样子，除去吃喝，挣不了多少钱。看来，这儿也不是久待的地方，索性结了工资，回家吧。

因为大牛的事，莹儿很难受。她发现好些人都指戳她。她感到一种巨大的压力，加上活也很苦，就一天也不想待了。好容易熬到结账那天，她们领了工资，准备回家。

姑嫂俩将吃剩的面都蒸成馒头，掰成核桃大的疙瘩，用油炒干，再拔些沙葱腌了。沙葱有些老了，但老了的沙葱也是沙葱，等嘴里淡出鸟时，就着沙葱嚼油馒头，会独有一番滋味的。

兰兰把毛毯和灶具交给吴姐，叫她转给头儿。吴姐过意不去，给她们装了三纤维袋盐。因盐池有个规矩，附近的蒙古牧民吃盐或是用盐喂骆驼，从不掏钱的，兰兰就接受了盐。两人找到牧人，给了些辛苦费，要回了骆驼。养了几十天膘，驼峰又立了起来。但莹儿总觉得驼有些怪怪的了，说不清为啥，只有这感觉。

因大牛拿走了皮囊，兰兰就去场部的小卖部里买了个塑料拉子，用以装水。驼驮了盐们，就不能再骑人了。莹儿说，不骑就不骑，腿生来，就是走路的。兰兰说，只要豺狗子不再来搅搔，她们就不会迷路，直溜溜就出去了。

一说豺狗子，莹儿的腿就软了。她就有这毛病，一叫啥吓一次，再次提及时，腿就不由得会发软。但她没把自己的怕表现出来。她知道兰兰也怕，但这时只能鼓气，不能泄气。要是你也说怕，我也说怕，那虚拟的怕，就把人吓死了。

兰兰检查了一下，火药还剩了一半，铁砂也有些。她也怕豺狗子，可没治，她们要么横穿沙漠，要么得转老大一个圈子。横穿沙漠时，只要不迷路，三四天就到家了。转圈子就说不清了，最少得走二十多天。兰兰说，还是走老先人走过的截路吧。莹儿想，就是，不管咋说，沙漠里没遇上过坏人。

买塑料拉子时，兰兰还买了煤油、电池等，煤油是马灯用的。上回遇豺狗子后，马灯罩子碎了，幸好小卖部里有卖玻璃罩子的；又买了些自行车珠子，万一遇到野兽，能当子弹用；还买了些鞭炮。恐吓野兽时，鞭炮比枪管用。

锅碗等灶具本是借别人的，还了后，也懒得再置办。兰兰说，要是再置办锅灶，花钱不说，也给骆驼增加了负担。莹儿说成哩，不就几天吗？只要有水有馍馍，就能凑合。

两人就出发了。莹儿的心里空落落的。记得，她们在沙窝里寻找盐池时，真抱了天大的希望，比念佛的老婆婆盼望极乐世界还要急切。哪知，好些东西是近不得的。原以为是条路，是个能改变命运的契机，可想不到这儿也不比家里好过。她明白，除非她改变自己。不然，就连压沙那种苦活，她也是干不长的。现在，三条腿的驴难找，两条腿的打工的比蚂蚁多。你要是得罪了头儿，就到一旁晾着去吧。

可头儿期盼的那种“改变”，莹儿是死也不愿意的。都说女人变坏就有钱，可一旦真的变坏了，还算人吗？莹儿想，人之所以为人，定然有一道底线。一过了那底线，就算不得人了。不管别人咋样，她是死也不愿变成头儿希望的那样。没办法。

还是走吧。

两人出了盐池，踏入那片盐碱地。驼掌踩在暄起的盐碱地里，发出噗噗声。一股股干燥的白尘溅起。干燥和渴意扑面而来，想来那经历过的干渴已印入灵魂了。莹儿觉得很疲惫。来时，尚有向往；去时，则只有历经沧桑的疲惫了。莹儿想，该离开了。也许，她跟盐池，就只有这点浅尝辄止的缘分。缘分一尽，就了无牵挂了。她发现，人是最孤单的。许多时候，你得独自面对一些东西，别人是帮不上忙的。无论痛苦，还是孤独，你都得自个儿承受。随着脚步的前移，盐池终于化为泛白的亮点。望着一波波荡向远方的沙浪，莹儿觉得又被抛向了未知。这时，她才有些留恋盐池了。虽然那儿的人类形态各异，但总是同类。

不经意间，她想到了大牛，心里先是涌过一缕暖暖的感觉，随后痛感就袭来了。不管咋说，大牛的“铁门槛”因她而起，要是他不为自己说情，就不会跟头儿闹。要是不闹，此刻，他还是模范呢。但好些事情，难说得很。许多时候，性格就是命运，只要大牛不改变自己的犏牛性子，迟早会发牛脾气的。

想到大牛，莹儿就觉得她对盐池的“了无牵挂”不大对劲，有种妈说的“无义种”味道。小时候，妈老这样说她。因为她总是沉浸在自己的世界里，她喜欢独处，喜欢想自己的事。有时，妈眼里天大的事，她看得却很淡，妈便骂她“无义种”。一想妈，莹儿又想到那雨夜的事了。心觉得被啥扎了一下。她晃晃头想，不想了，啥都不想了。

这世上没白费的功，真的。抬沙虽苦，却也锻炼了脚力。记得，刚抬沙时，小腿肚刀割般疼，五六天后，疼就钝了。这会儿进了沙窝，腿脚就轻捷了许多。骆驼反倒很吃力，要是行长路的话，驼驮得就嫌重了。但三五天的路程，多驮个百十斤，也能支持得了。为节省骆驼体力，兰兰选了缓坡，但驼还是口喷白沫，喘息不已。

天倒是不热，一来到深秋了，二来有浓云遮了太阳。记得，离开盐池时，云没现在这么厚。那时，只有一大朵一大朵的云，灰楚楚的。那时要是有这号黑云，她们就会等几天再走。因为这号黑云里，可能藏着麻钱大的雨。要是雨不知趣地泼下，会很麻烦的。但沙漠的天像娃娃脸，说不定过一会儿，那黑云疙瘩就叫漠风吹到山那头去了。谁也懒得将它们往心里放。

步子虽不沉重，两人心里却不轻松。来时的向往都没了，盐池也不是清凉的梦。向往中的亮晃晃的大路又黑沉沉了。回到家后，又能咋样？兰兰说，回去后，要是实在过不下去，她就仍到盐池里来。莹儿问，你来又能咋样？拚上老命，挣点儿血汗钱，却得干些昧心事。当这个世界谁都昧心时，你不昧心就成了怪物。莹儿问兰兰，你想昧心吗？兰兰不语。

莹儿又说，就算你能常在盐池干，又能咋样？这一问，兰兰就哑了。她发现，要是一直追问下去，就发现盐池里干也没啥意思，充其量，是用一日日青春的逝去，换些养命食而已。再往前追问，就没意义了。无论她咋追问，等追问到肉体消失时，一切就失去了意义。兰兰说，这样一想，还是修行划算。莹儿笑道，要是你用“划算”来衡量的话，那修行，能有个啥意思？

兰兰笑了，说，我想，回去后，还是修行吧。

莹儿发现，相较于现实中的许多东西，兰兰说的修行，倒还有点意思。不管咋说，那所谓的功德，并不因肉体的消失而失去。莹儿想，那最早的修行者，是不是因为发现了现实的无奈，才设计了“修行”这号在无聊中寻“有聊”的事呢？

莹儿说，有些路，不管有没有意思，你都得走呀。

2

雨终于下了。

先是黑云里打了个闷雷。雷声不大，像是虎叫，也像牛哞，更像两个磨盘在摩擦。但就是那几声闷响，竟拽出搅天搅地的水帘来。世上好些事总在拗人的性子，当你渴极了想雨时，天连个潮屁也不放。当她们水充粮足需要赶路时，天却偏偏泼下水来。那雨没头没脑的，并无丝毫的过渡，直接就将水柱般的帘子拉下了。姑嫂俩还没反应过来，就被浇了满头满身的水。

莹儿心细，做了好些准备，无论水呀，面食呀，都足够十天的，可就是没准备雨布。谁也想不到离开盐池不久，会遇到雨，会遇到这号瓢泼大雨。仿佛老天爷也成了婆婆，老跟她们斗气，见她们没防啥，就恶作剧般地折腾啥。真没治了。两人都觉出了不顺，这不顺是指命运的不顺。按妈的话说，就是背运了，你干啥啥不顺。兰兰说，也许是命吧。可莹儿却说，有些东西，看咋说，要说是命，但只消她们稍稍变变自己，按头儿要求的那样变一下，那不顺也就顺了。说明那叫她们不顺的，其实是一种外力。兰兰说，你不是不愿意改变吗？那不愿改变的心，就是你自己的命。莹儿想，就是，当满世界都变了时，你想守候某种东西，当然不顺了。

雨渗入沙里。行来虽无泥泞，湿沙却老是沾鞋。鞋就比平时重了几倍，行走很是吃力。这倒没啥。难受的是雨总是没头没脑地泼，头发里漫出的水老往眼里流。天地白茫茫的一片。耳里充满了泼水声。要是有雨布，行路虽仍是艰难，倒也有另一种趣味。但来时的饥渴喧嚣在记忆里，将可能遇雨的事挤到心外了，不然，她们会弄些塑料布的。

雨点很大，很有力，有种鞭子的味道。雨初降时，几乎每个雨点的敲击，肌肤都有相应的感觉，但很快，皮肤就叫冷雨激麻木了。那冷，能激得人牙齿打颤。毕竟到深秋了，日头爷露脸时，冷当然得避一避，待得那乌云夺了日头爷的风头，冷就趁机肆虐了。两人的脸都白戗戗的，嘴唇也紫了，外露的胳膊上已起了好些鸡皮疙瘩。真要命。

四下里一片烟雾，莹儿听到巨大的瓢泼声。她明白那是雨打耳朵造成的错觉。它甚至比冷更烦人。莹儿喜欢安静，一入嘈杂的环境，她就受不了。捡沙根时，她最怕的，其实不是闷热，而是噪音。但那时，捡沙根需要的专注消解了噪音。现在，瓢泼声扯天扯地，她快要被聒疯了。

兰兰牵着骆驼，显得很瘦小。她的衣服贴在了身上。兰兰咬着牙，腮上布满肉棱，那形神，很像她妈。莹儿喜欢兰兰，但很怕婆婆。婆婆有太多的心机和强悍的性子，不经意间一想，她的腿就软了。她发现，婆婆竟跟豺狗子一样，将害怕种进了她的灵魂深处。一想到回去后又会见到婆婆，竟真的有了一种透入心底的怕。

莹儿想，兰兰的将来，会不会变得像婆婆一样？难说。莹儿发现，那些好女儿，就是在不知不觉中，变成了厉害的婆婆。她们的女儿性没了，多了那种悍妇的泼辣。

她想，兰兰，你可千万别变成你妈呀。却又想，自己会不会在日后也变成妈？这一想，心猛地抽了一下。听村里人说，妈当初，也是个美人，远近闻名呢，但生活还是将她变成了一个同样远近闻名的悍妇。莹儿明白，妈的变，是叫生活逼的。她想，婆婆当初，想来也跟兰兰一样，也是生活把她变成了一想就叫莹儿打软腿儿的婆婆。

莹儿觉得眼里有热热的东西涌出了。她很想说，兰兰，你可别变成你妈呀。又想，她当然不愿变的，但进了菜籽地，就得染黄衣。许多时候，你不变，也由不了你。……那么，灵官会不会变呢？变得跟老顺一样。说不清。就算她和他真的能天长地久，谁能保证他们不会变得像爹妈那样，老是像毒蜘蛛一样啃咬呢？她想，跟她不愿变成妈一样，灵官也不想变成老顺。但生活里肯定有一种大力，会将他们变成他们不想变的那种人。这一想，她真的万念俱灰了。她想，与其像爹妈那样互相撕咬，还不如去死呢。

她想，反正，我可是死也不愿变的。要是活不下去，我宁愿去死。

这一想，雨就不那么难耐了。她想，这雨虽大，总有息的时候。但那种她不愿接受的“变”，也许是人力很难左右的。真可怕。她仔细地看看兰兰，发现她眉眼虽像婆婆，但也有种婆婆没有的东西。莹儿想，也许，它跟金刚亥母有关。据说，一个人的命很难改变，除非他有了信仰。信仰的力量能改变命运。她就想，兰兰，看在金刚亥母的份上，你可别变成你妈呀。

莹儿不信金刚亥母，若说信仰，她的信仰就是爱。小时候，她将爱寄托在花儿上。但问题是，莹儿唱的好些花儿，就是妈教的。那些充满诗意和柔情的花儿，并没能阻止妈向母老虎的异化。

雨仍在泼。莹儿抹把脸上的水。她很难受。她想，还是别想了，有时候，想是白想。要是生活硬叫她变成妈的话，她无论咋想，也起不了作用。因为她会在不知不觉中变成妈，就像掉进狼窝的婴儿，会在不知不觉中变成狼孩一样。她想，那时，还不如死去呢。

路越来越难走了，除了那湿沙让鞋重了几倍外，还因为她们正在上一座沙山。要是早知道会下雨，她们会在山脚下歇息一阵，等雨停下来再走。但雨是她们上到半山坡时才泼下的。那时，坡还很缓，行来不显多吃力。现在，随了坡度的渐大，真的很费劲了。她很想叫兰兰停下来，找个地方缓缓。但抬头一望天，却发现云一疙瘩一疙瘩攒了来，很沉的模样。看样子，雨一时半时停不了；就想，要么，翻过这沙山，再找个地方歇息吧。

莹儿拽着驮架，用以借力。驼早成落汤鸡了。因为天热，驼毛褪了。记得，她们进来时，驼虽有褪毛迹象，但不明显，现在却褪成没毛鸡了。莹儿这才想到，那些驼毛，定是叫牧人撕了。那驼毛，能卖好些钱呢，牧人真占大便宜了。记得当时，她只觉得驼怪怪的，但没细想它怪的原因，现在明白已迟了。但她想，算了。她只想找个干净地方，好好睡一觉。要是再能吃上一口热面条，是比当神仙更美的事。

到了稍稍缓些的旋涡儿处，兰兰停下了。她说，稍缓一缓，吃些馍。她解开袋子，见馍已泡成了糊糊。莹儿说，糊糊就糊糊吧，总比没有强。虽然黏黏的很难吃，但就着沙葱也能下咽，两人尽量多吃了些。

骆驼呼哧呼哧地喘着气，喘一声，舔一下从肩坎上流下的雨水。兰兰淡淡地说，盐化了。果然，盐袋儿不那么圆了。莹儿很可惜，但还是说，化就化吧，老天爷要化它，你有啥法子？她很想说那驼毛都值几百块钱呢，何况这点儿盐？但她怕兰兰难受。不料，她想说的话，兰兰却说出了。莹儿说你也才发现呀？兰兰说，我早发现了。可我们两个弱女子，能奈何了人家？你把骆驼叫人家放，人家又没给你打收条，要是惹恼了他，他连驼也给你昧了，你有啥法子？兰兰叹道，大不了，我们挣的那些，回去赔人家驼毛。莹儿想说啥，又觉得真没个啥说的，心里却升起了浓浓的无奈。她想，莫非，我命里的禄粮尽了？不然，为啥百眼眼儿都不顺？

兰兰叫驼卧了，解开一个袋口，挖了些盐，放在塑料盆里，递给骆驼。骆驼伸过嘴唇一掠，就很响地嚼了。驼吃得很香。平时，它虽也吃盐，但多是那种新盐，里面有硝，人吃时嫌苦，就拿来喂驼。它当然没吃过这么好的老盐，那咯嘣声就格外脆和。

倒是两个女人显得很恓惶，很像秋冬里遭淋的小鸡。湿衣服跟肌体亲热得没一点缝隙了。雨从贴在脸上的头发上流下，冲洗着她们发青的嘴唇。盛盐的脸盆里也汪了雨水，驼错动着嘴唇，连水带盐掠入嘴里。它想来很喜欢这种风搅雪的吃法，吃出一脸的欣然和悠闲。一看骆驼，莹儿的心静了些。她想，骆驼真是好性情，无论有风，无论有雨，它总是很悠闲。它定然也知道，面对无奈的外部世界时，慌张是没用的。因为无论你有怎样的心，世界总是世界。世界并不因你的慌张而迎合你。许多时候，折磨你的，其实是你把持不住的心。

骆驼风卷残云般吃光了盐，又几口咂了盐水。它意犹未尽地望望兰兰。兰兰说成了，细水长流吧。她起了身，扎牢袋口。虽知雨水正不停在溶化盐，但也懒得计较了。这会儿，她们最想的，不是钱，不是爱，不是富贵，而是热炕。没办法。人的好些东西，其实很脆弱。比如，吃饱喝足穿暖时，兰兰心里最重要的，当然是金刚亥母。但此刻，跟热炕一比，金刚亥母也就没以前那么诱人了。人的动物属性，决定了人首先需要身体的舒适。

莹儿发现，不知不觉间，她们的脚已叫一层蠕动的沙流埋了。

3

流沙来了。

开始，莹儿们并不知道那是流沙。对流沙啥的，她们还只在故事里听过。比如，《西游记》里的沙和尚就生在流沙河里，但谁也不知道沙咋个流法。平时，起大风时，也见沙沿了阴洼上行，溜到阳洼里。那沙丘，就是这样蠕蠕而动的。它们压房屋，埋庄稼，但村里人从不叫它们“流沙”。因为沙丘的移动很缓慢，许多时候，人不去注意那过程。但眼前的流沙，却真是流沙。想来沙丘表层已渗透了水，下泼的雨很难全部渗入沙丘，就沿坡下流。流水裹了沙子，蠕蠕而动，就成流沙了。

那股灰暗的液体缓缓地漫下，不觉间，就埋了她们的脚。莹儿被吓呆了，她从没听说过这号事。她想，完了，要被流沙埋了。以前想到死时，倒也不觉咋怕，可一想要叫流沙埋了，却很是惶恐，可见并不是每个人都能视死如归的。兰兰倒冷静些，她忙从流沙里拔出脚。她发现那流沙倒也瓷实，并不像稀泥那样。流沙里有种很强的吸力，拔脚时，得费很大的劲。她忙叫莹儿挪脚。莹儿用了很大的力，才拔出了一只脚。兰兰帮她拔出了另一只。兰兰说，这儿停不得，一停，就叫流沙活埋了。她吆起骆驼，顶了雨，慢慢上行。

那流沙也不是到处都有，多是循水而下。哪儿凹，哪儿的流沙就多。兰兰就避了凹处，专择鼓起的地方走，虽也避开了几处流沙，但莹儿还是头晕目眩了。她发现沙在乱动，仿佛没一处静的，就觉得天旋地转，老像要晕过去。

望望沙山，却看不到顶。雨帘把一切都模糊了，天地和沙丘都隐入了灰色。也不知此刻几点了，只能觉出是下午。要是没雨，她们还能估算出时辰。可雨里度日如年，天知道她们熬过了几分钟还是几个小时？她们只知道，要是天黑前上不了沙山，流沙肯定会埋了她们。

兰兰尽量选平缓处走，而且多走阴洼，路线也呈“之”字形，行来就轻松些。可有时，她们就不得不穿越流沙。莹儿渐渐发现，流沙似乎没她想象的那么可怕，只要你快些挪动步子，就不会被流沙埋掉。倒是骆驼的身子重，驼掌时不时陷了，老拔出沉闷的扑通声，听来很是瘆人。驼腹起伏着，扇出很大的呼哧声。

天显得很阴沉，也很低，铅一样压在上空，莹儿感到很憋闷。腿也很是酸困，时不时就会打软腿儿。她发现越往上走，流沙的面积越显得大了，想来那泼下的雨全变成了裹挟沙子的水流。到处都蠕蠕着，脚步稍一停，流沙就埋了脚踝。但因为流沙从上方流下，又流向下方，倒也不会被马上活埋。最危险是沙旋儿处，流沙像汪着的积水，会涨平沙旋儿，你稍不留意，就会叫淹了。

天暗了许多，不知是乌云的缘故，还是已近黄昏。闪电的裂缝格外扎眼，雷吼也移到耳侧了。有时，一个炸雷打来，骆驼会惊恐地扬脖子。莹儿想，要是叫雷一下子打死，倒也不失为一种解脱。听说，世上有种人，会自己喷出火来，把身子烧成灰。但这种好事并不是谁都能遇到的。

……很怪，近来莹儿老想到死，觉得被浓浓的死味腌透了。按村里人的说法，这定然是跟了冤屈鬼。冤魂是很难投胎的，除非找个替身。村里老有叫冤魂找了替身者。黑皮子老道说，遇上这种情况，你就念："三界唯心，万法本空，当下解脱，勿找替身。"这样，冤魂就会得到解脱。这法儿，是老祖宗传下的，据说很灵。但不知大牛算不算冤屈鬼？这一想，大牛的惨相扑进脑中，雨里也透出了凄凄阴风。莹儿念了那几句，阴森味反倒更浓了。

驼掌的扑通声越来越大，流沙似乎很厚了。虽然腿酸困到极点了，莹儿却不敢停下脚步。兰兰提醒她将步子放碎些，这样可以挪得频繁些。但雨丝毫没有停的迹象，更糟糕的是，沙山仍望不到顶。莹儿的力气快耗尽了。她大口大口地喘着气，时不时吞几口雨水，但仍是觉得渴。好的是冷倒是没了，也许还出汗了。兰兰的身子摇晃着，步履蹒跚，老将驼头拽得下沉。莹儿觉出了不妙：要是她们用光了力气，就有被流沙活埋的危险。

忽见兰兰扔了骆驼缰绳，坐在沙上。那情形，很像耍赖，也叫"耍死狗"。这是凉州女人的杀手锏。凉州出过许多天下闻名的冤案，后来的平反，就是女人们"耍死狗"的功劳。当所有申诉都泥牛入海后，女人们就去抱市委书记的腿，冤案就得以平反了。莫非兰兰要拿这招对付老天爷？正疑惑呢，却听得兰兰叫，快躺下。莹儿还在迟疑，流沙已漫上足踝。兰兰又叫，快躺下。莹儿大悟，就顺势躺了。流沙在身下鼓荡着。她轻轻蠕动身子，竟漂到流沙上了。

骆驼却木然站着。兰兰喊了几声，驼置若罔闻。流沙趁机漫来，很快淹了驼掌，又淹了它的小腿。兰兰喊："跷！跷！"这是叫骆驼卧的口令。但驼早叫流沙吓呆了。不一会儿，顺流沙漂下的莹儿看出，那流沙，快漫到骆驼的腹部了。

莹儿想，完了，这驼也完了。

雨仍在瓢泼，西天上亮了些。向西望去，那一缕缕雨柱，竟成了烟缕，由大漠腾向天际。别处却朦胧着，仿佛是一些雨化成了蒸气。莹儿懒得管这些。心倒是轻松了，因为叫流沙托了的感觉很美妙，几乎可以跟沙山上游泳相媲美。她发现流沙并不可怕，它的比重比卤水大，你想叫人家淹死你，它也是力不从心呢。不过，要是在很陡的沙山上，再遇上山洪啥的，就难说了。那时的流沙，也跟泥石流一样，压房屋，埋树木，人家想咋样逞凶，都能随了性子。

抹一把脸上的雨，莹儿扭过脸，瞅瞅骆驼。骆驼也在无助地望她们。莹儿想，它也许叫流沙吸住的腿桎梏了。没办法，只能随缘了。好在天上有了光亮，西边渗出了隐隐的红。

两人在一个相对平缓处停了。莹儿试着坐起身，发现坐着也不下陷。她也懒得动了，方才惊慌时，冷躲到了远处。这会儿，冷又袭来了，牙齿也得得着。裸露的胳膊上布满了鸡皮疙瘩，青枯枯的，跟兰兰的脸色相若。她想，要是雨下一夜的话，她们会被冻死的。她们虽有打火机，但到哪儿找干柴去？

莹儿想，这真是一趟生命的苦旅。来时虽有期盼，那猛兽酷日，却如影随形。生命成了风中翻飞的肥皂泡，时时有破灭的危险。去时，盼头没了，梦破碎了，只留下遍身的疲惫和伤痕。这凄风苦雨和寒冷，更成了自己的影子。……而此刻要去的目的地，也是个叫她一想就打“软腿儿”的所在。真没盼头了。

恍惚了一阵，莹儿坐起身来。西山上的红没了，雨小了些。流沙也没了。兰兰已萎在沙上睡着了。怕她着凉，莹儿推醒了她。两人都不说话，只木木地坐一阵，就往骆驼那儿爬。到近前，见驼腿全叫沙埋了，兰兰扯几下缰绳。驼动了动，很想起来，却显得力不从心。

两人吆喝几声，驼扬脖扭身，腿却毫无声息。身子对冷的抵抗，是很费精力的，两人都乏到极致了。兰兰说，算了，先在这儿眯一夜，到明天再刨它的腿。反正，上去也没个地方落脚。想弄堆火，也没处找干柴。两人就吃些叫雨弄黏的馍，又给驼取了些盐。在驼喀嘣喀嘣的吃盐声中，两人靠着驼身，眯了过去。

4

不知过了多久，莹儿被冻醒了。下山风很利，跟寒冷的流水一样。雨仍在下，但小多了。只是衣服的湿很难耐，靠驼身处虽有暖意，别处却寒凉入骨。莹儿觉得嗓子很疼，她一阵一阵地打颤。她想，要是伤风了，可不太好。她揉揉虎口，按按太阳穴，掐掐各指节。她想，可千万别病倒。要是病了，会给兰兰带来麻烦。又想，老天爷，你就是叫我死，也得等我回家再死。现在要有个三长两短，就把兰兰拖累了。虽也不太信金刚亥母，但还是祈祷了一番。

兰兰很响地打个喷嚏，醒了。她摸索过来，坐在莹儿怀里，紧紧地靠在她身上。莹儿明白她在给自己遮寒，有些过意不去。兰兰说，反正总得有人面对下山风，谁挡风也一样。莹儿说，也好，我们两人换着取暖。因前有兰兰，后有骆驼，莹儿暖和了些。她也很紧地搂着兰兰，像妈搂婴儿那样。这样，兰兰的脊背就会暖和一些。

天很黑，看不到星星。雨点儿没以前大，但很密。她们脸上的水没干过。好在驼的体温还是能传到莹儿身上，莹儿暖一阵，再叫兰兰靠了驼背搂她。兰兰虽不愿意，但拗不过莹儿性子。莹儿想，也许，这就是相依为命吧。

远处尚有闪电的迹象，隐隐能听到雷声。骆驼发出逍遥的鼾声，像垂死的老人在咽气。前胸后背虽能轮换着取暖，屁股下却煞凉煞凉的。兰兰说，这会儿，也不求啥热炕了，只要有个麦草墩儿就成。莹儿苦笑了。

兰兰说，我发现，这辈子跟我最亲的，就是你。爹妈虽也亲，但他们是他们，我是我。他们进不了我的心，也不能陪我。你却陪我经历了一场生死，你也丢不下我，我也丢不下你。这难道不是最亲的人吗？莹儿说，我也是。细想来，老天爷待我们还算不错，叫我们做了对方的伴儿。就算是死了，也不是孤鬼。这尘世上，不知有多少孤鬼呢，孤独了生，又孤独了死。

兰兰说，你别再说死呀死的。你别看这肉身子是个拖累，可也是个大宝，成佛由它，做祖也由它。没它，你就成了一阵风，啥也做不成的。莹儿说，可有时候，这肉身子堕落了，人也就堕落了。你不想堕落的话，就得先没了这身子。兰兰说，你这是啥话？她长叹一口气，说，莹儿，你答应我个事儿，不管咋说，我们生也经了，死也经了，那豺狗子虽凶，也没扯去我们的命。我们无论遇到啥，也得好好活着。你可别想无常，成不？

莹儿不言语，叹了一口气。半晌，才说，有时我想，活人真没意思，多活几十年，不过多当几十年的牛。最后，从清凌凌的女子，变成了絮絮叨叨叫人生厌的婆婆，有啥好？

兰兰说，这话，看咋说呢。要是他混世，当然没啥意思。要是他修行呢？你听过一个叫唐东的喇嘛吗？他是香巴噶举的成就师，他用一生的时间来修桥。那时，过河得攀着绳索，每年总有百十个人叫水淹死。在修桥前，唐东不过是个平常的喇嘛。修桥后，他就成了大德，都说他功标日月呢。

莹儿说，人家干那么多事，是人家有大力。像你我，虽也叫活人，却连个风筝也不如。我也不想当大德。我仅仅想像一个人那样活着，稍稍自由一些，想些自己的事，干些愿干的活，守着个盼头。谁料想，却像掉进豺狗子窝里了，你也想撕，他也想啃，都想往粪坑里拽你，都想染黑你的身子。要是你稍一迷糊，别说身子，连心也叫他们染黑了。有时，并不是你想做啥就能做成的。当一个巨大的磨盘旋转时，你要是乱滚，就可能滚进磨眼，被磨得粉身碎骨。这一说，兰兰噎了。

莹儿跟兰兰换个位置，立马像掉进了冰窖。风直接吹进了心，毫无遮拦似的。她打个哆嗦，想，啥时才能熬到天亮呢。兰兰说，还是你到里面来，我外面习惯了。莹儿不肯，说你也是肉身子。兰兰便很紧地搂了她，说，还是说说话吧，这阵候，要是睡着，会阴死的。莹儿说也好。但两人真要说话时，却发现也没啥说的，就胡乱找些话题，聊一阵，都觉出无聊了。

四下里黑成了一块，心也叫黑腌透了。雨小了些。兰兰说，来，我们点了马灯。她脱下背心叫莹儿遮雨，她怕雨落到烧热的灯罩上，会炸坏灯罩。兰兰摸索着取下马灯，又摸索了好一阵，才找到打火机。气体打火机真好，一打，夜里就晃起一团亮来。倒是如何将那亮引入马灯，她们费尽了心机。打火机粗，近不了马灯的捻子。后来，莹儿捻些驼毛，蘸些煤油，总算点着了马灯。

光明真好。莹儿马上有了暖意。她扔了遮雨的背心，将身弯了，把马灯放在胸前，这样，雨就下不到灯上了。虽有很难闻的煤油味，莹儿还是很高兴。她发现马灯除了有照明功能外，还能取暖。她将手放到玻璃罩上面的铁皮上。一股暖流就化成了活物，先是蠕进手心，又缓缓沿着手臂进了心。她叫，兰兰，快来烤火。

马灯真好。那热虽然很有限，但总是热，姑嫂俩弯了腰，边为马灯遮雨，边烤起火来。烤一阵，她们发现手虽然不冻了，身子却因离开了驼背打起了哆嗦。莹儿无意间发现，雨滴在灯罩上，先是湿湿的一团，渐渐就变成了蒸气。她说，不要紧，灯罩不太热，炸不坏的。兰兰试着用手摸摸灯罩，却再也不想挪开手了。这样，两人又背靠了驼背，莹儿捂了铁皮，兰兰捂了灯罩，就尝到了天堂的感觉。

兰兰根据手的承受程度，调节着灯苗大小，觉得灯罩不热时，她就拧大些；觉得手受不住热了，她就拧小些。虽然灯苗的热度也很有限，但两人都很满足了。

天渐渐亮了，姑嫂俩就着沙葱吃了些馍。她们试着拉骆驼，发现湿沙的吸力仍很强，凭骆驼本身的力，是很难拔出腿的。兰兰说，要是没人救，这骆驼，就渴死饿死了。细想来，那流沙，倒也没个啥可怕的，只要不叫陷了身子就成。一陷了身子，日头爷一烤，就成干肉了。

两人挖了许久，挖去了桎梏驼腿的湿沙，吆喝几声，驼才出了陷坑。一出来，驼就兴奋地叫几声。莹儿发现，驼背上的盐多叫雨化了，纤维袋扁了。她倒也不心疼，经了生死，经了风雨，就看淡了好多东西。说不清这是心的疲惫还是苍老？都一样。反正心木了，天大的事儿也觉得不是个事儿了。也好，许多时候，你的心只能折磨自己，它是左右不了世界的。那心，还是木了好。

后来，兰兰说，在那个寒冷潮湿的夜里，她们之所以没被阴死，就因了那马灯。

第 三 十 三 章

相思病肝花上穿孔孔，没有个插针的缝缝。

1

月儿出了家门，走向大沙河。白虎关虽有许多沙娃，他们也定然知道村里有个患梅毒的女子，他们也可能会指戳她，但月儿懒得管它。她要去等猛子。今天是猛子到来的日子。猛子每两天回来一次，带些药，带些城里的消息，还带来月儿渴盼的幸福。

月儿越来越离不开猛子了。说实话，以前，她只是喜欢猛子实在，跟城里的花花肠子们相比，猛子的实在很难得，但要说她有多爱，还真谈不到。不料结婚后，感情反倒迅速升温了。也许那内疚充当了催化剂，更也许她跟猛子有了生死相依的感觉。自生病后，她发现以前很在乎的东西都跟自己不相干了，倒是能在孤寂里陪她的猛子成了她的慰藉。每到她疼得抽气时，猛子脸上的肉也在抽动，每每抽出满头的汗来。这真的很叫她感动。

虽也渴盼健康，但这已退至次要位置。她最渴盼的是见到猛子。她每分钟每分钟地挨，度小时如度年。家中显得很沉闷。村里人很少来串门，也许是怕沾上她的"病水水"，都谈梅色变了。屋里充溢着炕粪味，这是多年没拆炕的缘故，却成为她挑剔地不想待在屋里的理由。她每天用牛粪熏好多次，效果很好，有些地方已经结痂。除了每周进城一次，叫老梁爷扎出满脊背的血珠外，她所做的就是熏，并吞下大把大把的药片。但好的是，那病魔乱舔的势头，已遏制住了。希望之火，在生命里越燃越旺。

一踏出家门，她就照例见到远避的人，主要是女人，仿佛与她有深仇大恨似的。她们定然怕这“骚货”勾引自己的男人，再间接把病传染给自己。月儿感到很好笑。有时，她也会遇到男人，同姓的单家户族都远远躲了，定然嫌她给自己家族丢了脸。也倒是，他们和外族人吵架时，只要对方一骂“杨梅大疮”，他们就先泄了气。异姓男人却不躲，反倒趋前来，在月儿脸上仔细扫视，不知是想窥出她脸上的淫荡，还是希望发现渗到脸上的“大疮”？月儿就由了他们看，一脸的义无反顾，需要时，还向他们礼貌地点头微笑。当初她是那么害怕叫村里人知道，现在，真知道了，反倒发现也没个啥怕的。

现在，她最怕的，就是失去猛子。猛子已成为她的宗教。以前，她有好多盼头。后来，盼头一个个破灭了，最后只剩下爱情。要是没有死亡的威胁，这爱情，也许不这么强烈。因了一个死神候在身侧，爱反倒怒潮般汹涌。而且，爱的狂潮往往能卷走对死神的恐惧，或是索性就淹没了死神。真的，跟猛子见面的渴望，反倒淹没了疾病的痛苦。

每到猛子回村那天，月儿就早早起了床，早早打扮好，早早到那个猛子必经的路口。路口有棵沙枣树，她就倚了那树，望羊肠小道的尽头。幻觉里，猛子就骑了那辆可爱的破摩托出现在路的尽头，忽悠而来。虽然老是幻觉，但幻上一千次，真的猛子就会出现。一出现，月儿就心跳不已，一股巨大的幸福就席卷了自己。她就会去迎那渐趋渐近的彩点，跑呀，跑呀，到近前，扑上去拥吻。有时，扑的势头太猛，也会将骑车的猛子扑倒。两人就嘻嘻哈哈，滚在沙洼里。只有在发现汽油已顺盖子流出时，打闹才停止。然后，他们扶起摩托车，两人骑了，她很紧地搂了他的腰，缓慢地颠簸着回村。

这是她最幸福的时刻。这时一般已到黄昏。巨大的太阳已悬到沙山顶上。村里会升起许多炊烟。白虎关那儿也会有好多烟腾上半空。无风的时候，烟是不散的。烟只是升高升高，到一个高度后，就不再上升，而是散落下来，

两人骑了摩托车.
她很紧地搂了他的腰.
缓慢地颠簸着回村.
这是她最幸福的时刻.

罩着村落和小道。月儿就觉得自己在童话里游。摩托的突突声很轻微，温柔地在心上舔。有时，还能在路上碰到牧归的羊群。羊们都死皮赖脸地在车前磨蹭。猛子就吆喝着打喇叭。羊们就会扭过那冒着傻气的脑袋，望一阵月儿，眼里竟充满羡慕，全然不顾辗向自己的车轱辘。月儿感到好笑，边朝羊们做鬼脸，边“咩咩”地叫。她叫得很逼真。她一叫，总会招来一大堆的“咩咩”，猛子就笑了，说：“看样子，你的前世是只羊。”

猛子回城后，月儿就想这场面，想出一脸红晕和痴迷的笑。

每次，她一人路过白虎关时，淘金的沙娃就会叫。他们扯长了声音，嗷——，嗷——，但那声音里并无恶意，只表示好感。等到猛子捎她回家时，他们就不再叫了，只攒了脑袋看，悄声无息的，只有那枯燥的机器在轰鸣。

美中不足的是，那一天实在太漫长。月儿是早上日影冒时就到那所在的，猛子是太阳快落山时才回村的。月儿总要带上馒头，带上水，带上药。出门前，妈问她，去这么早干啥？她也不去解释，只觉得屋里待不住，而在那村外，总是有盼头的。只要那羊肠小道上出现个黑点，她的心就会狂跳，就望呀望呀，那黑点，先是猛子，后来就变成另一个面孔，或男人，或女人，月儿也不恼。她只是干咽一口唾沫，再望那小路尽头。

这天出门时，日头爷带了个风圈儿。妈叫她别出去了，说是这阵候，肯定是老毛黄风，人家说不定不来。月儿却不听，她裹了头巾，又去那儿。晌午时分，真起了老毛黄风，黄风褐浪，滚滚滔滔，席卷而来。沙子掺和到风里，拧成沙鞭，一下下抽她。她先是倚了沙枣树，后来，风就不叫她再站立了。她就猫了腰，蹲下，用那头巾，捂了鼻脸，只留个小缝儿看那小路。风最猛的时候，小路就没了，天地间茫茫一片，除了风，除了沙，啥也没了。日头爷也没了。月儿就念叨：“你别来了。这么大的风，你别来了。”可心里还是希望他早一些出现。她既怕他风天里骑车不安全，又怕他真不来了见不着她。她就忽而盼他别来，忽而盼他来，倒将身外的风沙忘了。

村里有几个进城的人过来了，一见风中瑟缩的红点儿，便知道是月儿。自打月儿来这沙丘上等猛子，村里的骂声就稀了，好些人心软了。一见苦等的月儿，就劝她别等了，他来的话，自会去你家找你。可月儿仍是等。

风最大时，就没天了，只有飞的风沙；也没路了，只有一条风沙织就的幕布。那布，也罩在心上，造出一种传说中的地狱印象。虽生在这儿，月儿还不知道风沙竟有这般能为。以前，风沙起时，人多在屋内。那时的风沙，只是声音：沙泼窗纸声，风过树梢声，怪风啸叫声，或刷刷，或啾啾，或神头怪脸地叫些莫名其妙的内容。此刻，那诸般声响，却混乱成了一团。虽用头巾裹了脸，沙却搜缝儿入，打上月儿的肌肤，死疼死疼的。

那条小路隐现于风沙中，若有若无。它跟悬上西天的亮晕一样，虽模糊，却透出极强的信息来。梭梭们死命摇曳着。风显然想将它拔出，梭梭虽随顺了风的性子，根系却死死地咬入大地。顺了捂口鼻的头巾上沿，瞅一阵梭梭，月儿竟被它感动了。她想，就是，要像梭梭那样活着。

几点黑影从风沙里移了来，月儿心一动，惊喜溢满了心。她想，这回该是他了吧？虽已失望多次，她还是充满希望地将掠入眼中的一切都当成猛子。这样好。这样，风沙里透出的，就是希望。

那黑点儿近了，近了，看出是两个人，男人推自行车，女人在身后推，车架上捎个娃儿。风将那几人的衣襟一鼓一荡。每一鼓荡，车都趔趄，但终于没被吹下路基。再近些，月儿辨出，是同村人，就大声问："婶子，你们见猛子没？"话才出口，就被风抢走了。问了几回，对方才听清了内容，答："没。这路上，连个鬼影也没有。回家吧，这阵候，他不会来了。"月儿心灰了许多，却又欣慰。她想："不来也好，这号天骑车，很危险的。"

见那人走远了，月儿又猫在沙枣树下。倚着的树干一下下拱她的脊背，身子便随那拱摇晃，却觉出一种温暖来。此刻的世界里，它是唯一向自己表示亲近的活物了。那力道，透出强劲和柔韧，也充满了关怀，仿佛说："回去吧，回去吧，这么大的风。"一股热涌上鼻腔，泪花模糊了眼帘。

但月儿仍是不想回家。这些日子，家似乎没了温馨，只透出沉闷。倒是这小道，因为能载来幸福和期盼，而洋溢了温馨。风虽在卷，沙虽在滚，小道虽时时模糊，但那路的尽头，可能会出现她盼望的影儿，那就候吧。等得来等不来，倒成了次要的事。温暖心的，是等的过程。

日头爷慢慢移下山洼，风小了，沙乖乖地待在新落户的所在。月儿想，他可能不来了，这么大的风……你不来，我也不怨你……却仍是拨亮眼珠，望路的尽头。终于，酸涩的眼眸里，渗出了一个黑点。那黑点，缓慢地洇大了。月儿品出了熟悉。她惊喜地扑了上去。

这回，是猛子。

扑入猛子怀里时，月儿幸福地哭了。猛子也很紧地搂着她。两人的泪掺和到一起，洗刷着脸上的尘土。两人谁都明白，自己离不开对方了。

捎了月儿回村时，沙娃们起劲地欢呼，仿佛他们也等了一天。月儿闭了眼，将脸贴到猛子背上，流出了幸福的泪。

2

不知从哪天起，月儿发现，病又重了，结的痂开始溃烂，疼也一波一波地连绵不已。腿部已有了溃烂的洞。医院里开的药和老梁爷配的药已没有多大的效果，那牛粪烟火也毫无作用了。一片很大的阴影掠向月儿心头。

妈找来了偏方：叫她坐在烧酒里。那烧酒，只在伤处沾一点，就能牵出一大片疼。疼沿着神经荡向全身，但月儿仍是咬了牙，坐在盛满烧酒的脸盆里。不一会儿，她就疼出了一身汗水，但她一边咬牙，一边念叨：“淹死你！醉死你！”她仿佛看到那病魔在酒水里呼爹叫娘，就快意地笑了。

但在酒里坐浴的效果还不如牛粪熏，虽忍了大疼，可伤口并不愈合。酒精能杀了的，只是外部的病毒，更多的病毒，早进入血液了。月儿也知道这些。

这回，爹也急了，凑了好些钱，把月儿送进兰州医院。除了月儿过敏的那些抗生素外，大瓶小瓶不停地输，但仍是没一点儿起色。月儿清晰地看到，死神在偷窥她，老向她鬼鬼地笑。

自“死”字罩了心后，天地就灰蒙蒙了。一切色彩都没了，只有裹尸布一样的惨白。以前，总觉得“死”是个遥远的字眼，总和别人连在一起。现在，它突兀地逼近自己，露出了獠牙。月儿有种手足无措的慌乱和恐惧。好长时间里，她的脑中一片空白，啥都没有，只有灰灰的空白。那空白，是个无形的罩子，把她和世界割裂开来。世界在外面，自己在里面，一切都遥远到心外了。跟自己邻近的，只有无助，只有恓惶，只有那种灰灰的无着无落。老觉得在梦魇里，痛感虽一晕晕荡，但梦的感觉却很浓。她想，要真是梦多好。这一想，却又从梦感里挣出了。“死”字带来的疼痛就会利利地扎伤自己。

真要死吗？她老这样问自己。觉得自己还没咋活呢，就要死了。真没活出个眉眼，猛一想，活过的岁月只是几个瞬间。此外，一片模糊。生命的经历，跟那迷茫于风沙中的小道一样，模糊得若有若无。那几个瞬间，倒很清晰：上学读书时的向往，跟莹儿学花儿的情景，和猛子的拥吻……就这不多的几个镜头。莫非，这二十多年的人生价值，仅仅是这些？

月儿也开始想那些玄而又玄的问题了。以前，别人一提死，她就嫌它败兴。现在，这问题逼近了她，不由她不正视。她想，死后咋样？这身子没了后，那个叫月儿的哪儿去了？等等。她是找不到答案的。有时问爹，爹却极力避免谈“死”。月儿知道，爹怕她难受。好在这些问题只是浮光掠影似的一闪，一种悲哀绝望的感觉很快就淹没了它们。

感谢病魔。它们的肆虐范围，仅仅限在了衣服能遮盖的地方，脸上倒不曾受到伤害。镜子里的那张脸，仍称得上美。这既让她欣慰，又叫她伤感：这么漂亮的脸，也终究会死去。

她多想活呀。细想来，她活了没几天。小时候，懵懂无知；再大些，就叫学校作业占据了身心。真正为自己活的，也就是十八岁后的这几年。除去睡眠，除去为生计奔波的日子，除去那些不值得想的场景，剩下的，没多少时间了。真正觉得有意思的，也就是跟猛子相处的这些日子。……真没活好。要是这样死了，跟没活有啥两样？

她常常泪流满面。

有时，她后悔自己没早些跟猛子恋爱。刚从中学毕业的那几年，她还有个干净身子。两人早一点相爱，拥吻，甚至做爱——一想这个词，她的心一紧——那该是多好的人生享受。若真是那样，她也许……不是也许，是肯定……不会得这病。在那些不堪回首的日子里，她与其说是被人骗了，不如说是自己空虚所致。那时，生活里虽有盼头，但遥远得像浮游在梦中的肥皂泡，好容易追上一个，一捉，却啪地破了。捉一个，失望一次。失望多次后，心就空空落落，老想宣泄，老有种想堕落的冲动。那时，即使那人不勾引她，她还会遇到别人的勾引。空虚的她，是抵御不了勾引的……但若是跟猛子早一些恋爱，一切就会是另一个样子。每每念及，她就懊悔万分，虽明白迟来的懊悔于事无补，但懊悔时，心中就没了“死”的位置。那情绪，把一切都挤了出去，疼呀，绝望呀，都叫啸卷的懊悔挤没了。

那么，只能怨自己的命了？小时候，她算过几次命，都是好命，都贵到能当皇娘娘了。也正是这几次算命，使她幼小的心灵里产生了许多幻想。她一直期盼着生活中出现王子——这也是她没早些选中猛子的原因。她走出家门，找呀找呀，没找到她想找的人物，却找了一身杨梅大疮。她不明白，为什么那么好的命——有好几个半仙都异口同声呢——却落得今天的结果？是她自己污染了好命，还是一种强大的外力干预了命运？她不知道，也没人能告诉她。

记得，兰兰老说心决定命，说是心善则命吉，心恶则命凶。她还举了好多例子，粗看似乎有道理。但一和自己对照，那理论就不堪一击了。她自认自己善到了极致，她从没想过要害别人——当然也没像兰兰向往的那样要“利益众生”——但恶是丝毫不曾有的，可为啥命竟是如此之凶？月儿想，定然有些东西干预了自己的命。细追究，却没个清晰思路。

但想活下去的念头却很清晰。它很强烈，如啸卷的巨浪一样汹涌，尤其在想到猛子时。因林业局的事忙，猛子不能到兰州来陪月儿。才过了几天，月儿就熬不住了。开头，想活的欲望很强烈，渐渐地，相思探出了头，并占据了上风。相思最强烈的时候，她甚至有种冲动，拔了手背上的针头，跳上西行的汽车，到凉州去，拥了猛子，疯狂地咬他的衣服——她不敢再亲他的嘴了，因为兰州的医生告诉她，口水也会传染。她已给猛子打了电话，叫他输几天青霉素——或者，执手相看泪眼，也比待在这尸布般惨白的病房里好上百倍。有时候，啸卷的相思往往会压了对死神的恐惧。她就想说服爹，早一些出院吧。

钱大把大把地花出，药大瓶大瓶地输入，不过敏的那些抗生素已降不住疯狂的病毒了，更糟糕的是，她的肝肾心脏都出了问题。大夫偷偷将这讯息告诉了爹，爹便老是偷偷抹泪。月儿嗅出了异味。腿上已有了几个黑黑的洞，发出一种刺鼻的怪味。死神老从里面探出脑袋，朝月儿做鬼脸。月儿感到死神像个鸡婆，裹个围巾，露出了尖尖的喙。那洞，就是那尖喙啄的。恍惚里，月儿定定地望它。她虽想尽量清醒些，但那恍惚越来越频繁，时间也越来越长。月儿明白，死的网已蒙向自己，就像那入网的兔鹰一样，虽也拼命扇翅膀，但逃出网的希望却渺茫到了极点。

她仿佛看到了那个向她逼近的大口。这个在童话电影里常见的镜头老在她眼前出现。幻觉中的她总在逃，但那羸弱的腿，却咋也挣不出黑夜般漫长的阴影。常入梦，梦境和幻觉一样，总是她在逃，后面逼来个茫无边际的怪物。身后的阴影水一样流淌过来，咬住她的影子，一点点将她扯入大口。这时，她会叫："猛子，救救我！"仿佛诵神奇的真言一样，一叫猛子的名字，她就会从那种无助的状态中惊醒。醉人的相思就会趁隙袭来，裹挟了她。

她数着日子在熬。她总能听到缓慢的秒表声。那吧嗒吧嗒的声响总在心上割，很钝的感觉。那疼痛，使时光显得很漫长，仿佛没有光亮的黑夜，看不到一点儿希望。在家乡的时候，她还能走上那条等待的小路，望路的尽头出现的黑点。不管那黑点是不是猛子，但她至少有个盼头。现在，除了疼痛，除了死神的阴影，除了爹愁苦的脸，她看不到一点叫她心头亮活的东西。

她明明知道，她快要死了。

怪的是，她反倒迟钝了对死的恐惧。她相信死后还有灵魂。她只怕死后的孤单。有时，她甚至自私地想叫猛子跟她一块儿死。能和爱人一块儿死，是多么幸福的事呀。疼痛稍加平息时，她就会沿着那思路一直想下去。她很愿意从婚前开始联想，最美的镜头是她和猛子的相拥、接吻、做爱，而后两人并排躺在一张洁白的大床上，都染了病，但他们一点也不沮丧，而是更加热烈地闹——最多的场面当然是性爱——一天，他们死了，一齐死了。死的形式是从两具仍然美丽的尸体上飘出了更美丽的影子，蝴蝶一样翩翩起舞。他们会游世上最美的地方。那儿有花，有草，有清凌凌的水，此外，她实在想不出还能有哪种美法。……这时，她就很懊悔婚后没和猛子做爱，但这懊悔，仅仅是掠影似的一闪，因为疼痛很快就会提醒她想法的荒唐。她可实在不忍心叫猛子也忍受她这样的痛苦呀。

除了怕死后的灵魂孤独，她最怕的，就是猛子可能会和别人结婚。这是比死亡更糟的事，一想在另一场婚礼里，主角不是自己，而是另一个女子——怪的是，她长着莹儿的脸——她就觉得自己喘不过气来。只有在这时，对死的惧怕才会再一次袭来。死最大的可怕是把猛子从她怀中抢了去，送到另一个女人怀中。而她——若是真有灵魂——只会无助地哭泣。她甚至想象得出自己影子般的灵魂的哭泣模样。她就像没娘的孩子一样，蜷缩在洞房的炕角里，眼睁睁望着那两个冤家销魂地闹。这是她最不愿看到的场面。那场面却黏了来，硬在她脑中晃。她便觉得一只大手扼住了自己的喉咙，勒得她喘不过气来。也倒好，身体的疼痛倒因之淡了。我可不想死呀。她呻吟道。

这想象的未来的场景使她对猛子产生了怨恨，明知道这怨恨蛮不讲理，她还是说服不了自己。她甚至找了几条理由，来证明她恨得有理。明知道，猛子没陪她来兰州，是林业局的事脱不开身，但她偏要说他在躲避她，想要抛弃她。她甚至把婆婆当初想叫他俩离婚的事也扯到猛子头上。为了证明自己的论点，她找了许多证据。村里有不少这样的证据，女人尸骨未寒，男人就有了新欢。这一来，她万念俱灰，觉得心中的靠山倒了。一切都显出虚假来，啥都没有了意义。爱情，会随着她肉体的消失而消失，她学会的花儿亦然，还有金钱、房子、父母、兄弟，自己的青春、美丽等等，都没有了意义。她发现，生活中的一切原是个巨大的骗局。降临的死亡，立马就叫它们露出了原形。

假的。都是假的。她呻吟道。

一滴泪珠，滑出眼眶。她哽咽一声。见爹凑上前来问询，她扭过头去。她啥都不想说，谁都不想见。心被一种灰灰的感觉笼罩了。

她想，啥都原形毕露了。

第　三　十　四　章

黑老鸹招手烟洞上停，忽喇喇惊醒了梦中人。

1

猛子在林业局帮忙，算打零工，工资按天数算，一天二十五元，月月结清。这天，他结了一个月的工资，打在月儿的卡上。他还想多给她筹些钱，可找了好些人，也没借来多少。他就想，要不，我厚着脸皮，再向双福女人张个嘴？虽然上回借了钱没气力还，他有些不好意思，但为了月儿，真叫她辱臊一顿也没啥。又想，治病的事，不比别的，那女人大气，说不定会帮他的。

哪知，猛子一进村子，却听说双福出事了。

谁都没想到双福会出事，但双福还是出事了。没办法，人要出事，谁也挡不住的。

按说，双福是最不该出事的。他有过许多出事的机会，都该出事的，可偏偏没出事。这次，本不是个大事，却出事了。按北柱的说法："那孙蛋，祸事的还是尿头子。尝了骚的尝浪的，尝了老的尝嫩的，最后，尝到人家学生身上了。知道不？在学校里修楼，他却跟人家的女学生相好。事没发，是风流韵事。事一发，叫对方咬成强奸了。听说，是班主任牵的线，钱叫他一舌头掠了，女的一闹，才传成风了。这下，命不做主了。"

北柱朝猛子眨眨眼，说："那事儿，应了。"猛子这才记起了掘坟的事，慌张了，四下里望望，见人们并不知那事儿是啥，才放心了。他懊悔地想："咋干了这号没脸的事？"

北柱说："听干活的小工说，那女娃，可漂亮呢，红处红，白处白，眼睛会说话，眉毛像柳叶，一掐，都出水哩。这孙蛋，嫩葫芦啃得好，这下，嘿嘿……"

北柱的语气，很叫猛子讨厌。凉州人称之为"望笑声"："望"着别人的祸事，发出自己的"笑声"。但奇怪的是，双福暴富时的嚣张令他反感，双福出事后别人的望笑声也令他反感。他说不出这是啥心态，便气呼呼道："你高兴啥呀？人家败了，你又嚼不上个财把儿。"

"可我心里舒服呀？"北柱笑道，"这下，双福婆姨可成了带财寡妇。她进了城，处理去了，也不知处理了个啥样。才回来。"

猛子想："怪不得，去她家几次，都铁将军把门，原来出大事了。"又想："出这么大的事，她都不通个声气儿，把我当外人哩。"觉得有些委屈。

自发现月儿有病后，他就没去过双福家。他怕自己把持不住，干出对不起月儿的事。

"我早就估摸出事了。"北柱说，"那天，派出所的来，还挤眉弄眼地捂盖子哩。纸里能包住火吗？多厚的城墙也漏风哩。唉，懂得江湖三分理，必定世上命穷人。为富不仁，为仁不富啊。那天夜里，来个车，天没亮，就拉了双福女人去了。我觉得肯定出了事，果然。嘿，还是种庄稼实在呀。瞧双福，平地里起了个鼓堆，不遇事，还耀武扬威。大小遇个事，就稀里哗啦，成烂摊子了。"他望望不远处疯扭疯唱的会兰子，悄声说："那大头，也危险呢。说不准哪天抖出来，这疯女人，也就成带财寡妇了。"

猛子不爱再听这号话，就皱皱眉头，往双福家走去。身后，传来北柱的笑。

那笑声，听来很刺耳。猛子很想朝北柱脸上来一拳。怪！不久前，他那么讨厌双福，曾想法儿叫他败。可一听他真出了事，却咋也高兴不起来。……莫非，双福的出事，真跟掘坟有关？往深里一想，又觉得不是。双福好色，历史悠久。掘坟前，他就是有名的探花郎，寻鲜的，找嫩的，逐香猎色，远近闻名。那么，他出事，不过是迟早的事；却又想，天下做那号事的，又不是双福一人，为啥偏他出事？莫非，掘坟真使他败运了？难说。运红了，天大的事儿也屁大；运败了，屁大的事儿也天大。猛子前思后想，脑中一团糨糊。

但无论他咋为自己开脱，总觉得双福的出事跟掘坟有关，心中就异常憋了。这时，双福在他心中，就又是条汉子了。想来，也真是。仅仅是饿极了，偷了点玉米，就叫村里人斗了个贼死，头砸成血葫芦，活不下去了，才逃了出去，才混成个人样，才成了远近闻名的企业家。这一切，猛子常听妈念叨。他每次受教育时，双福总是榜样。后来，双福的一切显赫都叫他憋气，才掘坟，才盼他倒运。谁知，双福真倒运了，他心里不但没轻松，反倒更憋气了。猛子简直弄不清这个“心”，究竟是啥玩意儿，为啥老和自己过不去呢？

对老一辈讲的风水故事，猛子不信也信，信也不信。这要随他性子的。掘坟时，他将信将疑。现在，他有些信了。一信，心就怪怪地难受了，又觉出双福的好了。他仗义疏财，能干有为，修学校，捐款……一系列事儿渐次出现，融入心中，心就憋得慌。怪。先前，他可从不是这样，那时，他今朝有酒今朝醉，不管明日喝凉水。妈骂他“大头烧山芋”，爹说他“肩膀上扣的是谷糠盆子，没一点脑子”。那么，爹妈是盼他长脑子了？可一长脑子，心里的事儿就多，就烦，就觉得有股恼人的憋，就活得不自在了。真想回到过去，可是，脑袋一开窍儿，再想蒙昧它就困难了。这事儿引来那事儿，就一脑子事儿了，乱麻一样，丝丝络络。你想理，也理不清头绪了。

猛子走向双福家。他除了想安慰双福女人外，还有救双福的强烈冲动。可惜，他不认识大人物。他认识的最大的人物就是镇上的秘书，可是秘书常把他和白狗混淆。但猛子心里救双福的冲动却涨潮似的激荡个不停。虽说他心里也没啥主意，却想给女人出个主意。

到双福家门口，他吃惊地发现，那门楼竟灰塌塌了，也没逼人的显赫感了。他甚至没觉出门楼的高大就进了院里。院里有几个女人，正劝秀秀，都说些不着边际的话，但都觉出了虚假，说的累，听的也累。猛子一进来，她们便借故离去了。

屋里一下子静了。

女人扔过一盒烟。猛子没烟瘾，抽不抽都成，但还是取一支，点了。看看女人，女人却没啥变化，仍旧那么平静，既没一点悲哀，也没幸灾乐祸的神色。这婆娘，啥心事呢？记得当初，她说：“谁都躲不过老天划的那个道儿：有多红，就有多黑。”

猛子说：“可叫你说准了。这下，他可真黑了。”

女人抬眼，望猛子一眼，道：“我可没咒过谁。那挨刀货，是自己咒的自己。做啥事，就得啥报应。雪一化，尸身子就出来了。不过，你也用不着望笑声。人家倒了，也是条汉子，比那些嘴硬屄子松的货强。”

“当然。当然。”猛子讪讪地笑笑。他觉得，女人最后的话是骂自己的，想到掘坟的事，心又不自在了。记得当时，他心里有一股气的。有了那股气，就有“汉子”味了。现在，气散了，说话也没底气了。唉，咋干那事儿呢？猛子很是懊恼。

“你一定怪我为啥没变？”女人淡淡地笑道，“你说，我咋变？幸灾乐祸？我还没活到那德行；嚎天扯泪？也没有那种情分。但我，还是双福女人。至少，法律上还认我。那挨刀货，出了事才明白，那些姐呀妹呀的，都靠不住。往外抖事儿的，趁火打劫的，尽是她们。老娘是个烧山芋，看没看头，可不是落井下石趁火打劫的货。”

“人呢？”

“抓了。”

“要紧不？”

“能保下小命，老娘给他烧三辈子高香。”

猛子的头一下子大了，却不知该说些啥。又听得女人道：“他这时才明白了谁好谁坏，就是叫一枪崩了，也不是糊涂鬼。不像有些人，活着不是明白人，死了也是个糊涂鬼。”

“究竟啥事？”

“祸事的，还是那毛病。可拔了萝卜，捞出一疙瘩泥，扯出了一大堆事儿……不算这些事儿，只那女学生的事，就够毙了。人家一口咬定是强奸……这事儿，说小，屁事一个；说大，毙也够了。”

“他的那摊子事呢？”

“叫老娘料理。手下那几个，倒义气。老娘还以为是嘉峪关的旋风边外的鬼呢，可人家法律上还认我。”女人尖声尖气地笑了，“你说这事儿，演戏呢。忽而串红角儿，忽而演黑角儿，忽而花脸，忽而白脸。求财的，头想成个蒜锤儿大，却连个财毛儿也不见；不想财的，天上的元宝硬往怀里落。这老天爷，是个魔术师哩。”说着，又尖笑了几声，笑声却渐渐变成哭声了。

女人的哭声很大。猛子慌神了。叫人听到，又不知会说出啥难听的话来，就赶紧关了门窗。

女人哭一阵，擦了泪，又一脸淡然了：“憋许久了，总算哭出来了。这几天，我老捉摸，女人图个啥呢？男人老实了，守了她一人，却嫌他没出息。盼男人出息了，成大款了，却连男人也没了。那挨刀货，说他要是能重新选择，就当个农民，啥也不争，不斗，也不想，安安分分，务息好几亩地，教好娃儿。还说他对不起我，是他先伤我心的，不怪我……他也算明白了。我要是重活一次，叫他啥也不干，也不经商，也不求官，只叫他做个男人，当好爹爹就成。”说着，又一脸眼泪了。

猛子这才明白，女人心里装的，还是双福。不过，他也承认，双福很出色。无论精明毅力，还是别的，都有过人的地方。那毛病，当然也很过人。不过，若是有条件，哪个男人不犯那毛病呢？当皇帝，也不就是为了玩女人吗？就说：“那事儿，看咋说。花点钱，说不准也没事儿。”

女人说：“那事儿，坏就坏在传出去了。要压服了，倒好办。事主儿的钢口太硬。官老爷的口气也能咬断钉子。……就怕引起公愤。这些天我就安抚那些卖粮的农民和集资的工人，先凑了几千万，把欠人家的先还了。……要是引起公愤，官家想保，也保不住。”

“真是强奸？”

“这会儿，都说是。可那会儿，天知道。据说是班主任引诱的，说好给钱，可班主任全掠了，人家就闹了……你说这事儿，多恶心。我说你双福真不是人，小姐遍地是，打人家学生的主意干吗？你有本事，谈上一个，叫人家爱上你，出事了，也能说成爱情。这会儿，人家女娃也恨死他呢，一辈子也清白不了，满城风雨呢。人家不说强奸，说啥呢？听说，那学校的学生大半要转学，家长们也攻得厉害，那班主任也抓了……要说，这班主任也不是人，一块儿喝酒，开个玩笑，他就当真了，猫颠狗窜地忙活，又是个财迷，不出事，才怪呢。”

猛子又想到了掘坟。按黑皮子老道的说法，这类事儿，是“赶”的，是鬼神赶你去干你不一定要做的事。这一“赶”，往往能改变命运。祖坟好了，祖宗就能采天地灵气，就有了保你的能力。有了祖宗的保，想赶你的鬼神就近不了你。坟一坏，气散了，人靠精神鬼靠气，祖宗想保你，也没那能力了。而且，那红谷子糠黑狗血，又是镇物，撒到哪儿镇哪儿。双福的祖宗都叫镇了，就保不了双福。他不出事，才怪呢。

又听得女人说：“狗改不了吃屎。听说，他老干这号事，到哪个学校包活，就打漂亮女生的主意。”

猛子吁了口气。这一说，他又轻松咧。贼不犯，遭数儿少。你双福，风流姐儿，浪荡娘儿，尝腻了，想尝童子鸡，想啃嫩葫芦咧。一次不犯事，贼胆大了，两次，三次，十次，百次，总有一次要犯事。一犯事，小命儿就不做主了。真成女人说的了：那坟，是你自己掘的。

女人说：“男人，哪个不这样呢？有的有贼心没贼胆；有的，贼心也有，贼胆也有，却没那机缘；有的，色大胆小怕花钱。……那贼心，谁都有的。看穿了这点，才算懂了男人。”

这倒是。猛子想，可为这，搭上一条小命，真不值；就说：“要救呢。钱是死的，人是活的。”

“咋没救？”女人叹息道，“这些天，老娘的膀筋都跑断了。这年月，谁都是蝎虎子，张口就喝血。喝吧，江上来的水上去，我也是尽我的心。心尽到了，成咋样，就咋样。”说着，她抽泣起来。

这娘们，前些天，还钢牙铁口地等老天划的道儿呢。那道儿来了，“红”的变“黑”了，却又心软了。莫非，这就是女人?

只有在哭泣时，这个叫秀秀的女人，才显出十足的“秀秀”味来。平常时分，那心，那架势，比猛子还猛呢。猛子就抚了女人肩头，说：“跑吧，尽力子跑吧。有钱能使鬼推磨。要说，双福也是条汉子哩。”

女人扑到猛子怀里，放声大哭。随眼泪泄出的，是她多年的怨愤。

2

女人哭了一阵，刚抹去泪，沙湾小学的校长带几个老师来找她。

前些时，双福给了学校二十万，以自己的名儿设了个奖学金，专门救济村里上不起学的孩子。学校还敲锣打鼓地送来一块匾呢。现在，那钱仍在，名儿却不能在了。以强奸犯的名字命名，似乎辱没了钱，要换成村名。校长说，这是镇上的意思。

女人说：“叫啥也成。那名儿，你们看着办。钱只要花到娃儿身上，叫啥也成。”

校长又唠唠叨叨，解释一番。

“成哩。”女人的态度仍不冷不热，“就这样，你们办去吧，咋改也成。”校长又小心地解释了一阵，才带着老师们走了。

屋里突然静了。烟味很浓烈。女人开了窗，洒了水，扫了地，点了香。呆坐了一阵，女人说：“瞧，这世道。先前，这名儿，碰一下都光荣。现在，躲还来不及呢……钱还是那钱，名却不是那名儿了。你说钱重要，还是名重要？”

猛子叹道：“该生个法儿了。”

“啥法儿也想了，我也跑，人也跑。”女人又说，“难得你这份心。多少人，躲还来不及呢。”

猛子一阵冲动，泪涌了出来。“我不是人。你不知道，那坟，是我掘的……”

女人迷离了眼，望猛子一阵，才说："那事儿，一出来，我就知道是你。……该败的，不掘坟也败。不该败的，掘也掘不败……听说练气功的，真气太足了，身体受不住，就走火入魔了。钱也一样。心大了，有多少钱也没啥。心小了，有一点钱，就烧唤了。一盅的量，给个一碗酒，不烧才怪呢。"又说："贼不犯，遭数儿少。心不变，毛病就改不了。毛病改不了，迟早会犯事。细一想，也是定数呢。只有心变了，那定数才会变。"

猛子说："这也许是命吧。"

"命是啥？命是心。长啥心，就是啥命。心穷了，命也穷。心窄了，命也窄。长个鹰的心，就是鹰的命。长的兔子心，就是兔子命。那挨刀货，有创业的能力，却无守业的心。平地里起个沙鼓堆，大风一刮，啥也没了。……该花的，我也花了。那钱，可是千百个小工的血汗换来的。入黑沟门子，实在心不甘。那些饿殍疯虱子，你给一万，他想十万，狮子大张口，多少也不够。随他们吧。……我问了他，他也同意处理公司。我不是那块料——就是那块料，我也不搅和了。一个小瓶子里，一群毒蜘蛛，为苍蝇大小的利益争来斗去，血肉模糊的，想想都恶心。处理了，叫人家争去斗去。"

猛子急道："你可得救人家。把那钱花光也成。"

女人淡淡笑了："花光？花光就能救下？狼只要不封口，一两块肉，能塞住它？越吃越贪哩。"

"这么说，你不救了！真不是东西。"猛子变了脸，"钱算啥？有人就有钱。"

女人笑了。她认真望猛子一眼，见猛子一脸怒气，她脸上的笑就没了，却流下泪来。很快，就一脸水光了。她抽泣道："我看得出，你是，真心的，真心救他的人。"

哭一阵，女人抹泪道："放心，他死不了。听说要判二十年。……你放心，要是他死了，也会有一群垫背的。他这些年，有本账呢。哪个吃了肉，哪个喝了血，一清二楚，啥都给了我。拔了萝卜，也会捞出泥的。他活着，我学个封口的狼。他要死了，我就把啥都抖出去……我钱也送了，话也说了。他们也心知肚明。……这叫以毒攻毒。”见猛子仍一脸紧张，女人又安慰道：“放心，人家能吃多少食，就有多少力。多少年了，把些瘦狗都喂成肥狼了。一笔笔账，他也记了个清。……那挨刀货，人虽烧包了，脑子却没坏，把这么大事儿，托了我……他……他……还算长了颗人心。”她又泪花闪闪了。

猛子这才轻松了些，总觉得自己也该做些啥，但拧了眉头，前思后想，却死活想不出该做啥。

“我真没用。一遇事，才发现自己真是个蠢猪。”他说。

女人一脸感动。她想了想，出去反扣了庄门，踩了凳子，在天花板上一推，就露出个口来，一伸手，取出几包东西，分出一包，给了猛子：“这是救命的。我复印了十封，你保留一封，可千万不敢叫人看。”猛子看那包，扎得十分精致，一时半时也解不开，还打了蜡，上了封签，就说：“放心，我埋在干燥处，谁也不叫知道。”

女人望着猛子，许久，又说：“别的，我也给了可靠的人。那原件，我放在一个最保险的地方。那是他的账。……那挨刀货，也许没想到，真心想救他的，却是他想抛弃的女人和掘了他祖坟的男人。这事儿，也算怪呢。”又眯了眼望望天花板，说：“那儿，还有钱和几个古董，够你花几辈子了。我若有个好歹，你就把那东西多复印些，给省上各单位送。那些钱，由你花去。”

猛子慌了，听她的口气，咋有点安顿后事的味道？又听女人说：“这号事儿，难说。难保不叫人灭了口。一个在牢里，一个灭了口，就天衣无缝了。不过，还有人哩。只要有一个人在，那些事儿，就不会是黑馍馍盖天窗。”她笑了几声，很冷。

猛子很感动。女人竟把这天大的事告诉了他。他有了一种以前没有过的崇高感和责任感。此刻，若是叫他拿命换双福的出狱，他也愿意呢。

女人又说：“你若还想干个啥，就请个人，写个东西，说说他修学校的事，叫村里人签个名，请个愿。”

“有用不？”

“总比没有强。给人家个说话的理由。”

猛子兴奋了。这事儿，倒是他力所能及的。心里虽记着借钱的事，但人家遇了事，就张不开嘴了。倒是女人先问到月儿的病，没等猛子说出借字，就给了他一万，叫他先用，不够了再来取。

猛子回了家，先将女人给他的纸包埋到后院的老庄墙上，又找富强子写了请愿书，罗列了双福捐资助学等善事，希望政府能从轻处理。念来听听，倒也感人。猛子拿着请愿书，从村东开始，找人签名或按指头印。原以为会费些周折，谁知都说双福好话，都希望能救下双福的命，都夸猛子干了回人事。猛子很是感动。

干完这事，夜幕已降了下来，风也凛冽了。猛子跑出了一身汗，叫风一吹，水泼般凉，但他还是很兴奋。……怪，世事变化如此之快，心也一样。以前叫双福败时，心那么迫切。现在救他时，心照样迫切。虽是同样的迫切，内容却大相径庭。看来，世上无永恒的亲仇。事过了，境迁了，啥都会变的。

猛子很感激村里人。原以为，双福一出事，谁都会幸灾乐祸。先前，他们见到双福时，面里虽谄笑，背后却恨不得捅上几刀。现在，双福败运了。他的财像筛子里端水，百眼眼儿往外漏了。村里人却又念起他的好了，盖指印时，都情真意切，说了一大堆好话。有人甚至问，需不需要集体上访？若需要，他们就再开上三轮子，浩浩荡荡，到那顶事儿处，哀告也行，静坐也行，绝食也行。猛子虽不知道需不需要上访，但这份情他领了。……怪。“领情”？他竟将双福当自己人了。记得哥生病后，他就领过村里人的情。现在，这领情，竟跟那时一样。

真怪。

3

忽然，拐角处转出几人。一个问：“猛子吗？”猛子才嗯一声，腿上就遭了一击。他惨叫一声，跪倒在地，想，坏了，叫人灭口了。

又是重重几下，打得他冷气倒抽。他辨出，是木棍。

猛子以为他们会抢请愿书，但对方只用棍子招呼，并不来搜身。忽然，一个东西从头顶罩下。呛人的灰尘扑入鼻腔。他辨出，是个麻袋。……坏了，叫人家劫了。猛子暗暗叫苦。忽觉得自己悠荡起来。自家虽然命不做主了，但他更担心秀秀。悠荡了许久，身子才又落到实处。

噼啪声又响了。这回是皮带。

因挣扎蠕动了麻袋，时时绷紧的袋子抵消了皮带的力量，猛子也能受住疼。但他还是直了声惨叫。他想招来村里人。

“叫你叫！”随着一声呵斥，猛子脸上一阵剧痛。这一下抽得实在。他疯牛般嚎叫起来。那些人心虚了，风一样飘走了。

静了下来，疼也渐渐钝了。猛子叫：“救命呀。”却听不到回音。

麻袋口被扎了，猛子只能窝成一团。他按按胸部，纸还在，便舒了口气。除了腿上和脸上外，别处的疼息了。看来那些人并不想灭口。不然，一顿乱棍，早捶成肉酱了。

……但也许，他们马上会回来的。那时，就要灭口了。猛子紧张了，一下下蹬袋口。但袋口扎得很结实。呛人的灰尘扑入鼻中。从气味上辨出，麻袋盛过菜籽。

又蹬了几十下，仍是白费力气。但猛子心浮气躁，只管乱蹬。麻袋也随了那乱蹬，开始滚动了。渐渐地，麻袋越滚越快。猛子辨出，他正向沙坡下滚去。

滚了好一阵，麻袋才停了。猛子头晕目眩，懒得再挣扎。因蜷缩久了，背有些酸。他费劲地变换着姿势。鼻中呛了许多尘灰，很难受。那鼻孔，怕是成灰洞了。

“他们做啥呢？既想灭口，为啥又用皮带？……坏了，他们杀女人去了。杀了她，才会来杀我。”猛子慌张了。他仿佛看到，女人也在乱棍下惨叫呢。但猛子能想出乱棍，却想不出惨叫的女人。那女人，叫人打死，想来也不会惨叫的。她只会披头散发，一脸血污，眯了眼冷笑。

静了静，汗不再冒了。他长长地叫一声：“救命啊——”然后竖了耳，听那动静。

猛子先听到风声，再听到星星在哗哗哗闪，又听到一个怪怪的长嚎声。这声音很熟悉，阴森，冷漠，悠长，透出绝望。这是啥叫呢？猛子费力地想着。脑子却似给浆住了。静凝许久，他的舌头一下子干了。

“天啊，这不是狼嚎吗？”

这一声，把猛子的三魂七魄都吓飞了。他曾在猪肚井打死过狼崽。莫非，母狼寻仇来了？有可能，狼的鼻子尖，能辨出万种气味，能追到千里之外。莫非，它真的讨命债来了？……可秀秀托他的事儿，还没办好呢。……还有月儿，要是他死了，月儿咋办？

但许久，狼嚎再没响起。猛子便怀疑是幻听。这现象，老出现。哥死后一月间，妈哭灵的声音还时时在耳边响呢。这狼嚎，也许是这样。在猪肚井，脑子“录”了狼叫。一有机会，它就“放”一次。很可能。猛子的心才安稳了，开始想法儿。他最初想解开扎袋口的绳子，后来，想到了电视上孙悟空老用的法儿，就取出钥匙，一丝一缕，挑起麻袋来。终于，他挑开了一个大口。

出袋后，觉得空气清新极了，他长吁一口气。四下里虽模糊，但还能辨出，这是狼舌头湾。这儿老烧死娃娃，狼和野狗常来这儿会餐。……他明白了，那些抬他的人，有歹心哩。

腿很疼，那一棍力道真猛，想来有瘀青了。脸上有些木，摸了摸，似乎肿了。这倒没啥，他的肉厚实，挨几下打，没啥大不了。

“这些人，又没灭口，又没抢东西。怪。”猛子认定女人是遭劫了，一定，也许，不一定……他一次次随愿望修正着判断。后来，他一甩脑袋，想，费那脑子干啥？去看看，不就明白了。

却听到一声突兀的狼嚎。这一回，他才确信，方才不是幻听，是真的狼嚎。只是这一次，近了许多。

猛子的头皮麻了。他想，先找个称手的家当再说。他摸呀摸呀，先摸到几把沙，终于又摸到了棍状物，但似乎是人腿骨。他忽然想起，王秃子就烧在这儿。眼前就显出王秃子阴阴的脸来。他哆嗦几下，打个寒噤。有心抛了骨头，却又想，没个称手的作杖，要遭狼口的。掂掂那物件，粗细倒正好。

又觉得，身前身后，到处是绿幽幽的狼眼，都磷火似的燃，忽闪出贪婪，忽闪出冷酷，忽闪出狼独有的阴森。待真的四下里望去，却只有夜色。自上回和狼摔了跤，他一走夜路，就这样。按妈的说法，是苦胆吓破了。

风在耳旁叫了，发出呜呜声，很像狼嚎。但猛子却认定，方才听到的，不是风声。那是真正的狼嚎，它低沉，幽暗，冷漠，是真正的“嚎”。听得出，那是匹老狼。它像坟头恸哭的老女人，历练了沧桑，经历了绝望，冷漠了感情，看透了虚妄，不再有倾诉，只想孤独地嚎。

又是一声狼嚎。一声化成万声，渗入毛孔了。狼眼也晶在夜里。还有流着涎液、上下错动的口。它扯向耳门，很是阔大。但回头，却仍是黑夜。

猛子打个哆嗦。夜空里到处是狼眼，都在幽幽地冒着绿火。

怪的是，那狼眼，倒像是双福的眼睛。

4

那狼，只是嚎，却终于没有露面。

猛子走进村子，来到双福家门口，用力拍门上的铜环。“开门，开门。”他叫。女人问：“谁呀？”“狼。”女人笑道：“你是狼，我就是狼外婆。”开了门，院里的火光一下子扑出。猛子的心才到了肚里。

女人正在院里砸那些匾。匾上，写着“惠及桑梓”等。女人边砸，边往火堆里扔。火光冲天。凤香很可惜那些匾，“乖乖”个不停。

女人望猛子一眼，说：“哟，你咋灰头土脸的？”因为有外人，猛子胡乱嗯一声。女人就说：“正好。来，帮帮我，把它们砸了。”

“为啥？”

“不为啥？”女人笑了。那笑很自然，还显出少有的清凌呢。“这些，都是假的。没用。烧了干净。”女人举了铁锤，狠狠砸下。破碴声腾起。她又往火里扔些碎块。火里噼噼啪啪地响。

“丫头，炕上的那些锦旗呀啥的，都抱来。”女人喊。

那丫头颠了脸出门。几月不见，她长高了一大截，只是瘦，脸白戗戗的。显是爹的事，在她心里留下了伤口。

女人从丫头手里抓过锦旗，一一扔进火里。火忽忽地升腾着。凤香说：“天爷爷，你别烧了。给我吧，打个铺衬呀，做个鞋底呀，补个衣裳呀，多好。烧了造孽呢。瞧，多好的绸缎。”

秀秀牙咬嘴唇，拧眉一阵，进了屋，取剪子出来，几下，就把剩下的锦旗剪成了尺把方圆的块儿，叠起来，递给凤香。“成哩，粘个鞋底，纳结实些。牢实得很哪，穿几年都不烂。”凤香接了，一脸欢笑地走了。

丫头颠着脸，一语不发，进了屋。

“你颠啥脸？丫头。”女人喊道，“谁不犯错呢？犯了，改了，不就得了？不信你爹是个榆木脑壳，二十年也不开个窍儿。再说，也不定蹲二十年呀。改好些，还减刑呢。你羞啥？那坏事，又不是你干的。”

“谁像你，脸皮城墙厚。”丫头的声音传了出来。

女人嘎嘎笑了：“老娘有个啥羞的？自己吃饭自己饱，自己造业自己了。他做了，他受。老娘，等他二十年，不就得了。他坐牢，是他的造化。老娘等他，是老娘的本分。”

猛子说：“二十年，你就老了。白头素素的，脸成核桃了。”女人道：“老了怕啥？他出来，老娘陪了他，种苞谷，种山芋。忙了，出一身爽快的汗。闲了，看看星星，望望月亮，不也挺好？以前，不就是这样过的吗？后来，钱多了，才生事。那玩意，太多了，可真不是啥好事。”

火渐渐小了。女人又砸了一块匾，扔进火里，进了屋。她掺好热水，放到院里。猛子边洗，边喧方才的事。女人拧一阵眉头，说：“打你的，不是他们。是跟你有气的人。”猛子想不起对谁有气。他是个炒麦子脾气，噼里啪啦响一阵，立马就凉了。但若真是别人报复，也没啥。仅仅是挨些疼，不会叫人灭口了。他放心了，取出那几张满是指纹和签名的纸，给了女人，说：“还好，没弄烂。我还怕他们抢这个呢。”

女人张开纸，看一阵，小心地折好，放在窗台上。又望猛子，渐渐地，她眼里涌出泪来。她一把撕过猛子，狂吻起来。女人从来没这样主动过，从来都是身子做事口却说相反的话。猛子东躲西躲。多温柔的嘴唇，触了伤处，也会疼的。

女人黏了他，边抽泣，边亲吻，把猛子吻了个龇牙咧嘴，一塌糊涂。忽然，女人的脚触到猛子腿上。他叫了一声。

猛子卷起裤子。小腿肚上，有很长的一处淤青。那一棍，是下了狠劲的，幸好打在软肉处。若打到干骨上，腿怕早折了。女人惊叫着，抹了泪，去橱里翻出碘酒，小心地抹。

“谁下的这种死手？若是打致命处，怕没命了。”女人口中唏哩，一眼泪花。

女人抹好碘酒，眯了眼，望猛子一阵，道：“以后，你夜里别来。成不？白天来也成，跟一般串门的一样……那事儿，我不想做了。”

“啥事儿？”

“再是啥事儿。其实，我也想，我也是女人。夜深了，人静了，也想。也想叫你陪个整夜。可活人，得活口气。我要叫他看看，我究竟是个啥人。我啥都能做出，也啥都能守住。”

猛子笑道：“老虎不吃人，也臭名在外哩。你就是真守了，谁信？”

女人摇摇头，说：“咋说呢？我给你讲个故事，上学时看的，记不清名儿了。有个英雄，得罪了上帝。上帝罚他向山顶推一块石头。他推呀推呀，石头到了山顶，他也力尽了。石头就重新滚回山下。再推上，再滚下。……那英雄，就这样推了一辈子的石头，他没有偷懒，也没有妥协。这故事好不？”

“好啥？”

“在上帝面前，英雄是弱小的。但就是在那单调乏味的无效劳动中，他实现了人的尊严。这个故事里，上帝多么无聊，人多么伟大。许多年了，那英雄的影儿老在心里晃。”

这女人，又犯病了。……女人老是犯病。但怪的是，她每一犯病，都会有一丝儿光，透进猛子心里。他迎合道：“就是。爹老说，你老天能给，老子就能受。”

“对！”女人兴奋了。这是猛子最有水平的一次迎合。她认真看猛子一眼，发现他真有些变化了。“就是。老天能给，仅仅是老天的本事。我能受，却是我的尊严。不怨天，不尤人，静了心，把给你的灾呀难的接过来，眯了眼，笑一笑。这有啥？活人嘛，甜的尝了，苦的也舔一舔。”

猛子发现，这女人，竟和爹相似了。只是爹老骂老天爷。现在想来，爹的骂，反倒是在乎了它。就是，眯了眼，笑一笑，接过那巨石，一次次滚上山。你能再滚下来，老子就能再滚上去。

猛子这才明白了女人的心。看来，那种“朋友”，她真不想“维”了。女人眼里的“上帝”，既是命运，也是双福。他觉得有热热的东西涌上了。他转过身，没等那潮热滚下脸颊，悄悄用手抹了。

“我去了。”猛子哑了嗓门说。

“去就去吧。”女人也哑了嗓子说。

第 三 十 五 章

千年不倒的祁连山，万辈子不塌的青天。

1

莹儿和兰兰回到村里，也没引起多大的注意。人们的心都叫金子占了。听说，双福女人放出话来，要卖掉自家名下的所有窝子，就招来了一群又一群的“想钱疯”。机器声仍潮涌般激荡着，跟关于金子和城市的故事一起，总在搅乱人们的心。

倒是老顺可惜了好些天。那么好的能当种驼的骆驼，竟进了豺狗子的嘴。心里的难受，老是噎噎地晃荡。但他也只是背地里可惜，嘴上却没说啥。他只叫兰兰们赔了人家的驼毛，却不再提自家的驼。他眼里，这也是老天扔来的灾难，他自个儿受就是了，咋能怨两个逃出了豺口的弱女子呢？

兰兰又进了金刚亥母洞，这回，她想多闭段日子，希望能证到她向往的那种觉悟。

猛子既已结婚，莹儿的身份，就明显变了。她不再是陈家的媳妇，而成了白家的替身。婆婆把白家欠的许多账，都算到她头上了。莹儿老觉得身后有双眼睛，老是戳脊背。虽没有争吵，但婆婆的那份客套，更令她受不了。而且，那客套，已开始变成另一种语言。

夜深了，娃儿仍不睡，婆婆要了几次，娃儿都哭闹。白天，娃儿还叫爷爷奶奶抱，一入夜，就谁也不认了，莹儿便抱了娃儿，回到小屋。想到月儿的病，也为她伤心。

肚里有些疼，不明显，咯咛咯咛地难受。莹儿下了炕，穿了鞋，到院里去方便。院里很静，熟悉的一切都模糊进夜里。以前感觉中的所有温馨都没了，凉凉的寒意渗进心里。

记得当初，灵官说，爱情是一种感觉。听了这话，她还伤感了许久呢，神圣的甜美的爱情咋是感觉呢？可现在想来，不是感觉，又是啥？院落仍是那院落，房屋仍是那房屋。先前，丽日总照着院落，一院子寒暄，一院子说笑，一院子祥和，一院子富足，一院子火爆爆的味儿。现在，这一切，都没了。仿佛，灵官一去，就把院落的魂儿抽走了。剩下的，仅是个又老又丑的臭皮囊。

小屋也冷清了，充溢着阴森的寒意。她虽填了热炕，却驱不了寒意。那寒意，渗骨头里了。她已不是过去的莹儿。这家，也不是过去的家了。莫非，人生的一切，真的仅仅是感觉？又想，生死，不也是一种感觉吗？这身子，比那尸体，多了的，还不是感觉？

回到小屋，摸摸娃儿嫩嫩的小脸，心中的热又微微荡了。凭了这份热，她才度过了许多孤寂的夜。女人心里离不了盼头，这盼头，有时是爱人，有时是娃儿，有时是别的。没了盼头，就没活头了。

忽然，隔壁书房里有响动了。一人拖了鞋，蹑手蹑脚，出了门。莹儿知道是婆婆，也知道她定然去看庄门上的锁是否被撬，还看那放倒的梯子是否搭在房上。她明白，婆婆是怕她带了娃儿逃跑。

那脚步儿果真走向庄门，锁吊儿响了一声。院里踢踏一阵，才寂了。

泪突地涌上眼帘。她很想忍了，可泪不争气，总要涌。真没活头了。她想，长这么大，从没叫人当贼一样防过呢。想到自己抱了天大的希望在那个雨夜奔了来，伤了爹妈，只为了自己那一丁点的梦想，却叫人当贼提防，真没活头了。

箱里的那几匹布也叫翻走了，翻走就翻走吧。她也不去计较，自己是小辈，孝敬一下大人，该。可你猪哩狗哩问一声，或是趁她在家时，明打明地开了箱取，不该趁她去娘家时“拿”。不该，妈。娘家的妈，做了不该做的，婆家的妈也做。这些妈，眼咋那么小，针尖大一点利益，就叫她们不像妈了。妈呀，真污了这个“妈”了。

她望望屋顶的掩尘纸，倒没见打动过。里面的某个凹处，有一块鸦片。那是憨头患病时弄来的，本想在止痛针用完时，救个急。许多个恍惚里，她总在吞它，但每次，都叫娃儿拽醒了。

她撕开掩尘纸，取下小包，放进内衣兜。她想，不定啥时候，或许能用上它。爱是她活着的理由，为了这个活的理由，她宁可不活。要是不能干干净净地活着，她宁愿干干净净地死去。

心里噎得难受。也好，有了这噎，才有了活的感觉。老觉得自己已成了幽灵，在梦里恍惚。那黑黑的夜化了身也化了心。夜在她的生命里，也完成了一次循环：最初，夜是夜，她是她，两不相干；后来，遇了灵官，夜就多了些叫她甜晕的场景，惹得心里的温水一晕晕荡；再后来，夜又还原为夜了，她就在夜里泡着。夜变得异乎寻常地漫长，她熬呀熬，也熬不出东方的那晕白来。

梦里，也老在一些陌生的所在飘忽，黑的天，黑的地，黑的心。那冤家，也梦不到了。她多想梦见他呀，可他偏偏不进你的梦，你也没法。孤独的人，做梦也是孤独的，连个伴儿也没有。梦里没有路，没有太阳，没有风，没有雨，只有灰蒙蒙的陌生和灰蒙蒙的感觉，她就在灰蒙蒙里浮游，忽而东，忽而西，忽而上，忽而下，成幽灵了。那冤家虽仍在心里晶出，却恍惚了，不似以往那么清晰。也好，啥都朦胧了，把“我”也朦胧了，可那孤寂，却醒着闹着，伴着妈们的作为，一下下撕扯心。

真没活头了。

心疲惫极了，像在走没有尽头的夜路，没有照亮的灯，没有指路的星，没有风雨，只有死寂，连脚步声也听不到。听说，人死后，得拾尽自己留在阳世上的脚印，才能转世。自己，真像那鬼了，在漫长的夜路上，寻觅一个个被岁月掩埋的脚印。脑中的许多场面，像洇了水的古画一样，都泛黄了。那激动过的，也不再激动；痛苦过的，也不再痛苦；仿佛拿了一叠不相干的相册，时不时翻一下，心却在孤寂里泡着，少有波动了。

却明白，这小屋，终究是要离开了。还有这院落，还有那已经泛黄的感觉……可她，是多么不想离去呀。

2

白福上门来了，带着一脸的难堪和别扭。自上回抢亲后，他第一次上门。

为避嫌疑，白福先进了书房，打过招呼，对猛子妈说："大妈子，妈病了，叫我来请妹子。住几天，再送来。"猛子妈知道，那"再送来"的话，是先给她喂定心丸，却不去揭破，问："啥病？"白福说："不知道。肚里有个疙瘩，也没去查。"

猛子妈心里冷笑，想，你编谎，就编个别的病，这"肚里的疙瘩"，明明是个屁。当初，她自己逼兰兰换亲，也是"肚里有疙瘩"。说具体的病，有咒自己的嫌疑。那"疙瘩"，看咋理解。心是个疙瘩，吃饱的胃是个疙瘩，癌包也是个疙瘩，你咋理解也成。她心里虽冷笑，却顺坡下驴，说："哟，那可不是个好兆头，我那舅舅，就是肚子里出了疙瘩，牛吼一样，叫了一月，才死了。你妈，总不是那号病吧？"说完，她狠狠地咒：这老妖，也该得这号病。

白福心实，哪能体会出猛子妈的心思，说："不会吧，妈是个大肝花，又没干啥缺德事，咋能得那号恶病。"

无意间，他又触到猛子妈痛处了。因为大儿憨头得的是肝癌，肚里有篮球大的疙瘩，是典型的恶病。按白福说法，是干了缺德事了。但她又不好发作，说："得病的事，难说得很，好人得恶病的有，恶人不得病的也有，难说得很。"白福不善应酬，只问："大妈子，你说，叫妹子去哩吗不去？"

"去呀——"猛子妈拖长了声音，"又不屙金，又不尿银，我留她干啥？"莹儿待在身边，她总是心不安，老觉得她会瞅个空子，抱了娃儿，往娘家溜。

每次外出，她总是安顿了又安顿，叫人又是站岗，又是放哨，心还老往嗓子眼里蹦。夜里，更睡不安稳，风一吹，门一响，就觉得莹儿要往外溜。娃儿是她生的，若叫她带到娘家，再往回要，比登天还难。提心吊胆了好些天，身心早疲惫不堪了。有时想，干脆，叫她回娘家得了，可人家是明媒正娶来的，你咋能撵她？上次，她还打算用装鬼的法子，吓吓莹儿，叫她害怕而回娘家，可一说，叫老顺狠狠臭了一顿。看来，这世上，变化最大的，是人心。前不久，她还怕莹儿走，还费尽心机地想留她，现在，又怕她不走哩。

白福松了口气，还怕陈家为难他呢。自上回抢亲后，他总是提心吊胆，不敢上门，怕猛子报复；可妈硬叫他来，说要是在气头上，说不准猛子会揍他。现在，事都搁凉了，他有那心思，也下不了手。再说，也没个合适人打发。叫徐麻子来，又怕老顺跟他干仗。她自己来，也是针尖对麦芒，免不了和女亲家拌嘴。想来想去，还是白福合适，毕竟，他是陈家合法的女婿，于情于理，都说得过去。但白福还是背着妈，揣了把刀子，想，要是猛子跟他过不去，他就横下心来，拿刀子跟他说话。没想到，事情倒挺顺利，他一张嘴，“大妈子”就答应了，就说：“妈还叫把盼盼带上，她想娃儿。”

猛子妈冷笑道：“她的丫头，我管不了。那娃儿，别打主意，想带，连门都没有。”

白福说：“妈只是想娃儿，没别的心思。”这话，已“此地无银三百两”了。猛子妈撇撇嘴，扯长声音，喊：“莹儿，收拾一下，你妈打发你哥请你来了。”又对白福说：“娃儿的事，夹嘴吧。头想成蒜锤儿大，也不成。再要是提，我可放恼哩。”

莹儿突地涌上泪来。

白福一来，她就知道他干啥来了。还知道，婆婆也等着这一天。她早发现，这家里，她已经多余了。一切，变魔术似的快。

盼盼用那双黑豆豆的大眼望妈，仿佛他也觉出了啥。死别已过，该生离了。明摆的，她休想从这门里带出娃儿。活扯了心头的肉了，莹儿抹把泪。

妈真病也罢，假病也罢，并不重要。一切，仅仅是个借口。来请她的，是个借口；叫她走的，也是个借口。谁都需要这个借口，心照不宣吧。但莹儿也终于明白，这儿，真待不得了。

多想在这熟悉的小屋里度过余生呀。这熟悉的院落，熟悉的环境，熟悉的感觉，总叫她难忘难舍，总叫她恍惚着想到盼头。多么可怜的一点愿望，实现它，却比登天还难。

带来眩晕幸福的一切都远去了，近的是娃儿。他几乎成为生命的全部了。但她明白，生离，已成为必然。

贪婪地望一阵娃儿，贪婪地亲几口，贪婪地叫娃儿黑豆豆的眼瞅了笑，贪婪地凝眸，贪婪地流泪吧。能流泪，也是幸福。

盼盼，我生命的盼盼呀。原指望，这名儿，能真的带来我的盼头，可终究又落空了。这不长的生命里，已失望多次了：盼着考学，到大世界去，盼一分真心的爱，盼一种温馨的结局，盼一个安详的守候，盼一生宁静地活着。所有的盼，终于成了云烟，远去了。现在，又要离开盼盼了。

莹儿搂了娃儿，狠狠地亲。泪水洗着娃儿的脸。

她费力地望望屋里。这熟悉的带来过美好回忆的小屋，也终究要离开了。她很想带走天蓝色外衣。还有那头巾……但她终于移开目光。明知道，婆婆眼小，看重的，尽是这类小东西，那就留下吧。……可心中，总是不舍，就换上那件外衣。虽不是好料子，却是她命里最好的东西。

白福进来，悄声说："妈说了，叫你该带的都带上。你觉得啥好，就带上啥。"

莹儿厌恶地皱皱眉头。哪头的妈，都这样。眼里的东西，总比人重要。……我觉得啥好？可那最好的，我能带去吗？我生命的至爱呀，多想带了你，去浪迹天涯，哪怕当乞丐，也胜似天仙。可此刻，你在哪儿？若是有上帝，若是上帝给我一次选择的机会，我就选你。那荣华，那富贵，那高名，那一切，都不要。可这一生，由自己性子的选择，一次也没有。哪怕有一次，也成。可没有。这辈子，白活了。

白活了啊。莹儿的眼睛模糊了。

白福说："妈说了，衣裳能穿了穿上。布，裹到腰里。"

莹儿的眼里涌出了泪。她明白，妈指的，是压她箱底的那几匹布。婆婆眼里，是它。妈眼里，也是它。两个妈眼里，都没她这个人。这世上，最好的，应是人呀。灵官，你这冤家，你跟她们，也是一路货。知道不？啥前程，都比不上这个鲜活的人呀，冤家。这人身，很快就会从世上消失。那时，你的前程在哪里？理想在哪里？为啥不拥了这鲜活的身子鲜活的心，闹出段命运的销魂呢？

不想它了。该过去的，叫它过去吧。

莹儿胡乱梳几下头，照照镜子，里面映出憔悴的脸。她叹口气，扔下镜子，扔下梳子，亲亲娃儿，一咬牙，说："走吧。"

"就这样走？妈的话你不听？"白福说。

莹儿已跨出了门。

婆婆早如临大敌，守在门口，见她空手出来，如释重负。莹儿说："妈，我去了。"婆婆说："去吧去吧。"莹儿想：你咋不说早些来？但妈不说，自有她的道理。莹儿捋捋被风吹到脸上的头发，向门外走去。

别了，院落；别了，小屋。

才出门，莹儿就一脸泪了，白福推了车子，跟在身后。那车子，踢零哐啷，招来许多目光。一人问："莹儿，站娘家去吗？咋没抱娃儿？"莹儿胡乱嗯几声，过去了。

这偏僻的村落，这遍地的溏土，来时这样，去时也这样。莹儿却变了。来时，她是黄花闺女；去时，她是寡妇。来时，心里懵懂；去时，历尽沧桑。只有一点是相同的：来时，无奈；去时，也无奈。

记得来时，也是个秋天，那辆破旧的汽车，载了她，把她从少女载成了少妇。那天，刮着风，风卷尘土，弥漫了眼前的路。记得她像做梦。此刻，何尝不是梦呢？那村落、黄沙、沙枣树，都成梦中的印象了。清晰的，是心头的伤口，不经意间，总要捞扯它。

莹儿想到那个夜奔的雨夜。那夜，她以为挣出命了。谁知，还得回去。

她自己奔了来，还得自己回去。妈，你总死心了吧。这回，你没抢，是我自己回去的，你该会心地笑了。

“上车吧。”白福说。

莹儿跳上了捎尾架。风吹来，把头发吹散，披脸上了。就叫你披去吧。那形象，想来成妈说的破头野鬼了。啥也成，妈，只要你高兴，我当啥也成。人生，本无定形的，忽而得，忽而失，忽而人，忽而鬼。啥也成，妈，啥也成。

没娃儿多好，无牵无挂，想咋样，都成。这娃儿，成绳索了。不过，婆婆待娃儿心头肉似的，也没她牵挂的。妈曾劝她打官司要娃儿，莹儿做不出。人家死别了一次，再叫人家生离，莹儿做不出。明知道法律向着她，也做不出。何况，把娃儿交给婆婆，她是彻底地放心的。

那起伏着孕育了无穷神秘的大漠呀，那和煦的夹着熟悉气味的漠风呀，那局促低矮而又美丽无比的村舍呀，那扭曲着身子却又充满无限生机的沙枣树呀，别了！

3

莹儿要出嫁了。

她像下山的石头一样，由不得自己了。心中的构画，本也美丽，但叫命运的风一吹，便稀里哗啦，一片狼藉了。

娘家准备了两床大红绸被儿，两个红油漆木头箱子。妈还请村里女人为她做了鞋垫儿和枕头。这些，是她的陪房，将随她到赵家。

那所谓的人生大事，实践起来，却也简单：割些肉，买些菜，请些人，扯个证——在赵家人眼里，这结婚证无所谓，但他们早替莹儿办了——再雇个车，拉过去，一入洞房，就生米煮成熟饭了。

生米煮成熟饭是最好的法儿，妈也知道。所以，在莹儿还在婆家时，他们就办好了所有手续，订婚和送婚是一次过的。赵家抱来了一万块票子。

天很晴。一大朵白云在远山上飘着。仅仅是一大朵，很白，也没遮了日头爷，反倒点缀了天的晴。亲戚们都来了，都兴高采烈。他们都满意这个前行的结果。那赵三，可是个富户呢。亲戚脸上也沾光了。所以一大早，他们就来了。一来，就敬了礼，大多敬一百块。只礼钱，娘家就收了几千块。妈笑得没了眼睛。

莹儿木然着。她没哭，只呆坐在炕沿上，木了脸也木了心。

那泪，只在没人时才流。这泪，是自己的，流进嘴里，自个儿咽；咽到心里，自个儿噎；噎出病来，自个儿受。面对别人时，莹儿无语。语是没用的。啥语，也说不出心中的无奈。

真是无奈。这命运，竟如此强大而无奈。那惯性，左右了自己，不，裹挟了自己，一路奔去。一眨眼，已到另一个山坡了。她面对的，是再一次滚落。

那花儿，已懒得唱了。那花儿，只在心中溢了浓浓的情绪时才唱。现在，心里只有木然，只有无奈——连绝望也没有。那浓浓的木，把啥都吞了。

妈忙颠颠的。妈很欣慰，妈把木然当默许了。那是妈的事。亲戚也诧异她的平静，那是亲戚的事。那当陪房的箱子红得耀目，但那是箱子的事。世界是世界，莹儿是莹儿。世界能裹挟了莹儿的身，但裹不了她的心。

亲戚们都在书房里吃菜，说笑声很响。娘家门上的菜很简单，仅仅压个饥。等会儿，赵家的车就来了。他们会风光地坐了去。对方的东家会接天神一样待他们。那时，七碟子八碗，由你们放开肚儿吃。

爹端来一碗烩菜，递给莹儿，叫她吃结实些。到那边，可没时间，又是典礼，又是敬酒，又是闹洞房，怕没个消停时间吃饭。莹儿也不搭话。爹不再说啥，怯怯地把碗放到炕桌上，退了出去。

书房里，传来妈很响的话："吃，吃，不对亲戚是两家，对了亲戚是一家。别做假。吃不好了吃饱，可别饿着。"一个声音说："吃啥饱？吃饱了，那边的席哪里盛？人家，可是海参鱿鱼呀。"妈笑道："哟，我能和女婿比吗？人家，拔根汗毛，也比我的大腿粗。我连毛也撕不上一盘子呀。"一个说："啥呀？丫头一过去，就是当家婆。稍稍拉你一下，就成肥尻子了。"另一个说："就是。到时候，别把我们这些穷亲戚扔到脑勺子背后了。"

一屋子说笑。

莹儿取过镜子，照照。那脸，虽仍是黄，但叫新娘子的大红衣裳一映，倒比往常光鲜了些。她有些奇怪，咋没那种撕心裂肺的痛呢？仅仅是心有些木。这木，是先前没有过的。也好，你木了，就叫你木去。怪的是，那灵官，也木成暗晕了。倒是那块鸦片很清晰，带在身上，老朝她笑。

新车子来了。一辆大客车，一辆面包车，一辆小卧车。车镜上，都挂着红红的被面子，红得耀目。莹儿还没坐过小卧车呢。上回，憨头娶她时，是个大汽车，车皮里拉客，她坐在驾驶室里。那时的感觉，也和现在一样。明明是自己的人生大事，却又觉得与自己无关。

上车了，小卧车的坐垫很软，莹儿觉得陷进去了。村里人都来看。娃儿们扑前扑后地叫。大人娃娃都兴高采烈。这可是喜事儿呢，为啥不笑？妈边欢喜地招呼人们，边取来一把挂面，递给莹儿，说："这是'熟旧饭'。回去，一定吃了。"

莹儿知道，这面代表她命中的禄粮，少不得。送亲的嫂子连忙接了。"知道，知道。"她说。

车开了。村里人都忙往路边让。几股尘土，从车后冒出，淹了村子，淹了村里人。那个日头爷却淹不了，还在当空叫呢。车子在日头爷的嗡嗡中上了大路。这路，不是车来时的路。新车子，开不得回头路，中途更停不得。和憨头那回，新车子坏在半路上，憨头也就半路里撇了莹儿。这事儿，仿佛很遥远了，又仿佛正在发生。那时，坐新车子的她，是个出嫁的姑娘。现在，成前行的寡妇了。中间，怕有好几年吧？咋觉得只是恍惚了一下？除了跟冤家的闹混，除了憨头带来的惨痛，便一片空白了。人生真怪，好长好重要的一段人生，回想去，仅几个片段而已。

车里，响着欢快的歌曲。一个女人唱："人的一生有许多回忆，只要你的回忆有个我。"心中有了，又能做啥？那心中，还是啥都没有的好。啥都木了，才好。若不木，此刻，说不定咋个丑态呢。木了，就只有木了。

赵家的大门上候一群人，见新车子一来，就噼里啪啦放起炮来，还燃起一堆大火。上回，没燃大火，只在门口放一火盆，放一水桶，叫车头转向东方。她下车后，先进火，后进水，再进人。后来，还是出事了。那水火，并没带来吉祥。

送亲的嫂子牵了莹儿，绕火堆转了三圈，再进庄门。刚进门，有人就往她头上撒面，这便是“白头到老”了。头上的面淋漓下来，把大红的新娘子服染白了几处。白了白去，莹儿也懒得去管。

院里人多，桌子多，凳子多，声音多，眼睛多。那视线，织成网了。莹儿穿过网，进了洞房。后面，追来白福的声音：“这点儿钱，打发叫花子呀？”这是他近年来少有的理直气壮的声音。莹儿知道，白福在压箱子。东家们抬陪房箱子时，先得给白福压箱钱。少了，他不起身。东家就添，一直添到白福满意的数儿，他才起身，西客们才哗哗啦啦下车。

新房很阔，比当初憨头布置的阔出许多。头顶，有五颜六色的塑料拉花，墙上有五颜六色的画张，床上有五颜六色的床单。还有桌子沙发，就很阔了。桌上的大录音机在吱哇，声音很大。平素里，莹儿很讨厌大声。今天，心木了，你再大些也没啥。

那个穿一身蓝制服的胖子，便是赵三了。莹儿瞟过一眼，只觉得他脸上油晃晃的，长个蒜头鼻。此外，没啥印象……对了，声音很大，似乎比白福赢了钱时的炫耀还大。这很正常，有钱人都这样。以前，妈最讨厌这种声音，说它嚣张人哩。现在，妈很喜欢了，夸它是男儿气。

男儿气就男儿气去，莹儿也懒得管。只是想呕，头也有些晕，像吃了过多的感冒药一样。那晕，恍惚了心。眼前的一切，就有梦的感觉了。

婚礼也比前次热闹。捧场的多，调笑的多，观看的多，喝彩的多。东家们把毡折成二尺方圆，叫新郎新娘站，莹儿就站了。赵三反倒扭捏，惹得村人大笑。人群里，有她的女同学，以前，也清凌得不食人间烟火，现在，也像村里人那样笑着，却终于也恍惚了。恍惚里，有无数大张的口，无数大睁的眼，无数大声的笑，都叫日头爷染上了嗡嗡声。

只希望，这节目，快些结束吧。她觉得很累，仿佛走了十分漫长的路，从里到外都乏了。真想睡过去，睡他个千百年。瞧，这眼皮儿，硬往一块儿粘呢。

一切都迷糊了。但出洞房前吞下的那块鸦片却醒醒地笑着……

4

后来的兰兰常想：在那个黄昏里，垂危的莹儿会是一种怎样的心情？

……想来，疲惫早拧成难解的网了。网里罩着狞笑。还有，命运的呼啸。还有……绝望……痴呆。呼吸已成了蚕丝，一丝，一丝，又一丝，悠悠地抽。怕要断了吧。……窗外的天空，也滚翻成乌云了。天，你是要满腹忧伤地向地面淋下无穷的愁雨吗？我如何把绝望和忧伤寄给你？

心是一派荒凉了。一切，成了灰色的影子，虚虚幻幻，若有若无。

泪缠缠绵绵地洒下，一阵紧似一阵。她不停地唤那个叫她心碎的名字。

这黑暗的、残忍的环境，是地狱吗？黑蝇在暗中冷笑，瘦妖在风里跳舞，寒流的尽头有一个洞穴，洞穴是嫉妒的女巫。

……母亲，为何苦苦逼我？真想碎了尸，把血肉掷还给你们，像那个叫哪吒的孩子。看着那鲜红的血，和撒了一地的肉，是不是才肯饶我？是不是还要纠缠？

生命，到尽头了！

我的心将永归沉寂，你们狞笑吧。我听见血在流淌……流淌吧……我的灵魂渐渐凋零，我的尸体正在冷却，我死不瞑目的、上帝的羔羊般的眼里没一束鲜花。为什么酷爱春天的情感，却总是这样纤弱？

瞧，魔鬼正为我钉棺材呢。涂满红漆……说是柏木做的，值钱，耐用。好，那我笑吧。瞧，我脸上的肉动了……别管我的泪，你只瞧扭动的肉就成……至于那点儿泪水，抹去就成。手一抹，或袖子一擦，就看不见了。柏木的棺材好。比白杨的好……比直接丢进火葬炉里更好。可柏木的棺材莫非就不是棺材？涂满红漆也罢，画上龙也罢，描上凤也罢，总是棺材。死了，还管棺材干啥？美丽都不管了。爱情都不要了。棺材，总是棺材，盛的，总是一堆骨头。

啊，她听见棺盖揭开时吱呀凝重的声音。

母亲跳了出来。是你吗？母亲。……你真是那被秋风吹得蹒跚的身影吗？你真是那每每刺出我泪水的白发吗？你真是不经意间注入我心中的沧桑吗？你真是沙枣树一样弯曲的老树吗？莫非，你真是堆满皱纹却依然灿烂地叫“莹儿——”的……那个……母亲？

你赤着脚，跳着舞，向我召唤：“进来吧！亲爱的孩子！这里面，是我亲手为你布置的春天！”

是的。母亲，我知道它是柏木做的，涂满红漆，值钱，耐用，暖和，好看。母亲，那我笑，总成吧。瞧，我脸上的肉又动了……别管我的泪，你只瞧扭动的肉就成……至于那泪水，手一抹，就没了。柏木的棺材好。母亲，我既然不能像哪吒那样剖尸还骨，就只好进棺材了。谢谢你，苦命的母亲。为了这柏木，又让你费心了。

明知道这是无间地狱，我还是欣然地进吧。母亲，我信你的话，我知道妈为我好。那么，就让我的灵魂，去诅咒自己吧。

我知道，不能涅槃的我，只有幻灭了！在无间地狱中，我将再次死去。

……为什么天使的影子那样罕见？为什么魔鬼的笑容那样频繁？

为什么我爱鲜花，却没人送我春天？为什么注定要充当魔鬼的月亮？为什么喝稀粥的曹雪芹注定孤独？为什么托翁要走向那个小站？冤家，我的冤家，来生，再告诉我吧。

棺材，近了。

魔鬼，请吧。

5

关于莹儿，凉州流行着许多传说。

有人说，莹儿死了，她并没走出那个秋季。这说法，虽说让许多人疼痛，但这是真实的人生。她这样的人，是不可能留在尘世的。所以，无论多少人希望她活，但谁都明白，追求完美的她，在这年头，是很难活下去的……这说法，有个强有力的证据：从那以后，沙湾人再也没有见过莹儿。只是，也没人发现她的坟堆——当然，要是她那样死了，娘家是不愿留坟堆的。

也有人说，莹儿被救活了，解除了那个婚约。在一个飘满黄尘的下午，历尽沧桑的她，终于走出了那个惨白的黄昏，也走出了那个蜗居在沙漠皱褶里的小村。人们都喜欢这说法，那年头，这是最叫人欣慰的说法了。都说，莹儿能走出命去。都说，莹儿带着盼盼，还有婆婆送还的那匹压箱底的布——怪的是好些人留意了它——去找盼头了。都说，搜遍天涯海角，不信还找不到灵官。……不过，也有人担心，莹儿即使真的找到了他，她能找到的那人，还是不是她想找的"灵官"？都说，这年头，啥都变了，出去时是处女，回来时却成了婊子，那找到的灵官，还是灵官吗？

这时的凉州，除了白虎关外，很少有"都说"的话题了，这些"都说"，却风一样卷开了，仿佛那事儿，跟自己有关呢。

在莹儿住过的小屋里，兰兰发现了一张纸，是莹儿的笔迹。她不知道，这是莹儿写下的，还是抄来的——

明知那扇相约的窗下，已等不回你熟悉的影子了，但我还是禁不住伫立在那里，让我看看过往的风和过往的人；但或许还可以，还可以待到过往的你！

你不是来去无踪的风，也不是缥缈若幻的云，你是深深种在我心田上的珊瑚树，每个黄昏我用相思的甘露浇灌你，盼你在某一天拖着浓浓的绿意与我相逢在小屋里！

我早已说过想在这窗下种一棵树，那时的你笑得无所顾忌，说我的想法固然美丽，但这是过往的路，又怎么可以种树！那现在倒好了，我是一天天把自己深种在这里了，静静守候着相约的窗口和失约的你！

你为什么不随着黄昏的余晖从小巷深入，款款而至呢？要知道我总是在此时望断天涯在路口等你，等你温馨的一笑和雨夜在窗下亮起的那盏温馨的灯火。

……多想在清风夜雨里赶了去，与你说一夜闲话，说说在千年的路上怎样赶回来与你相会，听听我怎样坐破了五百个蒲团，圆了一千次梦，怎样走一次天涯，是为了一种心情！

扶着那小屋的墙角，兰兰泣不成声。

小屋很破了。小屋的墙皮已脱落，它在喧闹中沉默着，苍老了许多。

小屋依旧，墙角依旧，沙枣树依旧，只是不见了莹儿……不见了轻盈地劳作的莹儿，不见了临风伫立眺望伊人的莹儿，不见了用平凡的姿态站成一抹独特风景的莹儿，不见了从小巷尽头迤逦而来的莹儿……沧桑扑面而来。兰兰无声地哭着。

兰兰在静默中哭诉着……莹儿，能不能陪着你走？虽然我不够温柔。既然留不住你，便把遗憾盖上心头！出去的路太暗，想分你的忧，可又说不出口。还是留下悲伤吧，把你的希望带走。只是今生里，总会有牵挂的理由。

兰兰无声地哭着。……小屋，命运的小屋。可曾镶嵌着那份温馨？可曾冉延着那缕柔情？可曾保存了你的寂寞？可曾沉淀了你的孤独？

小屋，梦萦魂绕的小屋。……命中的木鱼，心灵的袈裟，前世的岩窟。

6

那个夜晚，兰兰独自漫步在通往沙漠的小道上，她想到了那个跋涉的秋季，想到了沙漠里发生的故事。一切都遥远而模糊。浓浓的沧桑扑面而来。

一切，真仿佛梦了。

留下的，仅仅是一线梦的痕迹。

此外，只有时间在喳喳地赶路。它从无始里走来，还将这样走下去。时间啊，何处是你的目的地？

莫非，你留给人间的，除几星耀目的火星外，真是个巨大的虚无？可那火星，也会成死寂哩。

莹儿，你在何方的世界里寻觅？谁徘徊在你的梦里？你可记得那沙漠的雨夜？你可曾翻阅那心底的秘密？可记得，那个叫盐池的所在，和盐池里发生的许多故事？

在那个万籁俱静的夜里，清晰的，仍然是无常的脚步。有多少故事正在发生？有多少故事早已远去？前不见古人，后不见来者，念天地之悠悠，独怆然而涕下。

人生是什么？真是梦吗？真是无痕的春梦吗？

人生，真是巨大的虚无吗？什么是相对久远的永恒？

谁来指点我迷津？

谁来做我的上师？

谁能给我以清晰？

第 三 十 六 章

宁叫玉皇的江山乱，不叫咱俩的路断。

1

在医生的建议下，月儿出院了。因为药物已不起作用，反倒弄坏了肝肾，引起了并发症。结局是明摆的，再住，也是白花钱。爹花了两万多，猛子打到卡上的一万多也花完了。爹还想死马当活马医。月儿却说："出吧，我一天也不想待了。死，也叫我过一天舒心日子。"

回到家，村里人都来看望。她在小路上的等待感动了许多人，村里已听不到骂声了，好些人还洒了同情的泪。谁都知道，月儿是个好姑娘，自小就好，长得好，心也好，虽得了脏病，但除了死人和佛陀，谁不犯错呢？于是，都可怜这花儿一样的女子。兰兰还为她找了好些土方。

她又见到了猛子。无论月儿勾勒出多少理由恨猛子，猛子一来，她的心仍狂跳不止。听说他已打过青霉素，月儿放心了，这样，以前接吻时可能传染的病毒就害不了他了。她很想拥紧了他，像以前那样接吻。她很喜欢跟猛子在口内交搏的感觉。那感觉，有太强的诱惑，但月儿知道，自己的口水也有毒。他们只能执手，凝视，或泪眼相向，或笑脸相迎。这也好，比起兰州病床上的孤寂，已到天堂了。

见到猛子，月儿活的欲望强烈地膨胀，大逾天地了。猛子一进城——他一天的工资，刚够月儿的药钱——月儿的胃就成了土方们的试验场。她除了大把大把地吞那些肯定损肝肾的药片外，牛粪火已烤坏了她的多处肉皮。她每天有好多个小时在酒中坐浴，几处地方泡烂了。此外，她还拖着瘦弱的身子，到野外采集据说能解毒的野草，在水里随便一淘，就大把大把生吞。但无论怎样痛苦，月儿给村里人的感觉还是一个美丽的女子。每次出门前，她都要着意打扮。为防那些伤处外露，她不穿短裤短衫。她忍着疲惫和疼痛画了淡妆，用淡淡的胭脂盖去了脸上的萎黄。润唇膏更是带在身上，一到无人处，她就掏出小镜子检查，发现问题，及时补救。她展露给世人的，始终是自己当时最美的状态。所以，除了父母，谁也不知道她的病究竟到了何种程度。

她想，谁叫我是猛子媳妇呢？这是她打扮的理由之一。

她每天试验着兰兰找来的新土方，除了一种，她没有试，就是活吞癞蛤蟆。据说，这是有人贡献出的神方。今生里，她最怵那种身上长满瘤状物的东西。她也曾将它举到嘴边，闭了眼——为了跟猛子，她也会将它生吞下去——这时，癞蛤蟆叫了一声。这一声，提醒了她：它也是个生命。她想，它也许有老婆孩子，我吃了它，它的家人也会痛苦的。何苦为了自己的命，去伤害人家的命呢？于是，她弯下腰，轻轻将它放入溪水中。她看到它回过了头，轻轻地叫一声，仿佛说谢谢。月儿顿时泪流满面。她觉得那生灵能懂她的心。她永远忘不了它那充满同情的眼神。

连最迟钝的人，也觉出了月儿的求生欲望。望着有时仍到村外小路上等待的背影，好多人会流泪。

四下里没人的时候，月儿会跪在沙洼里，向日头爷，向金刚亥母，向所有她能想到的神灵祈祷，希望他们能降伏病魔。哪怕叫她健康几天也成，能叫她真正当一回猛子媳妇。她甚至愿意在死后上刀山或是跳油锅。可是，祈祷归祈祷，病魔的势头却越加凶猛，溃烂处上移得很快，再蔓延，衣衫就遮不住了。

有时，身旁没外人时，她也和猛子抱头痛哭。虽也在兰州怨过他，但那怨是更深的爱。随着生命的进入倒计时，两人的爱恋越加升温。但更多的时候，他们只是握住对方的手，默默相望。

猛子除了当零工挣钱，还偷偷卖过几次血。他到处找医生，到处买药，哄月儿吞药片——因为她不想叫他多背债——他已经向所有熟人张过嘴，但筹到的钱，仍是入不敷出。因为，光是买顶事儿的止痛药，开支就很大。但他打定主意，等双福媳妇回村时，再向她多借些钱，带月儿去北京看病。他想，花多少钱也成，只要能治好月儿的病，他大不了当一辈子牛马。

2

一个黄昏里，日头爷孤悬在沙山上，不红，不亮，懒洋洋地惨白。月儿想去沙漠，猛子就用摩托捎了她，走过那条村里人打沙米的小道，走进沙漠。摩托车低速的突突声很是单调和无奈，仿佛苍老的叹息。月儿背个黄包，并了腿，坐在摩托上——因为疼痛，她已经不能像以前那样骑了。她认真地施了淡妆，脸上敷了粉，戴了洁白的手套，一脸很圣洁的光。路并不远，但猛子有意在村里绕了一圈。一种很浓的悲哀罩了他，浓浓的悲伤腌透了心。

在漠风的轻拂下，他支好摩托，和月儿走向沙丘。这年月，人跟人生疏了，大漠却日渐亲近了村子。许多地不见了。因为白虎关那儿淘金扎木笼，好些梭梭柴棵叫人砍了。沙丘光秃出一种心酸。猛子明白，这沙丘，也像月儿那病一样，一天天舔向好的肌肤。照这阵势，要不了多久，整个村子也会给舔个精光的。

赶跑了窥视的沙老鼠，猛子坐在沙坡上，月儿斜倚了他。日头爷暖洋洋地照晒着身子，给人以活的感觉。隐隐地，从白虎关传来城市才有的喧嚣。那声响，跟沙漠一样，也一天天舔向村子了。但猛子知道，那白虎关，终究也会叫那搅天的黄沙填了，或叫无常吞了，或在若干年后宇宙命尽的时刻，变成一抹消散的烟雾。

一切都幻觉般地轻盈和虚濛，无一丝实质的觉受。但此刻的相拥却很实在，暖暖的太阳里，拥了温柔的月儿，躺在沙坡上，享受活的滋味。这活的滋味很缥缈，才觉着，已泄洪似的远去了。猛子能感受到那种远去，那觉受瞬息万变，却又恍然在永恒里。也许，此刻的相聚，会以某种方式定格下来的。他想，那就定格在心中吧。

两人很少说话。也明知，话是无用的，正如思考是无用的。那就只享受这相聚吧。别去向往未来，未来很缥缈，向往本身就是对现实的伤害；别去追忆过去，过去了不可得，追忆同样在伤害现实。就这样相拥吧，静默着跟对方交流，静默着诉说心灵的秘密。都知道，在喧嚣渐渐逼来的时刻，能静默就是最大的享受了。也许要不了多久，这世界就喧嚣成一锅沸水了。那时的世上，就不会再有“静默”一词。

别想那病，明知病毒仍在吞噬肌体，还是别想它。想透彻些，谁也不健康。从生下的那刻起，死神就一口口吞噬着生命，其残酷程度，一点也不比梅毒弱，只是人们不觉得罢了。正是在那种无知无觉中，婴儿成了少年，中年成了老年，一步步挪向坟墓。别去管它，啥都别想，只在这难得的静默里，享受这份活着的感觉。

坦了心，放了眼，望那大荒。那沙浪，一波一波，荡向未知。不知它来自何处？不知它终于何时？它的怀中，定然有过许多生灵，他们定然也跟自己一样，有过病痛，有过焦渴，有过期盼，但终于烟一样消散了。那大荒，并无些许痕迹。多年之后，这儿仍会有千万个人，去做那逝者做过的事：经受痛苦，历练灵魂，向往未来。可他们是否知道曾活过个叫猛子和月儿的人？莫非，自己刻骨铭心的存在，也不过是小小的虚无？

猛子搂搂月儿，那质感柔软而实在。耳旁有她轻盈的气息，还有健康的心跳。那心脏，似乎并不知梅毒已侵向自己，跳得自信而坦然；还有那少女独有的弹性温柔，虽是分明地感觉到了，却总也打不破他那浓浓的虚幻感。他是分明地感受到了无常。那泄洪般飞逝的幻像，总在心头晃。好多剧痛因之虚幻了。他虽然明明觉出月儿的痛苦，但他也明明知道，这痛苦，很快就会消失。那速度，比肉体的忽生忽灭还要快上万倍。

猛子觉得自己有些对不住月儿。他想，自己应该跟月儿一样痛苦，一样的痛不欲生，可没办法。虽也时时有痛苦生起，但只消片刻，虚幻就会消解了它。他唯一能做的，就是全心全意地待她。

月儿眯了眼，望着那起伏的沙岭。白惨惨的日光从她身后洒来，给她脸上的汗毛涂了层虚濛的晕纹。月儿缓缓转过来，望着猛子，轻声问："我美吗？"猛子紧紧地握握她的手，啥都没说。

月儿惨然一笑。她取下黄包，掏出一盒檀香，燃了，插在沙上，拉猛子跪了。猛子以为她又会向神灵祷告，却听得月儿说："答应我。下辈子，跟我做夫妻。"

一股潮热涌上眼眶，他机械地说："下辈子，跟你做夫妻。"

"不是一辈子，是三辈子。"

"三辈子。"

"不。是永远。"

"永远。"

月儿爱怜地望着他，轻轻拢拢他的头发，理理他的衣领，拂去他肩上的几粒沙，捧了他的脸，定定地望着他，缓缓地说："记住你今天的许诺。"说完，她望着被沙丘咬缺的落日，一脸红晕。

3

月儿想走了。

溃烂已开始向颈部蔓延。她知道，再不走，美丽的月儿就没了。她将一封信和自己绣的鞋垫放入妈的被窝。那是给猛子的。信封里除了信，还有猛子妈刚送来的八千块钱，她用不上了，信里她很感激婆婆，说那些钱的真正用处，是她有了另一个妈。

她仍然仔细地画了淡妆，选了一套最亮丽的衣服，戴了耳坠、项链，走

向白虎关的照相馆，照了几张照片，叫摄影师交给猛子。摄影师说，那是他照过的最美的相，希望能挂在橱窗里。月儿同意了。

月儿带了该带的东西，沿着猛子那天捎她来的线路，一路路品味着。她咀嚼着几天前的情景，时不时露出甜晕的笑。村里人都远远地望她。谁也没有打搅她。她能感受到人们目光中的那份关爱，心中的温水一晕晕荡。

她走出村子，走向沙漠。

她很愿意变成一滴清凉，渗入浩瀚的大漠。

出家门前，她已将自己用过的东西烧了。她知道上面沾了魔鬼的唾沫。自打确证是那种病后，她一直这样做。妈去了白虎关，没人打搅她。她做得很仔细。她想，火是世上最好的东西了，多脏的东西，一经火的洗礼，就干净了。她不想叫那毒，去伤害更多的人。

她想，火真好。

沙浪一如既往地跌宕而去，宕向未知。月儿明白，她的灵魂也定然如此。不知道离开这病入膏肓的身子后，她又将飘向哪里？那是她不能自主的。她唯一能自主的，就是在人世上留下她最后的美丽。明知道生命已无可挽回，那就留住美丽吧。所有美丽最好的定格，是死亡。

她的心中，没有啥比美丽重要，尤其是留在爱人心中的美丽。那就走吧，融入那个黄天黄地的所在，叫美丽定格成永恒。

眼前老恍惚着一场大火，那火通天彻地，能燎尽烦恼呢。听说，凤凰就是在火中涅槃的。

漠风轻柔地舔着她。这是此刻唯一亲近她的东西……不，还有那记忆。但此刻的记忆像调皮的猴子，总不愿在一处久待。也随它吧，记忆是不能定格的。

前面就是那天发愿的地方，风沙已抚光了所有的痕迹，但那种温馨仍在。风还在呢哝着那天的承诺。那是巨大幸福的由来。她会在这儿静静地等那个“下一世”的到来。猛子，你可别赖账呀。

月儿笑笑。虽到正午，但因有云，沙洼里并不热。沙粒温乎乎的，坐下，像偎在爱人怀里。她取出小镜，最后打量了一番自己，看不出病魔舔过的痕迹。她吐吐舌头。她很想最后想想猛子，可猛子却溜得不知去向了。这几天，老这样。没办法，到下辈子，再跟你算账。

一个小动物游了来，睁了圆圆的眼，望月儿。那是小蜥蜴，村里人叫它沙娃娃。沙娃娃是沙漠的孩子，无论多热，无论多旱，它总能活下去。此刻，她宁愿自己变成沙娃娃。她想，活着多好呀。她不知道那死后的世界会是啥境况。她不怕轮回，不怕地狱，却怕啥都没了……她想，哪怕是当沙娃娃，也比啥都没有了好。

这一想，泪便涌上眼睑。一丝不甘心也爬上心头，开始咬她。……她想，这辈子，没活出个好样子。不甘心，真不甘心。渐渐，那不甘心波漾开来，慢慢地淹了绝望，淹了痛苦，淹了好多东西。一点火星从心里迸出，慢慢地洇渗开来。

她眯了眼，跟沙娃娃对视了。她觉得，那两点瓷灰里，发出了一晕晕的波，向她传来一种力量。

待呼吸稍稍平顺了些，便眯了眼望天，天的蓝液体般进了心。她觉得，自己也化成了天空。

许久。

隐隐地，传来一声呼喊，似乎是猛子的。细听时，却只有风声了。

她想，我多想成凤凰啊！

月儿长长地吁口气，觉得自己还应该做些啥的，想呀想，终于想出：应该唱一曲花儿。以前，她老是给别人唱，还没给自己唱过一曲呢。她想，人的一生里，总该为自己唱一曲的。于是，她抿抿嘴唇，轻声唱了——

雷响三声地动弹，
太岁爷爷们不安。
宁叫玉皇的江山乱，

不叫咱俩的路断……

——2000年8月初稿完成于甘肃武威

——2005年11月二稿完成于凉州红云窟

——2006年6月三稿完成于上海青浦

——2007年9月四稿完成于上海浦东

——2012年6月修订于樟木头雪漠禅坛

——2016年10月修订于沂山雪漠书院

●雪漠

写作的理由及其他（代后记）

1

《白虎关》完稿后，“老顺一家”就该告一段落了，因为朋友老劝我：该写写别的了，别叫人把你定位成“乡土作家”。

其实，“乡土作家”也没啥不好，因为所有的名相都是虚妄的。别说名相，连这世界也虚幻无常呢。就算我能写出“传世”之作，那欲“传”的“世”究竟能存在多久？谁也说不清。不提人类正复仇般地作践地球，也不谈万物的成住坏空，只要某个有核武器的疯子一犯病，那“世”就没了。

当然，我也想靠文学来救世。救世先救心，读过我《猎原》的朋友可以看出，我甚至极力想凭借文学，来延长“世”的存在时间呢。当有人抱了救世之心时，这“世”就很令人担忧了。正如当人类抢救和保护某种动物时，该动物也就面临了灭绝。

所以，连“世”都不知寿命几何，在乎那名相做甚？

我们知道，许多时候，文学很无奈，它改变不了世界。它所能改变的，也许仅仅是我们自己。但从另一种意义上说，改变我们自己，又何尝不是在改变世界呢？

按我自己的心愿，我倒愿意用一生的时间，来写活一家农民。在智者眼里，一粒沙子都是一个世界。能写活一家农民，也即写活了一个时代。当然，还可以再说小些：要是你写活了一个人，又何尝不是写活了一个时代呢？普鲁斯特的《追忆似水年华》和穆齐阿的《没有个性的人》等都在为我的理论充当证据。因此，我的确是想用一生的精力写一家农民的。

但我终于要将“老顺一家”告一段落了，原因不仅仅是朋友的规劝，更因为另一些生命对我的催促。他们都簇拥在我的四周，不停地喧闹，老在嚷：“你啥时叫我们出世？”他们是另一种小说的人物，他们早活了，已跟我生活了多年。每到聒噪声太响时，我就呵斥：“吵什么吵！等我写完老顺们，就写你们。”我一次次地安抚他们，实在不好意思再拖了。而且，他们的噪闹也日渐猛烈，弄得我寝食不安了。

因此，从某种意义上讲，我其实不会写作，是作品它自己往外涌。没办法。真是这样。那所谓的“写”，也仅仅是我“宁静空明”了心，叫那些吵闹不休的人物“出生”而已。他们有着各自的生命轨迹，有着各自的命运。他们属于另一个独立的世界。我可以跟他们对话，但我从来不曾强暴他们。

去年，我曾在上海图书馆搞过个讲座。在那次讲座中，上海音乐学院的一位博士问我：如何处理形式和内容的关系？我答：我很少考虑这类问题。我所做的，仅仅是如何让自己更博大一些。我常说，要是创作主体是老鼠，那它们无论怎样思考“形式和内容”，也照样生不出狮子。哪怕它胀破肚皮，生出的仍是老鼠。要想生出狮子，只有一个办法：先让自己变成母狮，再跟另一个雄狮——也即作家感受到的强有力的生活——进行生命的交融。我的深入生活，我的读书，我的思考，我的所有意愿和行为，其目的，仅仅是努力让自己变成“狮子”。我说过，要是你成为大海的话，哪怕绽出一小朵浪花，也照样有大海的气息。

我虽也大量读书，甚至也读一些叙事学之类，但我的所有读书，仅仅是想让书成为我灵魂的营养，而不是想叫它们变成我的镣铐。所以，我从来不想叫“主义”和“技巧”之类束缚我鲜活的灵魂。许多东西，甚至包括宗教，一旦被制度化后，就成了一堆僵死的教条。

《白虎关》跟《大漠祭》、《猎原》的写作同步，完稿已多年了。伤筋动骨的重写和大改有三四次，小改更是不计其数。我发现我没有某些作家一挥而就的天分，写时虽也喷涌不已，但我总是不满意自己。比如，我的《大漠祭》，原是中篇小说，我越成长，就越不满意它。我只好一次次重写，屡废屡写，不知写了多少遍。《猎原》和《白虎关》也是这样，我也是越成长，越不满意它们。那不满意导致的重写和修改，也就无休无止了。

从二十五岁写中篇《大漠祭》开始，到四十五岁长篇《白虎关》完，二十年就这样过去了。这二十年，从表面看来，我只写了一家农民。其实，它更是我最重要的一段人生历程，我完成了从文学青年到优秀作家——我自己这样认可——的升华。不管我写的有没有价值，但至少做到了一点：我奉献了黄金生命段里的全部真诚。

一位朋友曾问我，你为啥不写城市？我回答：因为世上有许多小说高手，他们写了大量关于城市的经典小说、先锋小说和时尚小说等。这文坛有我不多，没我不少。但正因为写老顺们的人少，写活他们者更寥寥无几，我才觉得自己有了写作的理由。我只能按我心灵的意愿而为。否则，我就不写小说了。我会去放生，去朝圣，去享受灵魂的安宁，或将那安宁传递给需要它的人。

老有人问："《白虎关》比《大漠祭》咋样？"我总是回答："不好说。"要是按我以前的性子，我会肯定地说："当然比《大漠祭》好！"因为在这三部长篇中，《白虎关》用了我最多的生命积累，耗了我最多的心血，投入了我最独特的生命感悟；但我仍然回答："不好说。"因为《猎原》的出版，让我聪明了许多。有时，作者喜欢的作品，读者则不一定认可。像《猎原》，它多次登上人民文学出版社《当代》杂志的"专家排行榜"，还曾排名第一，可人们一提及，还是认为《大漠祭》更好。所以，我不知道《白虎关》能否赢得比《大漠祭》更多的喝彩。

我在《大漠祭》"序"中曾说：读书如攻城堡，是需要实力的。欲读真诚的作品，至少也需要投入相应的真诚。从对我的小说的解读上，我发现了一个有趣的现象：叫好者，多是相对宁静之人。因为我发表的小说，都是从宁静中流淌出来的，心灵浮躁者很难深入文本。关于它们，雷达、陈思和、李星、崔道怡、阎晶明、白烨等先生都有过不同的解读，其中不乏真知灼见。记得《猎原》完稿时，为避免读者误读，我着意用了个题记："在心灵的猎原上，你我都是猎物。"但好些人仍仅仅将《猎原》当成了环保小说，这如同把《堂吉诃德》读成了骑士小说一样。所以，这次人问我《白虎关》比《大漠祭》咋样，我聪明地回答："不好说。"

好在我的写作只为慰藉灵魂，非为赢得喝彩或是招来名利。当然，有喝彩有名利我很高兴，没有它们我也不沮丧。我曾在《光明大手印：实修心髓》中写道："我愿意在喧闹之中寻找一份清凉，在迷醉之中保持一份清醒，在庸碌之中体现一种高贵，在大善之前保持一份谦恭和敬畏。因为我知道，承载我思想的肉体很快会消失，无论我多么虚矫和世俗，都不会改变我终究成为白骨的命运。相较于亘古的大荒，生命的翕忽善逝比闪电还快上万倍。趁着还能表达自己的思想时，趁着还能做些有益于众生的实事时，我应该投入全部的身心，奉献全部的真诚，宁静专注地做我应做的事。”

要知道，无论你是否愿意，那名利和喝彩都会烟雾般远去的。哪怕此刻全人类都在赞美你，但这一茬人类消失时，你仍然会成为另一茬人类的陌生，除非你写出了能叫下一茬人类也喝彩的东西。所以，问题的关键在于：你写出了啥？

经过了二十多年的修行之后，我常常成年累月地融入宁静和空灵，心无挂碍，触目随缘，行住坐卧，明空如天。读书写作之余，心中也会涌出世上没有的歌。于是我就唱它，陶醉在一种境界中。这时的唱，啥都不为，只将“我”消融于那善美的旋律之中，快乐无忧，觉醒于当下。当然，那时是想不到喝彩的，更不会算计唱一曲能挣多少钱。这时的唱，本身就是目的。

我的写作亦然。

我老是陶醉在写作本身的快乐中。当写作进入酣畅状态时，身心就啸卷着能充满宇宙的空灵和大乐。它几乎超越了世上所有的享受。这时的写，本身就是目的。

当然，除了享受写作的快乐，我也会想些“写作的理由”之类。我的写作理由很简单，概而言之，不过两种，一是：“当这个世界日渐陷入狭小、贪婪、仇恨、热恼时，希望文学能为我们的灵魂带来清凉。”这是我领取“中国作家大红鹰文学奖”时的发言，虽只有一句话，却赢得了雷达、莫言等先生的高声喝彩，可见他们也深有同感。文学应该有一份光明，有一种能使我们的灵魂豁然有悟的智慧，它能使我们远离愚痴、仇恨、贪婪和狭隘。

我写作的另一个理由，就是想将这个即将消失的时代“定格”下来。当然，我指的是农业文明。爱尔兰女作家西芙告诉我，现在的爱尔兰文化也成为一种过去，全球化的浪潮卷走了许多地域性的文明。时下我所描写的这种生活，已到了夕阳西下的时候。那亘古的暗夜很快会淹没一切。而且这种淹没，是永恒的消失，绝不会再有回光返照的可能。除非在另一个新生的大劫里，重新诞生人类，重新孕育出新的农业文明。

中国有几千年的农业文明，我们的小说为它留下了哪些东西？你要是仔细清点的话，你肯定会失望的。而时下，那能冲毁一切的狂涛已经破门而入，势不可当了。我只想努力地在艺术上定格一种存在。但更有可能，我的所为，也跟堂·吉诃德斗风车一样滑稽。

看了以上文字，你也许就明白我的小说为啥是这样一种风格了。我不是不会写时下流行的那种小说，我也会时尚，也会编故事，也会故弄玄虚，也会卖弄技巧——不信你看看我的《西夏的苍狼》——这样的小说，有许多人正在写，或者已经写了。这世上没我不少，有我不多。我写的，并不是好些人眼中的小说，我只写我“应该”写的那种小说。它也许不像小说，也许有许多毛病，也许显得很笨，也许为一些学者嗤之以鼻。但那正是我想追求的，因为它能最大容量地承载我想描写的生活，换句话说，我不想当学者眼中的好作家，更不想在文学史上讨个啥地位。我仅仅是想定格一种即将逝去的存在。

当然，我想定格的，当然不仅仅是生活，更是灵魂。对前者，《大漠祭》、《猎原》着力较多；对后者，《白虎关》更为侧重，书中便有了那些经受历练的灵魂们。

2

对我的小说，誉者称“真实”，毁者也嫌“真实”。需要说明的是，我的小说并不是照搬现实世界，它们是我创造出的精神世界。只是因为它比现实世界更显得真实，才招来一些非议，认为我在临摹现实。这是很滑稽的事。一个作家的想象力，不应该体现在故弄玄虚和神神道道上，而应该把虚构的世界写得比真实的世界更真实。我的小说中那扑面而来的生活和呼之欲出的人物，都是我熟悉并消化了生活后的创造，是更高意义上的创造力和想象力的表现，更是一种极深的生命体验后的产物。虽然我没叫人物长尾巴和翅膀，没叫他们变成虫子，没把主人公分成两半……但不是我不会，而是我有自己的追求。当满世界都追求神异和玄虚时，我更向往和崇尚一种质朴、干净、超然和清凉。相较于满世界的神异和夸张，我更喜欢六祖慧能的那种质朴安详的微笑。这正是我有意拒绝怪诞和神异的原因所在。

时下，当你翻开杂志和书籍，你就会发现满世界都流行着一种腔调的所谓“时尚叙述”——当然也不乏精彩大气的例外。有时，我们不一定进入文本深层，只看那份长舌妇的神韵，就会倒了我们的胃口。所以，虽老有朋友劝我，时下已进入叙述时代，你的写法太陈旧了。我虽然感谢他们的真诚，但我宁愿展示生活的本真画面。我想，世上已有了那么多的时尚叙述，也不缺我一个。就让我遵从心灵，流淌出质朴和真诚吧。成了，叫世上多一种另类的文本；败了，我自会窒息于搅天的信息里，也污染不了人类的生存环境。

由于一些大奖和“大师”们的误导和引诱，文学中故弄玄虚者日众，渐渐远离了文学该有的那种质朴和高贵，也将读者吓得所剩无几了。相较于时下红得发紫的那些莫名其妙的“大师”，我还是怀念俄罗斯文学，还是敬仰托尔斯泰和陀思妥耶夫斯基，还是向往文学曾有过的那种精神。许多时候，对传统的追忆和学习其实是一种进步。比如，韩愈曾领导的古文运动，表面看是复古，又何尝不是最大的进步呢？

当然，在题材需要时，我也愿意进行一些文学形式方面的探索。这一点，读者会在我的小说《西夏咒》中看到。

我认为，一个作家最重要的，是如何让自己大起来，有大的境界，大的格局，大的眼界，大的胸怀。只有在你成为梵高之后，在别人眼中司空见惯的向日葵才会燃起生命的火焰。我眼中的每个人物每个家庭都是一个世界，作家穷其一生也未必能写出万一。这世上，最大的谜团其实还是人自身。任何一个自认为写尽了某个领域和行业的作家只能说明他的弱智。按我自己的选择，我倒愿意穷其一生写好一家农民，写出他们的灵魂、命运和追求。因为，他们的身上，也承载了人类的全息。

时下，文学界对西部作家的说法颇多，非议者说西部作家“倚西卖西”，将西部符号化了，不是大漠，就是戈壁。这种说法很可笑。难道要我们不写自己熟悉的生活，反倒要去写陌生的纽约和上海外滩？其实，题材并不重要，《红楼梦》也不过写了些日常琐事。哪怕面对一朵小花，不同的心灵也会折射出不同的境界。重要的是，写作主体如何摆脱渺小、媚俗和卑下？如何让自己的灵魂伟大起来？如何叫你感受到的独特世界跃然于纸上，给世界带来全新的善美？

我是个很“自私”的人，我的写作，更多的是为了享受灵魂酣畅流淌时的那份快乐。生命很短暂，我实在没有时间和心情去计较别人的好恶。我的作品能否传世固然重要，但对我个体生命来说，享受当下的宁静和快乐是超越一切名相的。我真是为自己的灵魂写作的。我不会为了叫一些也许是智者也许是混混的有着各种称号的“他们”叫好而扭曲自己的心灵。

无论哪个时代，充斥世界的，多是些不明生命意义的“混世者”——对这个词，我没有丝毫贬义。我父亲就自谦为“混世虫”，我仍然很尊敬他，并羡慕他的活法——当满世界的时尚的“阳春白雪”泛滥成灾时，选择即将绝种的“下里巴人”，是需要清醒和勇气的。但我从来不六神无主地观察世界的好恶。我只想说，我不会迎合外现。我只求能在死亡追到自己以前，说完自己该说的话。哪怕固执的结局是被搅天的信息掩埋，但我明白，被掩埋的璞玉仍是璞玉，被摇成旗帜的尿布还是尿布。

因为我清醒地明白，岁月的飓风正在吹走我们的肉体，无论我们愿不愿意，都会很快地消融于巨大的虚空里。你可能留下的，也许只是你独有的那点儿精神。所以，每一个有灵魂和信仰的个体，都应当明确地告诉心外的花花世界：我不在乎你。

其实，许多时候，不迎合世界者，反倒可能赢得了世界。世上有好多这样的特例，如孔子的儒学，如罗曼·罗兰的反战，如托尔斯泰的勿以暴力抗恶等，在噪音搅天的那时，他们都没有迎合世界——孔子甚至被讥为“丧家之犬”呢——但终于，世界却迎合了他们。再如德国哲学家康德，在他驻世的很长一段时间，没人知道他。人们只看到他在那条小路上走过来走过去，像闹钟一样准时，却没人理会他。但后来，全世界都知道他，他成为哲学史上绕不过去的桥梁。时代的喧嚣并没淹没康德。那个固执而不明智的“丧家之犬”，更成为“万世师表”了。

前不久，我接受了美国旧金山KTSF26电视台的专访，梁国书先生问我：在全球化的文化大背景下，有多少人能体会或是欣赏你所向往的那种精神呢？我这样回答他：“在人类历史的长河中，能承载人类精神的，只有少数人。在任何时代都这样，无一例外。可是，当你翻开历史，就会发现，人类历史的每一个时代，闪光的，就那么几个名字，就那么一点思想。跟他们处于同一时代的绝大部分的人都被淹没了。被淹没了的，多是混世者，多是追赶时尚和潮流的人。他们只有欲望，却没有思想，也没有灵魂追求和信仰。他们占绝大多数。他们制造的喧嚣和噪音也最多。在他们所处的时代，他们总能淹没一些声音，就像现在的追星族可以淹没我的声音一样。但历史上留下来的，恰恰是那极少数人的声音，它是人类文化中最闪光的东西。哪怕世上的人大多变成追星族，大多成为混世者，但这茬人死去之后，留下来的，仍是那个时代最清醒的灵魂。这些灵魂的数目并不多，像俄罗斯的某个时期，留下的，也不过是托尔斯泰和陀思妥耶夫斯基等。但正是这几个名字，代表了俄罗斯大地上最宝贵最精髓的东西。现在，时代的喧嚣惊天动地，一些外来文化、一些时尚文化、一些追求及时行乐的文化总在淹没真正的智慧。但随着这茬人肉体的消失，那些声音就被岁月的飓风吹得再也找不到一点痕迹。留下来的，仍是一种清醒的智慧的声音，它可以穿越历史的时空。”

3

在领取“中国作家大红鹰文学奖”时，莫言跟我谈到了西部文学。他说：“中国未来的大作品，可能会出现在西部，因为西部有宗教精神。而中国文学最缺乏的，正是宗教精神。”对莫言的说法，我深以为然。我也认为，中国的文学，应该要寻找一种新的营养了。但同时，我也赞同陈思和先生高扬的那种人文精神。是的，人必须从神的阴荫下走出。我们可以敬畏和向往一种精神，但不可以消解了人的主体性。换句话说，我们需要的，是真正的宗教精神，而不是披了宗教外衣的心灵枷锁。

我曾跟雷达老师谈过我对这一问题的思考。后来，我又写了《文学朝圣与灵魂滋养》一文，发表在《世界文学》上。在那篇短文中，我谈了我坐火车时的感受，即存在和世界在“飞逝而去”。那感受，很接近人生的真相。我们的许多作家，就忽略了这种“飞逝而去的存在”，而将眼前的虚幻，执著为实有，从而迷失了智慧的光明。文学的功用化、世俗化、功利化，正是作家“执假为真”的结果。眼前的物质外现成为一个个迷失心灵的诱因。文学因而也成为欲望的助缘。而许多时候，欲望的助缘也是罪恶的助缘。任何阅读时能激发欲望、贪婪和仇恨的作品，充其量只是罪恶的帮凶。真正的文学应该为人类带来清凉，带来宽容祥和，带来宁静和平。

多年来，我一直进行在朝圣途中，而从不去管我经历过什么寺院。某年，我朝拜了五台山的几乎所有寺院，但我没记下它们的名字。只记得，数十天里，我宁静地走在那“朝”的途中。当然，我心中的朝圣，不是去看哪座建筑或是地理风貌，而纯属于对一种精神的向往和敬畏。我所有的朝圣仅仅是在净化自己的灵魂，使自己融入一团磅礴的大气而消融了小我。

更多的时候，我的朝圣都选择偏僻而冷落的所在。因为只有当自己拒绝了喧嚣而融入宁静时，你才可能接近值得你敬畏的精神。我曾许多次接近朝圣的目的地，却选择了远望静思，而后转身。因为我朝的不是那几座建筑，或是那几尊佛像。不是。我在向往一种精神并净化自己，这也许是真正的朝圣。我心中的圣地，已不是哪个地域，而成为一种象征、一种命运中不可亵渎或碰撞的所在。它仅仅是我期待、遥望、向往的某种东西的载体。我生命中汹涌的激情就源自那里。

多年来，我研究了世上十多个有名的宗教，包括基督教、伊斯兰教、印度教、耆那教以及佛教的几乎所有流派。我甚至深入到了它们的支流和深层。

我不仅仅是在研究，更是在实践印证。我的“行”与“学”，是想汲取一种能滋养人类灵魂的养分。宗教被制度化之后，已成为一种远离真理的教条化存在，失去了其本有的精神，成为另一种意义上的枷锁和镣铐。当然，被制度化的文学同样如此。宗教的真正精神是追求绝对自由，即任何外现和存在都干预不了主体的独立、宁静和大自在，这才是真正的解脱。宗教被制度化后，却远离了这种精神。繁冗的教条使宗教变成了心灵枷锁，而世俗的欲求又使宗教成为另一种“买卖”。数以亿计的信仰者，其目的，仅仅是想用那点可怜的信仰铜板，换来金山般的福报。更可怕的是，制度化宗教也正是利用了这一点，使“信仰”成为另一种意义上的贪婪诱因。我们知道，几乎所有能发酵欲望的贪婪诱因，都是罪恶。因此，我在《我的灵魂依怙》一书中“题记”道：“真正的信仰是无条件的。它仅仅是对某种精神的敬畏和向往。信仰甚至不是谋求福报的手段。信仰本身就是目的。”

作家的创作自由亦然。当世上所有的制度、规矩、外现、存在，只能成为创作主体的养分，而不是枷锁和镣铐，也即所有外现干预不了创作主体的独立心灵时，自由才可能产生。自由是心灵独立后的产物，是“了无牵挂”后的本真显现。

所以，从严格意义上说，我仅仅是个信仰者，而从来不是——将来也不是——教徒。我仅仅是敬畏和向往一种精神，而从来不愿匍匐在神的脚下当“神奴”。我最不爱听那些消解了智慧主体而满口宗教词汇的话语。

当我用行者和学者的身份契入超越宗教名相的真正精神，达到一种难以言表的境界时，写作就成了我的信仰。在哲学的教条化、宗教的制度化、文学的功利化之后，我一直在寻找一种新的东西。它能汲取宗教、哲学、文学、艺术的营养，但又能超越母体。它抛弃宗教之制度化局限，抛弃哲学之繁琐、文学之虚浮，成为一种能“直指人心”的东西。它简单，澄明，干净，质朴，超越名相，能春雨润物般为灵魂提供一种滋养。

我们可以期待这个世界对文学的重视，但我们首先得给它一个值得重视你的理由。在越来越多的新型媒体显示出巨大的生命力时，我们必须追问：

小说要想在这个世界上存在下去，你有哪些必须存在的理由？你是想为世界提供贪婪的诱因，还是罪恶的助缘，或是娱乐等等？只有在这个理由非常充足时，小说才可能存在下去。任何一种因边缘化而被人们抢救的对象，都是因为它丧失了存在的理由。

有人说，这个时代，是一个众神缺席的时代，教徒们仍在顶礼膜拜，但被膜拜的神却不见了。文学亦然。文学的诸种形态仍然存在，但文学精神却不见了。一种徒有形体而乏精神的僵死，是不能在这个世上永存的。换句话说，时下的一些小说，已经丧失了存在的理由。欲继续存在下去的小说，必须找到那已经迷失的精神。所以我说：当这个世界日渐陷入狭小、痛苦、仇恨和热恼时，我们的文学，应该成为一种新的营养，能给我们的灵魂带来清凉，带来宽容，带来安详和博爱。

最后说明一点，本书的一些章节我曾发表过。因为我无法拒绝朋友的约稿。每遇到约稿时，我总是脑袋发涨，惭愧不已。我几乎将所有的创作精力都用来写长篇，无暇写中短篇。当我实在拒绝不了朋友的真诚相约时，我就只好从长篇中揪出一节来，稍加整理，以还文债，望读者理解。

●雪漠

呼唤的灵魂（《白虎关》番外篇）

昨夜里西风又起
一面血红的大旗
在残照里猎猎作响
黑马长啸
牵动边塞的烟雨
灵魂在西风里
声声呼唤
归来吧，我的虞姬

一

很小的时候，我就崇尚一种精神，觉得，人活着，就得有一种精神，有一种豪气。练武时，向往武林中的那种侠义，只想仗剑走天涯；后来选择写作时，就铸剑为犁，文以载道，希望自己拥有托尔斯泰的那种大悲悯；年龄再大时，就憧憬着自己成为释迦牟尼，能够给世界带来光明和清凉。每个生命时段，我总是为自己设计不同的梦想，然后不停地走，不断地打碎自己，战胜自己，一步步走到了今天。这种特质，倒成了我生命中的一种基因。

任何时候，当我觉知自己快定型时，就会毅然打碎自己，将所有的一切归零，重新开始。我最怕的就是重复，就是原地踏步，如果总是在一个高度上跳高，不给自己增加难度的话，是没多大出息的。所以，我走的路，看似弯弯曲曲，曲曲折折，但总在螺旋上升着。在不同的生命阶段，我总在为自己开辟新的路。于是，我才有了那一部部永不重样的作品。而且，每一部作品，都是一个巨大的世界。其原因就在于，我总在不断地寻觅，寻觅新的生机。在我心里，重复意味着死亡。

在“大漠三部曲”里，我写了很多动物，天上飞的，地上爬的，都有。在所有的动物里，我最爱的，就是鹰和骆驼。我喜欢鹰的势，也喜欢骆驼的韧性。这两种东西，我都有。它们经常出现在我的小说中，甚至出现在我的书画中，它们已成为很多读者心中的图腾。

我喜欢鹰的那种桀骜不驯，透着一股王者之气。真正的鹰就算死了，那种傲气犹存。在《大漠祭》中，我写过一只鹰，它宁可饿死，也不愿被人驯服。最后，它饿成了一把干毛，还直挺挺地立在那里。这个细节，感染了很多人。

最震撼人的，还是鹰的重生，这个故事，我一直很喜欢。据说，鹰可以活一百二十岁，但到四五十岁时，鹰的嘴头和爪子就钝了，再也抓不到东西吃了，就会被饿死。真正的鹰会不屈于命运，它会在生命的关键时刻，做出一种选择，要么饿死，要么重生。选择重生的鹰，会在石头上磕去嘴头和爪子，忍受剧痛，饿上十多天，重新长出嘴头和爪子。这个过程，血肉模糊，鳞片脱落，相当惨烈，近乎于脱胎换骨。但重生的鹰，会焕发出新的活力，再活上五六十年。所以，我很欣赏老鹰，向往它的这种不服输的精神。

想要重生的人，也是一样的。在那个过程中，必然要忍受阵痛。如果没有这个过程，人是立不起来的。任何人，想要真正像个人一样活着，就要经历一番灵魂的历炼，重铸自己。红尘中，有了这种历炼，人才能真正窥破虚幻，走向精神的另一高度。

同样的，在我的作品中，我想留下的，不仅仅是生活，是故事，还有人物，甚至是动物们所承载的那种精神。唯有精神，才能薪火相承。这一切，都源于自己的选择和行为，与他人无关。即使在看似无法选择的情况下，其实还是有选择的，是绝望，是希望，完全取决于一个人的心。但是，很多人做不到。为什么？因为心不明白，心中无光，不知道如何分辨和选择。心中无光，其命运也只能随着惯性浮沉。如《白虎关》中的莹儿，她之所以后来没有走出命运，就在于她的心仍是一片黑暗，灵官给她带来的那点光，很快就被黑暗淹没了，因为那是灵官的光映射到她身上的，而不是自己生命中真正焕发出来的光。所以，她和千千万万的西部人一样，当巨大的命运漩涡裹挟而来时，个人的力量是微乎其微的，要么被吞噬，要么自我毁灭。所以，面对命运时，人是很难改变的，除非他有信仰。没有信仰的人，只能随波逐流，只能庸碌一生，只能不断地轮回下去。

二

多年前，有个北京女子，想到凉州修一座寺院。刚来投资的时候，第一次，当地政府接待了她，她很满意；第二次，也以贵宾的标准接待了她；第三次，政府就不再接待了，因为那样接待的话，会无休无止。当时，她就非常恼火，说，你们这个地方怎么这样？我们到别的地方，政府都像接天神一样招待。当时，我就对她说，你错了。你永远记住！你修寺院也罢，做什么也罢，你不是为政府做事，你在为自己做事。如果你不修寺院，你不过是北京城里的一个寻常女子而已，像你这样的人，车载斗量，岁月的风一吹，你就找不到任何痕迹了。因为修了这个道场，你就从那个群体里冒了出来。百年之后，人们也许会记得这个道场是某某人修的，会记住你曾经的事迹，传颂你的这种精神。你的行为，决定了你的价值。所以，你在为自己做事。你修建寺院，虽然能给当地经济带来创收，老百姓也会得到一点利益，但是，这利益仍是你的价值。你带来的利益越多，你的价值就越高。究竟看来，你其实在为自己做事。

实质上，好多人同样也是这样的。比如王宝钏的故事，她的守护行为，让她的人格本身升值了，表面看来，她在为薛平贵守贞，但是，在守的过程中，她升华了自己。她的行为决定了她的价值。比如潘金莲，是她自己成为潘金莲的，而不是因为他是武大郎的老婆，她的行为，决定了她的价值。而武大郎，很多人都非常同情，他自身的善良决定了他的价值，与潘金莲的红杏出墙没有关系。

同样的，《白虎关》里的莹儿，她一直在等灵官，期待着灵官回来。但是，当她的这份爱、这种守护，遭到周围环境扼杀的时候，她选择自杀也罢，逃离也罢，那都是她自己的选择和行为，与灵官的回来与否没有太大关系，她是为自己守着的。她对爱的执著和守护，才让她成了莹儿。虽然，最后她殉了自己的爱，很多人感到不理解，觉得很可惜，但是，如果她不这样，而真的做了赵屠汉的婆姨，莹儿还是莹儿吗？

一定要明白这一点，每个人都在为自己做事。任何人做事，最终受益的，是他自己。当他将智慧和慈悲回报给人类的时候，他就是人类的圣者。贡献社会，同样是在为自己做事，你在贡献社会的时候，不求回报，那么你的生命本身就升华了。比如，一个小人不断地奉献社会，升华自己，最后成为圣人，这个结果本身就是价值，社会回报不回报，并不重要，回报也好，不回报也罢，都无所谓，都改变不了他从一个小人成为君子这一事实。

一个人成为智者，为世界做出一种表率，这是他自己的行为决定的，世界只是为他提供了一个平台和助缘。

写《白虎关》，就是我的行为之一。

我在成长，我作品中的人物也在成长，他们不但是灵官、琼、黑歌手、琼波浪觉、马在波，也是雪漠。换句话说，他们的所思所想、所有的状态，都是我生命中的呈现。他们分别代表了我的不同生命阶段。因此，每个读者在阅读的过程中，不断地吸收滋养，不断地成长着，对于他们来说，有了这样一段人生经历，再来看世界的话，如同站在巨人的肩膀上，有了另外一种角度和眼光。

三

细心的读者，只要读过我的《白虎关》，就会发现，虽然小说中看似写满了人和事，写尽了世俗的生活，但那不单纯是些生活场景或事件，更是诸多心灵的展示。透过人物的心灵及习气，就能完全发现他们的命运迹象，能读出更深层的东西。在那凡俗的生活表面，有着难以察觉的生命真相。这一切，都与我们每个人息息相关，只要能深潜进入，你定然能发现其中的奥秘。小说里的所有人物，其实也是我们每个人，里面隐藏着人类的全息。你，我，他，皆是如此。

与《大漠祭》和《猎原》不同，在《白虎关》中，相较于生存状态，我更愿关注人的灵魂和信仰，以及产生这种灵魂的文化土壤。生活为我的创作提供了营养，好似肥料，我的作品是肥沃的土壤中长出的花。没有生活不成，将生活直接搬入作品也不成，要将生活进行提炼和吸收。读过我的小说，读者就会发现，我的小说不仅仅是故事，除了故事、人物、生活之外，里面还有一种灵魂的东西、精神的东西。写作时，我更侧重于灵魂的叙述，特别注重人类心灵的挖掘和展示。

有一年，我到张掖参加一次笔会，和另外两个作家去理发时，遇到了一个小女孩，她才初中毕业，显得非常单纯。她每天要干十多个小时的活，不但拿不到一分钱，还要给老板交好多所谓的学费。我非常同情这个小女孩，就劝她别干这营生，去上学吧。若是想上学，我会帮助她，给她提供学费。她说，她的父母不同意。我说，劝劝你父母，他们若同意，你可以给我打电话。于是，我就把名片给了她，并请她和她的同伴吃了饭，送了她几本书。后来，我一直在等她的电话，但她一直没有回话。回到武威，我心里一直很难受，一个很好的小女孩，却不能上学，好在这个发廊很正规，不是那种色情场所。

第二次，到张掖的时候，我又去找她，她的同伴说，她不干了。她回了一趟家，回来后，就去了一家洗浴中心。她的同伴告诉我洗浴中心的地址后，我就去找她。正好，她从里屋出来，问我啥时来的？我说，下午。她只说她很忙，就进去了。一会，老板追出来拉我，说这儿尽是小女孩，一个才一百五十元，全套服务。我拒绝了。当时，这件事对我的心灵触动非常大。

这女孩，后来成了《白虎关》中月儿的原型。

这是一个小说题材。如果其他人写的话，也许仅仅会把它写成一个故事。我若写时，会从她的心灵着手，从她向往崇高，向往上学，到走到今天这一步，她的心中有哪些想法？她会不会有痛苦？她的父母可能对她讲过啥？她如何从一个纯洁的小女孩变成妓女的？这个过程中，她有哪些心理变化？要是把她写出来，可能会打动许多人。而且，我更关注的是，这个女孩为什么会这样？除了生活所迫之外，这儿肯定还有一种文化和土壤，让她的心灵发生一种变化，我更关注这些内在的东西。

后来，我经常会想起这个小女孩，她一直在我心中活着，如果我不把她写出来，她就会一直折磨我。她是民乐县某乡某村人，理发店的所有人都知道她的身份，她到洗浴中心的事，好多人都知晓。大家想一想，她会有怎样的命运？当然，世上有许多这种人，但她们都到离家乡很远的地方从事这种职业，而她，因为没有经验，所以待在了家门口。这样，她未来的命运就会受到她行为的影响：谁会娶她？她会幸福吗？如果她嫁了人，她的男人会扇她的耳光，会一直把她折磨到死，每次吵架，就会骂她婊子。更有可能，会有人骂她的孩子是婊子养的。所以，一时的选择，却可能影响她一生的命运。

这便是月儿的原型，在《白虎关》中，我几乎没有虚构，很多情节，都源于生活。

这类事带来的痛苦成了我的一种创作动力，作品在一天天长大，有一天，我就会肚子疼，就知道要生孩子了，生不出来的话，我会很痛苦。所以，我的所有作品都是这样写出来的，不是我想写，而是生活让我写。

在《白虎关》里，我就塑造了两个农村女孩菊儿和月儿。菊儿和猛子初次相亲时，他们的对话很有意思，这就暗示着菊儿以后的命运。虽然写她的笔墨不多，但在我心里也是一种伤痛。而月儿，一心想到城里去，结果被人骗了，患上了杨梅大疮，无奈之下，又回到乡下，她所经历的一切，我就是在那些女孩身上得到的灵感，再进行艺术的升华，赋予了月儿一种精神。在历炼了命运的残酷之后，月儿升华了自己的灵魂，为这个世界定格了一种高贵和大美。

四

《白虎关》初版题记说：“当一个时代随风而逝时，我拣回了一撮灵魂的碎屑。”

有人曾问我，什么是灵魂？我说，灵魂是活着的理由。一个人的价值，就在于他生命的附加值，而不是其他物质的东西。金钱、财富、地位、权贵等，都不会长久，人一死，都会易换主人，根本不属于你，有时甚至是累赘。所以，我们活着的时候，要让自己的灵魂自主、博大、明白、高贵，尽可能地为这个世界留下一些岁月毁不了的东西。

当你明白了自己活着的理由，明白了一种使命，明白了自己这辈子应该做什么、不该做什么的时候，你就真正认识了自己，也就在滚滚红尘中保持了一份清醒。这时，你就是一个有灵魂的人。当你瞅准目标，拒绝一些东西，守住一些东西，坚持不懈地走下去，就一定能达到目的地。很多人之所以半途而废，或者三天打鱼，两天晒网，到头来一事无成，就因为他没有那种定力。没有定力就没有智慧，就不会看破虚幻。

一个人，一生中必须拒绝很多与生命目标无关的东西。有时，迫于生存的时候，我也去经商，但每次只要能够吃饭了，我就不做了，不贪。我始终记住自己这辈子该做什么，要守住那个东西。比如，我在教委工作时，很穷，也是写作《大漠祭》很关键的时刻，也是文学顿悟前的破晓时分，遇到了经商诱惑，可以挣大钱，但我仍然选择写下去，没有去经商。我宁愿饿死，也要守住自己的梦想，去完成它。这好像在行走的过程中，突然出现了一条叉路，你不调头回来的话，就会离目标越走越远。

在《白虎关》里，兰兰和莹儿有一段沙漠之旅，她们所遭遇的一切，实质上是一个巨大的象征。没有经历过生死留难的人，可能很难领悟到其中蕴藏的寓意。尤其是当兰兰被流沙深埋、濒临死亡时，她对莹儿所说的那些话，对于走上灵魂历炼之路的人，都有一定的启迪意义。

兰兰说："你记住，无论活命还是干啥，你只要朝一个方向，走呀，走呀，不停地走，你肯定能走到那个你想到的地方。你只要认准方向，碰到兔子了，能打了，打一个。可千万别撵它，因为它会将你引到另一条路上，会消耗你的体力。你更不要想黄羊们。你要明白，没有火药和钢珠，你那'想'的心，只能算贪婪。你更不要叫美丽的海市蜃楼迷了心志。你永远记住，沙漠跟生活一样，是严酷的，别指望会出现奇迹。你所做的，就是朝着你选定的方向，走，走，不停地走。你坚信，你肯定能走到那儿。肯定。”

是的，肯定。我的人生经历同样验证了这句真理。即使在我最困难、陷入极大精神危机的时候，我仍然没有放弃自己的追求。再怎么黑暗，哪怕看不到任何的出路和希望，我也坚信，自己能成功。这一点，毫不怀疑。我自小就有这样的自信。我常说：“没有失败，只有放弃。”在这个过程中，最重要的是，你要盯住自己的目标，不要让其他的东西扰乱了心，不要给自己找任何的理由，不要偏离目的地，让你变得一事无成。

在小说《无死的金刚心》里，琼波浪觉就对莎尔娃蒂讲述了自己父亲一生的境遇，他说：“你可能不知道我父亲的故事。很小的时候，他就想效法那些古代的大德，去印度求法。但后来，他一直没有去。因为他一直能找到不去的理由。因为任何人只要想找理由，他总能找到任何理由的。世上所有的理由，都是在你需要它的时候出现的。它的本质是欺骗你自己。父亲也这样一次次用那理由欺骗着他。他一天天长大了，理由也一天天多了。到了某一天，他发现自己当初的那种想法真是太幼稚了。于是，他心甘情愿地当了本波的法主。再后来，当我有了他小时候的那种追求时，他竟然想阻止我。因为在他的眼中，我的那种想法，是幼稚的标志。就这样，父亲日渐成熟的世故，终于杀死了他的梦想。”

琼波浪觉与父亲不同的就是，他知道自己的宿命，就是寻找奶格妈，所以，他一直在寻找奶格妈。即使遇到巨大的灾难时，他也没有停下脚步，没有陷入到爱的缠绵中，毅然走向自己的寻觅。生活中，很多人其实都如琼波浪觉的父亲一般，被各种理由所迷惑，看不清那理由的本质，不管在世间法上，还是出世间法上，都是这样。

在《白虎关》中，兰兰和莹儿之所以有追求，就是因为明白自己需要什么。

还有就是，人在追求梦想的过程中，还会陷入更为可怕的魔桶。或者说，很多人一辈子都活在魔桶中，但他浑然不知。

什么叫魔桶？我在《无死的金刚心》里就写了一种魔桶咒，它指的是一种迷惑你、让你失去向往的幻觉。琼波浪觉遭受过两种诅咒：一种是诛杀咒，施咒者想要夺去他的生命；另一种就是魔桶咒，施咒者想要夺去他的慧命。在那故事中，琼波浪觉在某次错误的选择之后，进入了一个名为圣地、实为魔桶的世界，那个世界跟现实世界一样真实，里面有个自称奶格玛的女子，琼波浪觉和她结了婚，过了一段名为双修的红尘生活，还修出了一双儿女。直到有一天，他们的儿子突然死了，妻子因为极度痛苦而失控的反应，让琼波浪觉发现，自己所认为的奶格玛，其实不是真正的奶格玛，因为真正的奶格玛证得了究竟智慧，是不会因执著而痛苦的。那个瞬间，他的幻觉突然就破灭了，于是他离开妻子，再一次踏上了寻觅之旅。可那时，已是二十二年后了。

故事中的象征意义，对很多当代人来说，都是一种警醒。这个时代的很多人，都被一种类似于魔桶咒的东西魇住了，或是金钱，或是名利，或是脸面，或是感情，或是物质，等等。一旦被魇住，就会忘掉自己真正该做的事情。这也是一种魔桶。

有很多人，就陷在生活的魔桶中，欣欣然，不知所归。能真正窥破魔桶而跳出来的人，不多。

《白虎关》中描写的生存环境，也许就是一种魔桶。而兰兰、莹儿、月儿三人，都想跳出这魔桶。但在那历史文化的阴影中，她们必然要遭受着群体性的一种摧残和挤压。兰兰希望的自由，莹儿坚守的盼头，月儿向往的生活，在那种巨大的命运磨盘下，都显得微不足道。

虽然《白虎关》中写的西部文化非常厚重、博大，但因为千年来，这块土地非常封闭、非常原始，对人的心灵有了一种束缚和制约。

心如瓶子，瓶子不大，装不了多少东西，硬装的话，瓶子就破了。只有心宽如天，才能富大似海。要想不被岁月掩埋，那么你就必须有不被岁月掩埋的理由。

六

由于时代浪潮的冲击，中国正面临着巨大的社会变革，旧的价值体系在巨大的社会变革面前坍塌，新的价值体系正在建立，《白虎关》便写了这种新旧价值体系的撞击与交替，这是时代发展的必然。

我说过，任何一种文化，发展到一定时候，如果没有活水的注入，就会变成与大海隔离的大池塘。这个池塘，因为缺乏与外界的沟通，已经变臭了，历史的灰尘、垃圾、石块都沉积在池塘里。那么，这个池塘就有两种命运：第一种，让它继续封闭下去，让它继续发臭，被太阳蒸发，最后消失；第二种，把大海之水引入池塘，让它变成大海的一部分。那么，这时候就会出现一种状况：当大海冲进来的时候，沉积下来的诸多灰尘、垃圾会一翻而起，整个池塘显得浑浊不堪。池塘里的鱼、虾会感到难以呼吸，甚至面临窒息。然而，命运就是这样。要么维持现状，让这个池塘里的鱼、虾苟延残喘下去，最后死亡，跟这个池塘一起消失。世界上诸多的文化都是这样消失的，就因为池塘没有与外界的大海接轨。另外一种就是引进活水，暂时忍受一下外界水流的巨大冲击力，哪怕难受也不要紧，因为你很快就会和大海之水融为一体了，要承受一些阵痛。

《白虎关》中，就写了这样一种时代的阵痛。

在新的价值体系建立过程中，阵痛是不可避免的，是必然要发生的。无论池塘里有多少垃圾，都会被大海净化，然后，都会重新焕发出新的生命力。事实上，阵痛是打碎，打碎固有的观念、陈腐的意识、障碍心灵自由的壁垒、习惯的理由与借口。文化困境的原因不在于历史遗留下的垃圾，不在于遇到的某些阻碍，而在于自身。所以，一切要反省自身，从解剖自身开始。任何人只有与时俱进，才能实现超越，否则终将出局。

这是一种自然的进化论，如同从猿类到人类，从爬行到直立，文化的淘汰和出局，这不是哪个人能控制的，这是历史发展的一种必然。目前，时代的变化正以迅雷不及掩耳之势，撞击着我们的灵魂。

《白虎关》想写的，就是在这样一个新旧交替的历史时期，对西部人的灵魂和命运的叩问。面对那些即将消逝的背影，我们都有一抹难言的疼痛和落寞，但我想，这也许是暂时的阵痛。要勇于承担起这种阵痛，阵痛过后，就会迎来新生儿。

随着时代的发展，很多东西都异化了，许多文化和精神，已成了一个遥远的梦。人类文明中，定格历史的，是精神；传承历史的，也是精神。任何一个时代，只要有人类，就有人性，就有向往，就有追求，就有“人”这个物种独有的一种精神。

《白虎关》想定格的，就是这种精神。

——2016年9月10日写于沂山雪漠书院